DE EEUWIGE JACHTVELDEN

Van Nanne Tepper is verschenen:
De vaders van de gedachte

Nanne Tepper

De eeuwige jachtvelden

PANDORA

Pandora Pockets maakt deel uit van Uitgeverij Contact

Zesde druk
© 1995, 2000 Nanne Tepper
Omslagontwerp: Jos Peters
Foto auteur: Harry Cock
ISBN 90 254 9626 1
NUGI 300

Voor Annette

Ainsi je voudrais, une nuit,
Quand l'heure des voluptés sonne,
Vers les trésors de ta personne,
Comme un lâche, ramper sans bruit,

Pour châtier ta chair joyeuse,
Pour meurtrir ton sein pardonné,
Et faire à ton flanc étonné
Une blessure large et creuse,

Et, vertigineuse douceur!
À travers ces lèvres nouvelles,
Plus éclatantes et plus belles,
T'infuser mon venin, ma sœur!

Baudelaire, À celle qui est trop gaie

Eerste boek

Langsam, schleppend, wie ein Naturlaut

Op een onbewolkte maar geenszins heldere dag, tegen vier uur in de middag van de eerste augustus 1989, kwam een lange, geelgroene trein tot stilstand op Gare du Nord te Parijs. Victor Prins, die wankelen boven struikelen verkoos, klemde zijn leren koffer (meer overhemden dan manuscripten) onder zijn arm en zette een voorzichtige voet op Franse bodem. Hij keurde de val van het licht op het station en wandelde naar de eerste kiosk die hij zag. In zijn hoofd klonk hem onbekende muziek toen hij twee ansichtkaarten afrekende. Hij nam plaats op een bank, legde de koffer op zijn knieën en draaide het dopje van zijn Rotring. Op de kaart met een foto van een halfnaakte Hamilton-nimf – grote korrel, kleine meid – schreef hij: 'Beste Veen. The boar has landed. Het is algemeen bekend dat reizigers als beesten eindigen. De gewoonte van Parijzenaars om Pruisen met open armen te ontvangen lijkt vooralsnog een mythe. Dit is het laatste dat je verneemt van – je Victor.'

Hij deed een halfuur over het schrijven van de andere ansicht. Een afbeelding van W.R. Sickerts *Mornington Crescent Nude reclining*, een liggend naakt dat met gebalde vuisten lijkt te rusten: 'Boe! Zó heb ik je gezien. Zo hebben anderen je gezien, dat blijkt. Wat doe je daar in je sluimer willen wij nou weleens weten!'

Victor probeerde een grijns maar voelde hem mislukken. Hij postte de ansichten, stak een sigaret op en wandelde het station uit. Een rokerige gloed hing over de stad. De geur van uitlaatgassen en geroosterd vlees. Het lawaai was een mengeling van verkeer, stemmen en zomerse, maar onherleidbare geluiden. Iets in Victor juichte, klonk als een kind dat een toonladder beklimt: hoger, hoger, en dan... wat een uitzicht! De laatste noot een ijle kreet die naar de einder snelt.

Echte reizigers, dacht hij terwijl hij een routebeschrijving bestudeerde, voelen niet die toeristische behoefte zich te mengen met de plaatselijke bevolking. Een echte reiziger wenst een aura waar de autochtoon van schrikt en voor terugdeinst. De eenzame die vragen oproept: 'Waar komt die man vandaan?', 'Wat is hem overkomen?', 'Wat wil hij toch?'

Hij stak een plein over. Auto's raasden langs hem, claxonnerend, schurend en zuigend met droge banden op smeltend asfalt. Bestuurders met ellebogen in geopende raampjes, allen, leek het, met een frons. Een terrasje op een stoep, gehuld in blauwe gassen, noodde hem tot een pauze. Hij bestelde een dubbele calvados. Terwijl zijn spieren zich ontspanden, welden tranen in zijn ogen.

Parijs, de stad waarnaar hij jaren had verlangd. Hier dwaalden engelen die hem zouden scholen: de zielen van de grote geesten van de linkeroever die hij in gedachten had gevolgd op hun wandelingen langs de Seine en hun wilde kroegentochten. Hij luisterde en probeerde gefluister op te vangen.

Wat klonk was zijn geheugen.

Zijn vader schudde hem op het station van Groningen de hand (het geestesoog vertroebelt nooit door tranen): 'Maar wat ga je daar nou eigenlijk doen, jongen?'

De hemel boven Oost-Groningen, het plafond van zijn jeugd, en misschien ook van zijn kunnen.

Stemmen boven een keukentafel: 'En chef, wat dóé je nou zoal?'

Een laatste oprisping voor hij de garçon riep voor nog een dubbele: 'Victor, waar ben jij in vrédesnaam mee bezig!'

Victor dronk zijn eerste glas uit, nam een slok van zijn tweede, vouwde een kaart uit op zijn knieën en probeerde zich te concentreren.

Een koele hand in zijn nek schudde hem wakker. Louise. Ze had hem gezocht en gevonden, midden in Parijs. Terwijl beelden van interieurs en landschappen in de mist van zijn toegeknepen ogen oplosten, zag hij hoe een jong meisje dat hij ooit gekend had was veranderd in een oud meisje zoals enkel Franse meisjes dat kunnen. De schoonheid van het gezicht dat hij zich tot zijn zeventiende duidelijk voor de geest had kunnen halen (daarna schilderde hij van vervagende indrukken een schimmig portret), vond hij moeizaam terug in felle jukbeenderen, magere wangen, door wijn en rook verkleurde tanden (wel charmant), en een vermoeide boezem in een bedrukt T-shirt (volkomen verfoeilijke kledij). Ze had hem hier wel verwacht. Als ze zich al iets herinnerde van die vakantie van lang geleden, was het wel dat 'Victòòòr', haar vakantieliefde, en zijn verrukkelijke 'papááá' elk terrasje dat ze op hun weg vonden 'in bezit namen'. Ze bekeek hem, knikte goedkeurend, en bloosde. Die blos sneed door zijn hart. Ze liet zich in een stoel vallen, had binnen een seconde een sigaret in haar vingers en haar longen vol rook.

Even later dronk ze slurpend van haar koffie. Telkens wierp ze een blik op Victor, die door vermoeidheid overmand helemaal niets wist te zeggen. Hoe was het met zijn familie? O, tja. Hoe was het met hem, god, hij zag er goed uit hoor, als toen – bijna als toen, ja ja, zij niet, dat wist ze zelf ook wel. Victor glimlachte.

Het appartement stond in een bladderende straat. Rue de la Fauvette. De muren oud geel met hier en daar een roetvlek, het hekwerk van de benauwde balkonnetjes zwart en glanzend als antraciet. Eén lange rij linden. Geen tuintjes.

Ze beklommen een hel wit trappenhuis. Louise ontsloot een deur op de derde woonlaag en leidde hem door de kamers. Ze rook sterk naar zweet en het was alsof ze elke kamer – enorme vertrekken, in één stond een piano – vulde met haar geur. Vriendin Simone ('ze is veel mooier gebleven dan ik') zou laat thuiskomen, en de jongens zouden morgen terug zijn uit Bretagne.

Juist.

En dit was zijn kamertje. Een bed, een raam dat uitkeek op de straat, kroonluchter, kast, bloemetjesbehang. Een raam dat open kon. Ze liet hem alleen en toen ze later even haar hoofd om de deur stak – alweer blozend, hou daarmee op! – keek ze hem vertederd aan, iets wat hem nog nooit was overkomen. Hij opende zijn koffer, legde *Desolation Angels* van Jack Kerouac ('slecht, maar goed,' zou Lisa zeggen) op de grond naast het bed en daaronder de zwarte dummy met notities.

De volgende dag zouden de jongens (hij kende ze niet, en Simone herkende hij niet: hij had al die jaren slechts met Louise geschreven) Ouwe Jack met één lome Franse slag afdoen als 'de uitvinder van de doodlopende weg'.

De rest van zijn boeken, video's en lp's arriveerde vijf dagen later. En weer vijf dagen later wist hij dat er geen brief meer zou komen.

Hij dwaalde door de stad en waande zich een balling. Laat

in de middag trof hij Louise in het Bois de Boulogne. Ze dronken lauw bier uit blikjes en zij hoorde hem uit. Hoe was het toch met zijn ouders en zusjes? Waarom had hij al die jaren in zijn lange brieven voornamelijk geprobeerd grappig te zijn? Wist hij wel dat ze al die tijd gedacht had met iemand te schrijven die niet meer bestond? Die zichzelf had ontpopt tot een – sorry hoor – cliché? Dat ze een foto van hem en zijn zusjes had waarop hij vijftien was, Lisa aan één hand, Anna aan de andere, met op de achtergrond de zee, en dat ze die kop van hem nooit wist te rijmen met dat wat hij schreef? Victor haalde zijn schouders op en glimlachte.

'Ach,' zei hij, 'ik houd wel van een beetje leut.'

De maaltijden aan de tafel in de woonkamer, de ramen open, het ruisen van de stad als muzak, stelden hem in de gelegenheid te zwijgen. Het rappe Frans van zijn tafelgenoten begreep hij nauwelijks. Dat hij zich na het eten terugtrok, werd uitgelegd als een vlaag van inspiratie. Hij was een 'Europees dichtersjong'. Hij moest dit en dat lezen. De jongens – mannen eigenlijk, onberispelijk gekleed, filosofiestudenten – kwamen hem boeken brengen en keken hem aan met een mengeling van medelijden en binnenpret. Schrijver te zijn in een stervende taal in een stervend werelddeel: *C'est absurde*. Victor voelde de behoefte Veen te schrijven ('Hier, in dit land, gaan middelbare-scholieren de straat op om beter onderwijs te eisen; leg dat een Oostgroninger maar eens uit!'), maar wist zich te bedwingen.

Op een avond vroeg hij naar de foto. Hij had veel, heel veel gedronken. Met blinde ogen bekeek hij het plaatje dat hem door een snaterende Louise werd voorgehouden. In Victors hoofd werd een toverlantaarn ontstoken. En terwijl Louise en Simone de welwillend kijkende filosofen vertelden van die vakantie van lang geleden (Griekenland, 1975), zag Victor zich een weg afrijden, een bocht omslaan: Oude Huizen, Oost-Groningen.

Daar stond de Directeur op het land. Hij leunde tegen een combine en sprak de jongens, die het hooien hadden gestaakt, toe als Jezus op Zijn oude dag: 'As de mens bedould is om de natuur n handje te helpn, wel is hier den godverdeitje de boas?'

Op het erf van Café Stik, waar 's zomers tijdens het dorpsfeest een kermisje stond (zweefmolen, draaimolen, oliebollenkraam en suikerspinnewiel), struinden Victor en Lisa naar avontuurlijk afval: een ongebroken bierglas op een stijlvol voetje, wijnflessen uit duistere landen, een per ongeluk weggegooide rol viltjes van Oranjeboom. In hun eigen tuin, die grensde aan het land, smeerde hun moeder boterhammen. Verderop, bij het ven, de hofstede van boer Valk. In het boothuisje had hij een vervuilde en verwilderde Lisa gevonden.

Het dorp Oude Huizen had altijd maar uit één straat bestaan, een lange rechte straat met dicht aan de weg de woonhuizen en een eind het land in de boerderijen. Er was een kruidenier, een slager, een kroeg en een bank. De vooruitgang had slechts één voet aan de grond gekregen: een winkel waarin een afgestudeerde bioloog milieuvriendelijk vlees verkocht. Nog niet zo lang geleden was Victor met de nu stokoude Directeur bij die slager geweest, waarbij Victors buurman de moderne vleesspecialist nog eens op zijn oude vertrouwde wijze had bejegend.

'Een stukkie dood zwien, want dat mag ik geern eetn.'

De beduusde westerling was een keur van varkensvleesprodukten gaan aanprijzen tot de oude man er een eind aan had gemaakt door met ijzige stem en op zijn Hooghaarlemmerdijkseen varkenslapje te bestellen, 'met veel vet'. De Directeur betrok enkel varkensvlees bij de slager. Hij ging er prat op altijd een halve stier in de diepvries te hebben, in verband met 'onverwachts bezuik'.

Een duw tegen zijn schouder deed hem opschrikken. Hij keek verdwaasd naar Louise, die hem een verhaal wilde ontfutselen. Maar Victor stond op, verontschuldigde zich en sloot zich op in zijn kamer, het raam wijd open. Het gefluister van de bomen, en verder weg het razen van de stad. Hij pakte een nieuwe dummy uit zijn koffer en legde zich op zijn bed.

Toen hij in de derde klas van de havo werd onderworpen aan een beroepstest, kwam daar de volgende conclusie uit: regisseur, dirigent of schrijver. Het sprookje was die dag begonnen. Zijn ouders dachten daar anders over en sleepten hem mee naar een beroepsvoorlichter, die zich na het stellen van enkele absurde vragen ('Ben je weleens in Frankrijk geweest en beviel dat een beetje?') tot zijn ouders wendde met de mededeling dat Victor uitermate geschikt was voor het vak van reisleider, een mededeling die hen niet in het geringst geruststelde maar die, dachten zij, in ieder geval het enthousiasme waarmee hun zoon zijn lotsbestemming had ontvangen, flink zou temperen. Niets was minder waar. Het feit dat zijn roeping al na een week werd gedwarsboomd door een vent wiens baard uit zijn oren groeide, maakte Victor nog vastbeslotener.

Drie dagen na het ontvangen van de blijde boodschap ('Ik ben als kunstenaar geboren!') besloot hij de buurman, de directeur van de bank, zijn bestemming voor te leggen, nieuwsgierig als hij was naar diens reactie op dat reusachtige konijn dat het lot uit de hoge hoed had getoverd. In de naar lak en bolknak ruikende, in glanzend hout gevangen wachtkamer (die als twee druppels water leek op de wachtkamer van het stationnetje te Hoogezand) wachtte

Victor tot de laatste klant het loket bezocht had. Toen drentelde hij, niet helemaal op zijn gemak, naar de deur van de grootste kamer van het huis, de kamer die als kantoor dienst deed. Het meisje dat hem glimlachend door het loket had gadegeslagen, opende de deur voor hij had kunnen aankloppen. De baas zat in zijn grauwe onderhemd, de mouwen opgerold. Zijn spierwitte onderarmen staken als pas geverfd bij het hemd af. Hij tuurde over de rand van zijn bril uit een openstaand raam, rookte een sigaret, en scheen niet te merken dat Victor zijn bureau naderde.

'Moi,' zei Victor.

'Ah...' zei de Directeur, opgeschrikt uit een andere wereld, 'de kampioen van het jengelding, nait noar school vandoage?'

"t Is vakantie.'

De rust van de namiddag hing als een wolk vliegen in het open raam. Victor zou hier uren kunnen zitten, maar de Directeur keek om zich heen en vroeg aan niemand in het bijzonder: 'Hou loat is het?'

'Kwart over vier,' zei een van de meisjes.

"t Is mooi zo,' zei de Directeur, 'ik bin hier teegnover.'

Ze verlieten het kantoor. Victor wachtte in de lange gang. Even later kwam de Directeur aangelopen, op zijn paasbest gekleed, een sigaret in een mondhoek, een duim heel klassiek in een vestzakje. Ze staken de Hoofdweg over en beklommen het trapje van Café Stik.

Stik zat op een kruk achter de bar, vlak bij de bierpomp. Hij was niet het type kastelein dat betrapt kon worden op het poetsen van een tafeltje of het legen van een asbak.

"n Heldertje, Dierkteur?'

Victor kreeg een kleintje Oranjeboom. Ze waren de enige klanten, zoals meestal op dit tijdstip. Victor trok het papier uit zijn kontzak.

'Wa's dat?'

'Beroepstest.'

'Wat nou beroep, doe zitst toch nog op school.'

'Voor later. Ik ken schrijver, dirigent of regisseur worden.'

De Directeur keek opzij, kneep eens in zijn neus, maar schoot niet in de lach.

'En wat zegt dien pa doarvan?'

'Die wil met n geweer naar school om ze daar stuk voor stuk uit de stevels te schietn.'

Weer lachte de Directeur niet. Victor, die zolang hij zich kon herinneren bloosde wanneer hij bemerkte dat wat hij zei werkelijk werd gewikt en gewogen, vroeg zich af of zijn kinderloze buurman hem deze eer verschafte omdat hij genoot van de aanwezigheid van een vazal, of omdat hij werkelijk belang hechtte aan zijn beslommeringen.

'Doe wost toch noar zee.'

'Ik kan geen wiskunde.'

'Wa's dat?' vroeg Stik, 'diregent? Met dat gejengel van die? Man, man, wat n gejengel.'

'Da's een elektrische gitaar,' zei Victor, ''n dirigent doet klassiek.'

'Met n stokkie zwaain,' beaamde zijn buurman, die naar zijn glaasje wees, dat prompt werd bijgevuld.

'O dadde,' knikte Stik. Victor kreeg nog een glas. (Bier in de middag brengt de avond in de benen, zei zijn vader.)

Er werd gezwegen. De propeller aan het plafond deed vergeefse moeite het dak van het café te blazen. De warmte werd hitte. Stik trommelde met zijn vingers op de bar. Ze staken sigaretten op. Ze namen een slok. Mannen onder elkaar. Toen bereikte hem een geur. In de deur stond Lisa. Ze droeg haar wijde, openvallende oudemannenhemd en haar zwarte trainingsbroek: ze was veertien en zag eruit als schorriemorrie.

'Dat ga'k zeggen,' zei ze, wijzend naar zijn glaasje bier voor ze naar hen toe slenterde.

'Och, flikker op,' zei Victor.

'Kom kom, Liesje kindje, nait zo vals,' zei de Directeur, 'Stik, geef dat kind s n ijsco.'

De kroegbaas verdween naar achteren en kwam terug met een Koetjes-ijsje, frambozensmaak. Lisa pakte het aan en schoof met een misprijzend gezicht op een kruk. In een mum was haar mond rood alsof ze bloed had gedronken.

'Zo juffer,' zei de Directeur, 'wat brengt u hierzo?'

U zei hij tegen het kreng, alsof hij een boerenknecht was. Haar hemd hing open, je zag beginnende borstjes. Victor kreeg jeuk van ergernis.

'Victor moet thuiskomen. Anna is ziek. Victor moet haar een verhaaltje vertellen, om haar koest te krijgen.'

'Nou,' zei de Directeur, 'doe heurst t, mienjong, op huus aan, kom vanoamd nog mor ee'm laangs, mit dat pampier enzo.'

'Kun je,' beet Victor Lisa toe, eenmaal buiten, 'nou niet 's wat fatsoenlijks aantrekken?!'

'Als ik jou was,' zei Lisa, 'zou'k m'n bek d'r maar over houden.'

Ze bleef staan voor de achterdeur in de tuin.

'Laat je adem 's ruiken?'

Victor ademde tegen haar voorhoofd.

Hij kreeg haar ijsje.

Ochtenden in Parijs. Victor bezocht het Louvre, wandelde langs de kades van de Seine, dronk wijn met een zwerver en voelde zich misplaatst. De gedachte dat hij was gevlucht liet hem niet los. De overtuiging dat hij iets najoeg leek te verdwijnen. Hij was negenentwintig, waande zich kunstenaar, en vroeg zich af wat dat te betekenen had.

Pathos.

Al wat hij bezat was zijn verleden, de grootste schat van de Hollandse schrijver. Die schamele traditie – het provinciale leven, de toorn van vele vaders – wilde hij niet met een achteloos, superieur gebaar verwerpen. Maar hij zocht naar heel iets anders: de grandeur van de teloorgang, een uitgelezen ontregeling der zinnen, het slagveld van de duisternis.

Toen Louise hem die middag trof in het magere, maar stijlvolle bos nabij de tennisbanen, meende ze iets in zijn ogen te lezen wat haar verleidde tot een kus. Victor accepteerde maar beet zijn tanden op elkaar.

Hun huis stond naast de bank, op de hoek van de Hoofdweg en het zandpad dat zich het land in slingerde, schuin tegenover Café Stik, en was omringd door kastanjebomen. De tuin achter het huis, die in de zomer een dak van bladeren bezat, liep uit in het land. De moestuin was de grens. Bezoek kwam altijd achterom, daar de voordeur dood en verderf symboliseerde. Victors vader was dokter.

Het huis was koel, vochtig en donker. De benedenverdieping bestond voor de helft uit een enorme keuken die uitkeek op de tuinen en het land daarachter. Voorts waren er een kleine voorkamer, een wachtkamertje en een spreekkamer aan de straatkant. Het centrum van de begane grond bestond uit de plee. Op de bovenverdieping waren vier slaapkamers en een badkamer, en als men op de overloop een trap uit het plafond trok, kon men de rommelzolder bezoeken waarbij men de kans liep door Lisa of Victor te worden onthoofd, die er hun almaar krimpende sprookjesland hadden gebouwd toen ze vier en vijf waren. Het meeste speelgoed was nu verhuisd naar Anna's kamer en de dokter had er, met de bijtende grijns van zijn vrouw in de nek, een barretje gebouwd zodat hun kinderen er feestjes konden geven.

Anna was ziek. Ze had koorts en diarree. Anna was negen en vrijwel altijd ziek. Dat kwam omdat ze niet at in de zomer.

Ze zoog op drie vingertjes en draaide de punt van een zakdoek in haar neus. Haar kamertje was verduisterd, maar boven haar bed stak een geruststellend, onhoorbaar zoemend, lichtgroen nachtlampje in het stopcontact.

'Juffer,' zei Victor. Hij nam plaats op de rand van haar bedje.

'Doe niet zo gek, waar ben je geweest?'

'Hiernaast.'

'Nietes, bij Stik, ik ruik het heus wel hoor.'

'Heb je al wat gegeten?

'Bordje strokarton.'

Brinta. Dit had ze van Lisa.

Victor stond op en maakte een theatertje met een spotje op een kale muur. Hij wierp een schaduwbeest op de wand en vertelde een verhaaltje. Ze werden gestoord door een ijselijk gerinkel. Men werd in dit huis aan de dis genood door een koperen koebel die hun moeder had meegenomen van een vergeten vakantie. Vandaag mishandelde ze het ding met al die energie die ze, om eventueel nader te verklaren redenen, verdomd had in het bereiden van de maaltijd te stoppen. Het geklingel stoof de ramen uit, de Hoofdstraat op: het ontbrak er nog maar aan dat het hele dorp kwam aanschuiven.

'O jee,' zei Anna.

Victor stond op, deed het spotje uit, en nam voor de zekerheid Anna's temperatuur door eerst een hand op haar wang en daarna op haar voorhoofd te leggen. Achtendertighalf, schatte hij.

'Kom je na het eten weer?'

Een klein stemmetje. Ze was zich bewust van haar aanstellerij, maar had Lisa er niet de hele wereld mee veroverd?

'Ik ga eerst naar hiernaast.'

'Waarom? Enne, Fikkie? Ga jij diregent worden? Pappa zei dat je eh, met je jengelding voor een orkest gaat staan zwaaien en koppen trekken alsof je buikpijn hebt en dat ze dan zeggen, is die vent z'n pa nou dokter?'

'Zei die dat.'

Victor liet Anna achter en trok op de overloop de trap uit het plafond.

Aan de bar zat Lisa een sjekkie te roken zonder de rook te inhaleren. Stoffig licht viel door het dakraam. Het was er bloedheet en het rook er naar Lisa's zweet. De geur van zuring.

'Eten,' zei Victor.

Hij schoof op de kruk naast haar. Haar hemd hing open. Hij zag haar borstjes. Het leek alsof ze pijn deden. Ook zag hij het zwarte streepje in haar oksel. Een rups die zich erin had vastgebeten. De aanblik van zijn zusje vervulde hem met eenzaamheid en jeuk. Daarnet, in Café Stik, had ze zich als klein kind vermomd, maar nu was ze zoals ze was: ijdel en onaanspreekbaar.

'De kruik staat daar,' zei Lisa schamper, met een loom gebaar in de richting van enkele dozen, 'we eten bonen, maar bidden hoeft niet want ze bennen groen.'

'Niet "bennen" maar "zijn".'

'Ja hoor, opa.'

Ze stond op, schuifelde naar het trapgat en verdween in de grond.

'Je sjekkie!' riep Victor.

Geen antwoord. Het kon haar niet verdommen of ze werd betrapt.

Victor vond de jenever. Zijn vader dronk uit kruiken omdat dan onzichtbaar bleef in welk tempo de fles werd geleegd. Hij schonk een glas halfvol en vulde het bij met lauwe, morsdode cola. Met kleine slokken dronk hij het leeg. Toen het vuur eenmaal in zijn binnenste wakkerde wist hij dat hij de bonen zou kunnen verorberen alsof ze hem werkelijk smaakten. De briljante maaltijden van zijn moeder behoefden nooit complimenten maar als ze er met opzet niets van had gebakken, zoals nu te verwachten viel, hengelde ze naar dankbaarheid voor de moeite die ze zich had getroost.

In de keuken hing de hitte van het fornuis. Zijn moeder stond in haar schort aan het aanrecht en goot de bonen af. Lisa zat al. De dokter kwam door de tuin aangeslenterd. Victor vroeg zich af wiens zweet koeler was, dat van hem of van zijn vader. Beiden schoven ze aan, beiden keken ze argwanend naar de vrouw met de pan in de handen, beiden stoorden ze zich niet aan Lisa, die hen uit zat te lachen.

'Pilsje d'rbij?' vroeg de dokter. Victor knikte met uitgestreken smoel.

De pan met bonen werd met een klap op tafel gezet.

'Geen sprake van. Dit jong heeft vanmiddag al bier gehad...' De klank van de stem werd gecorrigeerd, het accent verhelderd. '... Zo heb ik vernomen.'

'Zooo,' zei de dokter met milde spot, 'heeft mevrouw dat vernooomen.'

'Van de buurman.'

Een blik op Lisa.

'Als alle kerels de gewoonte hadden om in de sloot te pissen, zou je hier enkel nog ladderzatte vissen vangen.'

Ze wendde zich tot haar echtgenoot.

'En een jong van vijftien dat 's middags al in de kroeg zit... da's toch te belachelijk om los te lopen.'

De dokter keek Victor aan en verbeet een glimlach. Ze zagen het alledrie. Lisa en Victor grijnsden.

'Aha,' zei hun moeder, 'de rijen sluiten zich.'

Ze aten boontjes met nootmuskaat, saucijsjes met gebakken uien en tot meel gekookte aardappelen met jus van gisteren of de dag daarvoor. Victor en zijn vader belazerden de boel door te beginnen met een ferme hap die het landschap op het bord zodanig aantastte dat het leek alsof er flink was aangevallen, om daarna met strategisch geplaatste vorkjes de schijn van continuïteit te wekken.

'Smaakt het een beetje?'

Lisa schudde van nee. Victor stak met juichende ogen een achtste deel van een boontje in zijn wangzak.

'Je hoeft níet zo demonstratief te doen, jongeman.'

'Nou heeft dat jong een talent...'

'Och ja, een bijdehandje heb ik altijd al als echtgenoot willen hebben.'

'Dat wist ik wel,' zei de dokter lijzig, 'anders had ik niet gesolliciteerd.'

Zijn vrouw trachtte een snurklach te smoren, hetgeen niet lukte.

Na drie happen schoof Lisa haar bord van zich af.

'Mag ik een sigaret?'

'Bén je belatafeld,' antwoordde haar moeder, 'en dat hemd van jou steek ik morgen in de fik, je ziet verdorie je hele santenkraam in dat ding. Loop jij d'r eigenlijk zo bij op straat?'

'Kijk aan,' zei Victor.

'En waar bemoei jij je mee?' beet Lisa hem toe.

'Met meisjes die leraren de kop op hol brengen, tijdens klasseavonden in kroegen, as zo'n kerel met zo'n wichie danst en probeert uit te vogelen of het wicht een behaatje draagt of niet enne...'

'Je gaat toch zeker niet zo naar school hè?' onderbrak zijn moeder hem, terwijl ze Lisa eens goed opnam en vervolgens in gepeins verzonk, 'misschien moet je je daar toch maar 's gaan scheren.'

'We zijn aan het eten!' riep Victor.

Lisa loenste naar hem. Ze bloosde tot in haar nek en keek alsof ze zin had hem aan zijn haren te trekken. Die blik had hij lang moeten missen.

'Opoe in de bocht,' mompelde ze.

De dokter produceerde een snurk.

Ze hadden hun borden van zich afgeschoven. De dokter stak een sigaret op en zijn vrouw verliet de tafel om het toetje te bereiden. Lisa plukte de sigaret uit haar vaders vingers en nam een trekje.

'Dat zag ik wel,' zei haar moeder, zonder het gezien te hebben.

Ze presenteerde vla met aardbeien.

'Heb je nou nog met de buurman gesproken over die eh, test?'

'Zeg eh, ouwe,' zei Lisa tegen haar vader terwijl ze met een lange nagel naar de vla wees, 'apart lepeltje voor de suiker, ja?'

De dokter wierp een verstrooide blik op Lisa voor hij zijn donkere, bloeddoorlopen ogen op zijn vrouw richtte: 'Sta daar nou maar niet zo triomfantelijk naar je genen te loeren, want élke puber met last van zijn klieren heeft wel wat artistieks aan z'n kont hangen, enne die zoon van jou...'

'En van de melkboer,' interrumpeerde zijn echtgenote.

'... Eh, wat zeg ik, omdat bepaalde types hier in huis net doen alsof ze door de muze van Konsalik zelf zijn opgevoed, wil dat nog niet zeggen dat het aannemelijk is dat een jong van vijftien ook maar een spatje aanleg zou hebben voor welke schone kunst dan ook!'

'Is dat zo?' fleemde zijn vrouw.

De dokter verstarde een moment, maar herstelde zich snel, wat een familietrekje was.

'Ik heb een zwak voor kapsones, anders had ik dit gezin niet gesticht' – er klonk weer een snurk, nu een smalende van moeder – 'maar ik ga mijn kinderen geen lucht leren bakken omdat moeke haar zandtaartjes is kwijtgeraakt.'

'Briljant!' oordeelde zijn vrouw.

'Dat dacht ik,' zei de dokter strijdvaardig.

Het werd tijd voor koffie, sigaren en cognac.

'En daarbij,' hij wendde zich tot Lisa, 'vla met aardbeien maakt men aan met verse yoghurt, slagroom en citroen, en niet met suiker, juffer, het is maar dat je het weet, voor als je later met je grote mond op de kermis gaat staan.'

'Och pappa...'

Dat was raak.

Lisa van haar apropos, moeder boos, vader van streek.

'Zo kan 'ie wel weer,' zei Victor.

'Koest jong,' zei de dokter, die eerder een kwade dronk dan een vroege kater scheen te hebben.

'Nou nou,' zei zijn vrouw.

Victor loerde naar Lisa. Haar weke mond hing open, haar wenkbrauwen (aaneen gegroeid op haar twaalfde) een zwarte veeg op een lijkbleek voorhoofd.

Ze besloot de zaak niet te laten escaleren en trok een lief pruilmondje.

'Lul,' zei ze tegen de dokter, die voorzichtig opkeek. Ze peuterde een sigaret uit zijn pakje Camel die ze opstak als een prinsesje dat wacht op een kamenier met vragen over het avondtoilet.

'Tja, zo gaat dat,' verzuchtte hun moeder.

De dokter was in de tuin gaan zitten, moeder zette koffie, Lisa was zich, toch meer gekrenkt dan men mocht weten, om gaan kleden, en Victor zat nog aan de keukentafel te roken.

'Trek je nou maar niks van je vader aan,' zei zijn moeder.

'Was ik ook niet van plan, ik ga hier niet het goeie voorbeeld geven.'

'Ná! Die toon past jou niet.'

Ik ben nog zoekende, had hij willen antwoorden, maar hij wist hoe ze hem aan zou kijken, beschuldigend, alsof hij zijn bijdehante praatjes van een louche figuur in een of andere achterbuurt kocht en hiervoor zijn zakgeld verbraste.

'Ik bedoel, je bent nog maar vijftien, geen kind over boord.'

Stilte.

'Hoe komt die man nou toch bij Konsalik.'

'Die heb je van de boekenclub gehad, want je had weer 's niks besteld.'

'O ja?'

'En die staat nu te pronken in de kast.'

'Ga dat ding er dan zo even uit halen, wil je?'

'Dat zou'k maar niet doen,' zei Lisa, op de drempel van de keukendeur, in een zwart linnen jurkje – ze had zelfs haar haren gekamd, 'dan neemt-ie je helemaal te grazen.'

'Gut, kijk nou toch, zo zie je d'r tenminste uit als een meisje, ja ja, ik hou me al stil, ga jij je ouwe heer maar 's troosten om wat-ie je heeft geflikt.'

En daar was, om met haar latere minnaar Hille Veen te spreken, Lisa's schoonheid: als een diefje in de nacht. Zodra er meer begrip werd getoond dan ze naar enkel haar bekende maatstaven verwacht had, viel alles in haar gezicht op zijn plaats. Ze wisselde een blik met Victor – 'en jij houdt helemaal je kop' – en terwijl ze allebei bloosden, liep ze naar de kast. Ze pakte een cognacglas, legde het op zijn kant en schonk er Rémy Martin in tot de drank de rand raakte. Daarna liet ze de bodem warm worden in de palm van haar hand. Talmend liep ze de tuin in. Victor stond op en sjokte erachteraan. Even kijken. De dokter deed alsof hij de sportbijlage van *Het Nieuwsblad* las. Lisa trok hem aan zijn haren zodat hij opkeek en het glas van haar aannam. Hij zette het naast zich op de grond terwijl hij, zo onbeholpen dat Victor er rillingen van kreeg, probeerde te peilen of zijn dochter zich op schoot zou laten trekken waarop, godverdegodver, die krant interessant lag te doen. Maar Lisa, die in een vorig leven hele kudden oude kerels over de steppen had gejaagd, trok de krant van zijn schoot, legde een arm om zijn hals en plofte neer, waarmee ze de dokter – die wit wegtrok – alsnog die dreun verkocht die hij verdiend had.

Nu was het Victor die snurkte.

Ze zaten stil bijeen. De dokter rookte een sigaar. Lisa's hoofd rustte op zijn schouder, haar zwarte haren verward met de zijne. Moeder, die het niet had aangedurfd een boek mee te nemen, bladerde in een tijdschrift. Hun hond, een jonge, vrijwel altijd slaapdronken herder, lag aan Victors voeten en gromde in zijn droom. De geur van loofbrandjes speelde krijgertje met de geur van de dokters havanna.

Om vijf voor halfacht stond Victor op.

'Mag ik mee?' vroeg Lisa, plotseling klaarwakker. Ook Fixbier, de herder, rangschikte hoopvol zijn ledematen.

Fix was de naam van een bier in Griekenland, waarvan Victor en zijn vader een zomer geleden in Athene elke middag tijdens hun herenlunch, als de dames in het hotel voor pampus lagen, een litertje nuttigden; een bier dat je deed hallucineren in de bloedhete zon. Het was een vakantie waarin Victor werd voorgesteld aan een leven dat enkel uit ellenlange avonden bestond, avonden die niets anders deden dan lonken naar de slaap. Het was ook een vakantie geweest waarin Victor voor het eerst (en voor het laatst) een vriendinnetje had gehad, een Frans meisje dat hem bij zijn hand pakte en hem meetroonde naar de zee. Lisa, die wel vaker last van buien had, had twee weken lang gezwegen.

Toen Kobus, de knecht van boer Valk, hun die zomer een pup kwam aanbieden omdat hij het volkomen zwarte, op een of andere wijze wel heel erg Duits aandoende beest niet wist te verkopen, besloten Victor en zijn vader in één oogopslag dat ze het dier zouden nemen. Vader legde aan moeder uit dat hij dan een reden zou hebben 'een eind te gaan lopen'. Dat Fixbier grote delen van het weekend lag te slapen onder het trapje van Café Stik wekte niemands verbazing.

Victor kon Lisa deze avond niets meer weigeren, zodat ze met zijn drieën het tuinpad afliepen. Via de straat betraden ze het domein van de bank. Een breed grindpad leidde langs het grote huis naar achteren.

Ze troffen de Directeur in zijn tuin. Hij stond, zoals altijd na het eten, op zijn aardappelveld te pissen.

Hij voelde de hond tegen zijn been, borg zijn zaakje op en begroette hen met een van zijn Oliver Hardy-imitaties. Een schijnbeweging, een verontruste blik naar links en rechts, dan de ogen kinderlijk verbaasd en uiteindelijk het gezicht langzaam verglijdend in die bedenkelijke, half boze frons. Het hoofdschudden en het kreuntje: 'Mmmmmm m!'

Lisa giechelde. De Directeur frutselde met fladderende vingers aan zijn strik, schudde de Dikke uit zijn lichaam, en liep naar hen toe.

Victor kreeg een dreun tussen de schouderbladen. Voor Lisa maakte hij een buiging.

'U had u voor mij niet hoeven kleden, hoor juffertje.'

Ze doorkruisten de bijkeuken en groetten de directeursvrouw, een tengere dame van onbestemde leeftijd met woedende trekken om haar ogen en een zachte blik erin, die in de achterkamer van een glaasje bessenjenever nipte. De kamer stond volgestouwd met kastjes, een eettafel, vier bijpassende stoelen, een eeuwig smeulende kolenkachel en vazen met bloemen uit hun siertuin. Op de lange gang, die het huis doorsneed en waarop de sprookjestrap uitkwam – een trap die voor een afdalende dame geschapen leek –, bleef Victor even staan. Een gang met zeven deuren. Een ervan gaf toegang tot de biljartkamer, een ruimte tussen het kantoor en de deftige voorkamer waarin ooit de hereboeren werden ontvangen.

(Als Victor in Parijs een zenuwaanval kreeg en door Simone door middel van hypnose tot rust gebracht moest worden (in een brabbeltaaltje naar een broddeldroom), koos hij als decor voor zijn depersonalisatie dit gigantische huis, en niet zijn eigen huis of kamer, laat staan een plek van later. Plekken van later hadden hem nooit gegrepen.)

De Directeur opende de deur en ontstak de kroonluchter boven het biljart. Lisa kroop in de vensterbank. Ze trok haar knieën op en sloeg haar armen eromheen. Haar haren wiegden op het zuchtje wind in het open raam. Fixbier lag al in een hoek en zuchtte diep.

De ballen spatten uiteen, raakten dof de randen van de tafel en vonden elkaar weer in een hoek. Het ivoor tikte als Anna's klappertanden.

'Wat was dat nou?' zei de Directeur, 'doe kist gain wiskunde?'

Victor schudde van nee, produceerde een driebander en zei: 'Abracadabra.'

'Ná!' zei zijn buurman, 'as ik die nou help, n poar moal in de week, doe most noar zee, mienjong. Weggoan en terogkomn, doar wost n kerel van, kiek nou 's noar dien pa, dei is tien kilometer ver weg west, noar Stad, en is dat n vrolijke kerel?'

'Maar u bent altijd hier gebleven,' zei Lisa, 'toch?'

'Ze kwamen naar mij toe, juffertje.'

De Directeur doelde op de oorlog, waarover hij nooit iets losliet.

'En den dat diregent gedou, loatst die toch niks aanproatn wel?'

'Fikkie moet schrijver worden,' zei Lisa, 'hij kan heel goed voorlezen.'

'Noem me geen Fikkie!'

'Dat ken altied nog, eerst mor 's wiskunde, zeg mor teegn dien pa dat ik die wel help.'

Victor haalde zijn schouders op. Sinds zijn tiende had hij stuurman op de wilde vaart willen worden, maar de lokroep van die romantische droom had plaats gemaakt voor de nuchtere eisen van de moderne wiskunde. Hij had nog een week om een nieuw vakkenpakket samen te stellen. De conrector had hem respijt gegeven.

De vrouw van de Directeur bracht koffie, flesjes cola, een miniatuurflesje rum voor Victors tic, en zoute stengels waarmee Lisa even later mikado zat te spelen. Ze dronken wat en de Directeur deelde Players uit, ook aan Lisa.

'Wat je ook doet, jongens, zoek altijd iets waarin je niet omhoog kunt vallen, maar waarin je je omhoog moet vechten, snap je?'

'Waarom?' vroeg Lisa.

'Omdat, Liesje kindje, een vent eelt mot kweken, en vechten mot leren as hij omhoog wil, want eenmaal boven laten ze de honden op je los, en dan mot je weten waarom ze dat doen, en dat lukt niet as je slaapwandelend boven bent gekomen.'

'Waarom zouden ze dat doen?' vroeg Victor.

'Dat zalst vanzulf uitvindn, mienjong, leer doe eerst mor 's vechten.'

Later die avond stonden Lisa en hij onder de kastanjes op het tuinpad van hun vader te roken.

'Fikkie?'

'Mmm?'

'Kun je mij ook leren inhaleren?'

'Later.'

Het dorp dutte in. Café Stik was half donker.

'Ga je nou wiskunde doen?'

'Wee'k niet hoor.'

'Gaan pappa en mamma scheiden?'

Ze huilde. Geen aanstellerij. Dikke tranen. Ze snikte niet.

'Nee joh, tuurlijk niet.'

Ze liet haar sigaret vallen. Keek naar hem op. Zette een stapje.

Hij hield haar vast. Heel lang, heel stevig. Ze rook naar het land in de nazomer. Ze was buiten adem en zei: 'Godverdegodverdegodver!'

Nachten in Parijs. Ze waren minder luidruchtig dan nachten in de Stad. Victors raam stond open. De buitenlucht was lauw, hij rook de wind. Hij herlas de brief en dronk bronwater.

Oude Huizen, 6 september 1989

Ludwig,
Dit is mijn verjaardag, dus ik moet wel.
Dat ik huil, mag je best weten. Dat ik jank ook.
We doen het huis weg. Ik wil niet meer in de Stad wonen. Nu zit ik dus thuis, bij de ouwe. Hij is zat. Jij ook, neem ik aan.
Goed. Hier gaan we dan. Dat klotekaartje van jou, daar werd ik pas echt beroerd van. Je bent een zwijn, maar dat wist je al: je gaat er zelfs prat op. Vanaf nu kun je doodvallen, in slow motion en goed uitgelicht. Dat kaartje ging te ver. Je denkt vast weleens dat je gevoel voor humor hebt. Ik ken je vandaag precies 27 jaar, maar dat ik nou gelachen heb, nee.
(Een halfuur later.) Dat het raam op mijn kamertje openstaat, dat ik op mijn bed lig, dat de tuin, dat de... nee, nee, nu geen weet-je-nogs, nooit meer weet-je-nogs (ik heb aan pappa's cognac gezeten, zijn we allemaal weer eens zat). Ik weet dat je ook daar naar de Godfather 2 kijkt. Hè? Mikey? Ik weet dat je geen genoeg kunt krijgen van die ene scène, waarin Michael een laatste blik op Diane Keaton werpt

als zij de kinderen bezoekt en via de keuken wordt weggewerkt (waar vergelijk je die kutscène toch mee – er bestaat geen mannelijk woord voor loeder, maar dat ben je, een loeder! – dus: waar vergelijk jij die kutscène toch mee, loeder!), en dat hij haar ziet – dit had niet mogen gebeuren – en dat hij dan zonder iets te zeggen en met die kop van hem die keukendeur in haar gezicht dichtsmijt en dat je dan gelijk met die klap die kreet van haar hoort, en dat jij dan, klootzak, in je binnenste het doelpunt van de eeuw gescoord ziet worden (waarom toch?!). Nou, op een dag zal ik – niet jij, maar ik! – onze keukendeur op die manier in jouw gezicht dichtsmijten. En nou wil ik niks meer zeggen, nooit meer.

Sissi

Het papier krulde in de vlammetjes. Veelbetekenend beeld, dacht Victor. Wat hier ontbreekt is ambivalente muziek.

Geintje.

Hij kamde zijn haren voor de spiegel. Zwart en glanzend, snijdend achterover; dankzij een nieuwe mousse, die niet begon te stinken in de regen. Zijn zwarte overhemd was gestreken door Simone. Zijn zwarte broek was nieuw. Het grijze vestje oud. Eens gekocht met Anna, die in Groningen kwam logeren. Hij schonk zich een glas Jack Daniel's in. Nipte ervan. Stak een sigaret op. Keek naar zijn evenbeeld. Zette zich aan een uit een andere kamer geroofd tafeltje. Legde de sigaret in de asbak. Vouwde zijn handen onder zijn kin.

'Victor? Qu'est-ce qu'il y a?'

Hij draaide zijn hoofd. Simone, in wit, glazig ondergoed, dat met kant was afgezet. Ze was blond, mager en mooi. Sinds haar dertiende hield ze van meisjes. Ze snoof luidruchtig, wierp een blik op de asbak en bekeek Victor van top tot teen. Een voorzichtige glimlach kroop in haar mondhoeken.

Of ze iets voor hem kon doen.

Victor schudde zijn hoofd. Ze deed een stap, aaide hem door zijn haar (godverdegodver, dacht hij) en zette haar billen op de rand van het tafeltje. Ging hij nog uit? Het was vijf uur 's ochtends. Ze kon niet slapen. Had brand geroken, had een stoel horen schuiven. Merkwaardig, dacht Victor, ze moet een en al zintuig zijn. Prompt vergruisde zijn pose. Ze pakte zijn hand. Had hij heimwee? Verbrandde hij werk? Foto's? Brieven?

Hij herstelde zich.

Dacht hij. Simone liet hem begaan. Zijn hand op haar schouder. Ze schudde hem af – 'niet zo klungelen' – en viel neer op zijn bed. Hij trok het slipje van haar benen – haar blonde venusheuvel, zo kuis – en begroef zijn mond in haar schoot. Om te proeven. Ze lag roerloos op zijn bed. Ze was vochtig van het woelen, fluisterde ze bijna verontschuldigend. Toen zijn mond vol van haar smaak was en hij zijn hoofd heel even oprichtte, keek ze hem aan met een blik die vertedering uitdrukte. Hij schrok. Ze trok hem naast zich, aaide zijn haar – hij vloekte niet meer – en kuste zijn wang. Een tijdlang lag hij met zijn hoofd in haar geparfumeerde, parelmoeren oksel. Toen kroop ze over hem heen, glipte weg en kwam even later terug, gekleed in een bloemetjesjurkje.

'Allez-vous en.'

Ze dwaalden door de stille stad. Victor liep voor het eerst sinds zijn vijftiende hand in hand met een meisje. Ze was vrolijk, vroeg hem niets, maar vertelde. Over Louise en de filosofen (une liaison dangereuse), over haar studie als therapeute (hypnose en massage), en over haar reizende vriendinnetje (een meelijwekkende blik). Hij liet haar praten en voelde de aanwezigheid van Ouwe Jack, de meest desolate engel, en even misplaatst aan de linkeroever als Victor zelf.

Maar ook dit spook deed geen moeite meer Victors ballingschap tot avontuur te fluisteren. Het leven kende geen regie, en als het al een lot kende – iets waarvan Victor overtuigd wilde zijn, de brief was een zoveelste bewijs – dan was er nog geen sprake van een samenzwering, maar van een opvallende, tot het bewustzijn doordringende samenloop van omstandigheden: een plotselinge blik op de loop van je leven, een opspringend detail uit het weefsel van de tijd – waarschijnlijk slechts een kiekje voor de ontdekkingsreiziger met aanleg voor het houden van lezingen en een zwak voor het vertonen van dia's.

Dat hij Lisa's verjaardag in stilte voorbij had laten gaan, uit mededogen (hij had gedacht dat zij dat zo gewild had en gewild dat hij het zo gedacht had), had hem bevrijd van zijn nostalgie en hem verlost van zijn beklemming, en nu, na drie dagen in harmonie te hebben geleefd met het faillissement van zijn plannen en pretenties, greep haar klauw hem in zijn nek. Hoepla, zou zij zeggen.

Victor protesteerde door de verleiding te weerstaan zijn hart uit te storten.

Hij moest het toegeven. Hij was de kluts kwijt. En hij was verdwaald.

Hij was bijna dertig, en het geloof in de mogelijkheid van een concept dat orde op zaken stelde, was hij in de loop der jaren kwijtgeraakt. Victors eeuwige verzuchting luidde: 'Maar waarom is er niet Niets!'

Een schrijver van Russische origine, een balling die het universum herschiep naar eigen voorkeuren en inzichten om niet aan krankzinnigheid ten prooi te vallen, vond de gedachte dat het leven 'een korte felle flits tussen twee oneindige nietsen' was te dodelijk voor de geest om te accepteren. En hoewel Victor in zijn schamele werk niet kon nalaten te pas en te onpas naar die schrijver te verwijzen (diens brille was zijn braille), was juist die gedachte in zijn ogen geruststellender dan de gedachte aan hiervoor-, hiertussen- en hiernamaals.

Door weg te gaan – zoals hem zo vaak was aangeraden – had Victor gehoopt de blik over zijn schouder naar dat wat achter hem lag te veranderen in een blik naar de toekomst. Maar hij kon niet zonder zijn verleden; hij hing aan dat wat achter hem lag. Het was zijn bezit. Onuitwisbaar.

In Parijs had hij bewusteloosheid hopen te vinden. En inspiratie, om met dat wat hij bezat iets aan te vangen. Want hij wist dat het vermoeidheid was dat hem zijn heimwee naar het Niets bezorgde. En omdat hij vermoeidheid een verachtelijke houding vond had hij het er niet bij laten zitten. Bovendien was hij verliefd op spielerei, en wie van spelen houdt, blijft een gegadigde voor Het Spel. Hij die God, of een van Zijn Kornuiten, heeft bespeurd, kiekeboeënd in een kathedraal, of de hoek van een gedachte omslaand, zal blijven zoeken, of hij nou wil of niet.

En ik, dacht Victor, heb Lisa gezien.

Simone zweeg reeds geruime tijd. Victor merkte hoe ze hem af en toe zijdelings opnam. Een liefdevolle blik. Zijn hand in de hare; het was alsof hij zijn eenzaamheid hervond, zonder pathos, zonder regie van buitenaf; het lag niet aan de belichting, noch aan het decor, het lag aan zijn keuze hier te zijn.

'Nostalgie?' fluisterde Simone.

Hij knikte. Hij had heimwee.

In de vierde klas van de havo bleef hij zitten, ondanks de bemoeienissen van de Directeur. Een lauwe zomer volgde. Anna was ziek. Victor zorgde voor haar. Hij trof enkel jongens van zijn leeftijd bij de plaatselijke voetbalclub. Vrienden had hij niet.

Zijn moeder logeerde een paar weken bij haar zus in het westen.

Lisa schoof op de eerste schooldag zonder iets te zeggen naast hem in de schoolbank.

Vanaf die dag togen ze samen naar de scholengemeenschap, twaalf kilometer verderop. Hun moeder was nog niet terug. Zij deden de boodschappen buiten het dorp.

Op een middag in die eerste week vol verveling reden ze na schooltijd samen op Victors Puch het uitgeputte land in. De zon loeide, een wolk vliegen hing boven hun hoofden. Ze lagen in het gras langs een sloot en rookten. Lisa inhaleerde alsof haar leven ervan afhing. Victor trok twee blikjes bier open. Ze dronken en zwegen. Ze tuurden over de sloot, leunend op hun ellebogen. Zij droeg een mouwloos hempje, hij had zijn T-shirt uitgetrokken.

Lisa liet zich op haar rug vallen en legde haar armen onder haar hoofd. Een geur van zuring bereikte hem. Hij keek naar haar.

'Jezus, zeg, is dat een teek?'

Hij gleed met een vingertop over haar blanke oksel.

'Neu, stomp mesje.'

Ze bloosde. Hij tuurde naar de horizon.

'Zeg eh, Fikkie? Wist je al dat ik een vriendje heb?'

'Een "vriendje"?'

Hij sleurde zijn blik over haar lichaam.

'Ja slome, hij zit trouwens bij ons in de klas: Pieter.'

'Pieter? Ik ken geen Pieter.'

'Dat hadden we ook niet verwacht, meneertje.'

'Stel je godverdegodver niet zo aan, wat is dat voor type! Ik bedoel, wat spoken jullie uit?'

'En waarom heb jij nooit meisjes, hèèè?'

Ooit hadden ze ruzies. Dit was iets anders.

Hij ging rechtop zitten, stak een nieuwe sigaret op, tuurde naar de horizon.

'Fikkie, kalm aan hè?'

'Noem me geen FIKKIE!'

Stilte.

'God,' mompelde Lisa, 'ik had ook niet anders verwacht.'

Iets duurde heel erg lang. Wat er kwam was een hand. In zijn nek. Hij liet zich, walgend van zichzelf, neertrekken, zijn hoofd op haar borst, haar hand in zijn haren.

Als we terugdenken aan wie we vroeger waren, is er altijd dat figuurtje met zijn lange schaduw dat als een onzekere laatkomer blijft staan op een verlichte drempel aan het eind van een onberispelijk toelopende gang, stond geschreven in Victor en Lisa's favoriete kasteelroman. Victor zag zichzelf als een dromerig, volkomen normaal ventje, zonder geheugen nog, in plaats daarvan een lege honingraat waarvan de bijen het bestaan waren vergeten. Die zomer echter viel hij warempeltje over het drempeltje, en het zoemen in zijn kop begon.

Het geheugen was door schrijvers beschreven, bewierookt en vervloekt. Zijn geheugen – enkel dit wist hij er, op een ochtend in Parijs, na een majestueus ontbijt en een nacht zonder slaap, over te zeggen – was gevormd door de vreugden en wreedheden van zijn esthetiek. Hoe hij die had ontwikkeld, wist hij niet, wilde hij niet weten. Feit was dat hij door het leven ging met die blik over zijn schouder. De tegenwoordige tijd bestond enkel in zijn herinnering. Psychiaters hadden hem deze zienswijze afgeraden. Tevergeefs. Hij zwolg vol overgave in het verhaal van zijn leven. De enige reden om door te gaan – zijn cultuurgoedje in zijn knapzak – was om dat lange lint waaraan zijn herinneringen wapperden, als vlaggetjes tijdens het dorpsfeest, langer te maken. Herinneringen die, zo vermoedde hij, *kunstmatig heringekleurd waren in het lamplicht van latere gebeurtenissen zoals weer later geopenbaard.*

Het loeren moest die zomer begonnen zijn.

Na schooltijd lag ze in de tuin, onder de twee berken, aan de rand van de moestuin, gekleed in een goudglanzende, crèmewitte bikini, haar billen, ferme billen, lonkend naar de hemel, een kuitbeen met lange smalle voet omhoog en wiegend, haar hoofd rustend op een hand, haar zwarte haren verward, haar rug glooiend en glanzend van het zweet, haar borsten verborgen, haar blik in een boek dat hij haar had aangepraat.

'Hé,' zei hij in de deuropening van de keuken, op weg naar Stik voor de namiddagse borrel met de Directeur, 'moet je niet naar je minnaar?'

Ze liet zich op een zij vallen. Haar borsten, vol en zwaar geworden, golfden loom. Ze veegde haren uit haar gezicht.

'Wat jong?'

'Ga je mee naar Stik?'

'Neu...' Ze rolde op haar rug, legde haar handen onder haar hoofd, loenste naar hem.

'Wij kijken beteuterd.'

Hij draaide zich om en liep weg.

'Hé joh! Ik ga wel mee als je wilt.'

'...'

'Ná!... Hé!'

Je niet al te beteuterd omdraaien bleek nog een hele kunst.

'Wat ís dit?' riep Lisa. Ze zat rechtop. 'Godverdómme jonge!'

Als ze had gestaan, had ze met haar voeten kunnen stampen.

Victor voorkwam net op tijd dat hij zijn schouders ophaalde.

Ze wenkte met een vinger. Hij liep zo sloom als hij kon naar haar toe. Ze wierp haar haren over een schouder, keek hem half woedend, half vragend aan en sloeg op het gras. Hij ging zitten.

'Je gaat op je peuken zitten.'

Hij sjorde het pakje uit zijn kontzak.

Een vage glimlach trippelde over haar gezicht en viel ervan af. Weer keek ze woedend, wreed. Hij herkende die blik.

'Za'k jou 's wat zeggen?'

Hij glimlachte. Minzaam, dacht hij.

'Je maakt me gek met dat gelazer, weet je dat?!'

Hij bleef glimlachen.

'Wij torsen wat mede,' zei hij lijzig.

'Precies ja, en als je het dan toch wil weten' – haar blik schoot van hem weg en zocht de nok van het dak – 'al sinds de brugklas proberen ze aan me te zitten... híer, en híer' – ze maakte vage, maar afschuwelijke gebaren – 'en ik laat het niet tóé, snap je? IK LAAT HET NIET TOE!... Ik moet er niks van hebben! En iemands tong in mijn bek wil ik ook niet. Snap je 't nu?'

Haar ogen zwart, troebel, blind.

'Ik ben abnormaal,' zei ze zacht.

In zijn borstkas spoelde een zee aan.

'Gerustgesteld, pappie?'

Ze liet zich op haar rug vallen en begon te huilen.

Victor zag strooisel aan het firmament; sneeuw, midden in de zomer.

'Wat is dat toch met ons, Fikkie?'

Hij boog zich naar haar toe, veegde haren uit haar gezicht. Haar tranen zwart van mascara. Waterverf aan zijn vingers.

Hij kuste haar. Op haar weke mond.

En zij kuste hem. Haar ogen geopend.

'O God!' zei Lisa toen, 'weet je nog?'

Hij bloosde. Zij keek langs hem heen.

'Victor?'
'...'
'Ik voel me niet zo goed.'

Ze verschenen opgedoft aan tafel.
'Hebben jullie een feestje?' vroeg hun moeder.
Lisa schoot in een zenuwachtig lachje.
'Wij gaan uit,' zei Victor snel.
'Op een doordeweekse dag?'
'Laat ze toch,' zei de dokter, ''t is het begin van het schooljaar.'
'Dit is geen opvoeden,' constateerde hun moeder, 'dit is raaskallen.'
Lisa en Victor aten nauwelijks.
'Smaakt het niet?'
'Het smaakt,' zei de dokter, die een prettige dronk had meegebracht, 'zoals het volgens jouw mevrouwtje Born hoort: een lamsbout als de binnenkant van een dij van een twaalfjarig meisje.'
'Ho maar!' riep zijn echtgenote, 'ik prefereer trouwens verse tijm, gedroogde vind ik toch te penetrant, jullie niet?'
Na drie glazen bordeaux tikte hun moeder tegen haar glas.
'Jongens, even luisteren, ik eh, ga nog een paar weekjes naar Zus in Rotterdam, da's wel goed hè?'
Lisa keek naar haar vader, wiens gezicht weigerde te betrekken.
'Wat is er godverdomme nou weer!'
'Liesje kindje, je táál!
Hun moeder forceerde een glimlach.

'Ik moet gewoon even bijkomen, da's alles.'
'Ja ja.'
'Prinsesje,' begon de dokter, maar Lisa snauwde: 'Noem me niet zo, klootzak!'

De dokter kromp ineen, liet zijn blik op zijn bord vallen, greep naar zijn glas.

'Liesje,' zei Victor, 'koest een beetje.'

Ze keek hem verbaasd aan, vocht tegen haar tranen, vroeg hem met haar ogen: 'Wat nou!?'

Het lam werd niet meer aangeroerd.

'Geef 's een sigaret,' beet Lisa Victor toe.

Niemand protesteerde. Ze rookten en zwegen.

'En Anna?' vroeg Lisa toen.

'Och, die is over twee dagen beter,' zei haar moeder, niemand aankijkend.

'Och,' teemde Lisa, 'die is over twee dagen beter.'

'Lisa, hou je nou je kop!' riep Victor.

'Och jonge! Vuile klootzak!' Ze stond op en rende de keuken uit.

Ze hoorden de deur van haar kamer met een klap dichtvallen. Ze hoorden haar zelfs de sleutel omdraaien. Ze hoorden haar niet huilen.

Victors ouders keken hem aan.

'Nou?' zei hij, terwijl een nieuw en groot gemis hem overviel, 'wat is dit voor gelazer?'

Diezelfde avond bracht de dokter zijn vrouw naar het station. Victor zat op zolder en luisterde naar Anna, die afscheid nam van haar moeder.

'Nou, doeg.'

De voordeur viel in het slot.

Victor dronk en rookte.

Gershwins *Rhapsody in blue* kraakte uit de box in de hoek toen Lisa de zolder op kroop. In het flikkeren van het kaarslicht zag hij hoe verward haar haren in haar gezicht kleefden, hoe haar mascara was doorgelopen, hoe rood haar neusvleugels waren.

Hij nam haar hand en danste met haar, zoals ze altijd hadden gedaan tot ze de slappe lach kregen.

Het was een woensdagochtend. Om zeven uur liep Lisa's wekker af. Ze maakte koffie in de koele keuken en krabde zich geeuwend onder haar oude mannenhemd. Ze schonk een kopje halfvol cognac, lengde die aan met koffie en bracht het naar haar vader, die het van haar aannam met een blik die Victor zich maar niet voor kon stellen. Daarna kwam ze met een zwiepende deur zijn kamer binnen (hij deed alsof hij sliep), ging op de rand van zijn bed zitten en kietelde hem wakker. Hij rook haar nachtzweet. Haar borsten wiegden in haar hemd.

'Hoepla,' zei ze. Ze pakte een sigaret van het nachtkastje, stak op, duwde hem in Victors mond en was alweer verdwenen.

In de keuken zat een lijkbleke Anna aan tafel, haar blonde steile haren tot op haar stuitje gekamd, vingers in de botervloot. Daar kwam de dokter aangesloft, een Zware Van Nelle in een mondhoek, frons tussen de ogen, bonkende kop. Victor schoof aan, gekleed in spijkerbroek en horloge. Lisa smeet borden en bestek op tafel. De telefoon begon te rinkelen. Lisa rende erop af.

'Met Lisa Prins. Ik wist toch niet dat jij het was. Ik heet geen Liesje meer, tuthola. Die heeft een kater. Ja, wat dacht jij dan. Moeders die het gezin verlaten moeten hun bek houden. Hou jij jezelf koest. Ik weet niet of die ouwe lul wel met je wil praten. Anna is dood. Dan zullen we haar eerst op moeten graven. Nou goed, hier komt ze.'

Lisa's ogen zwarter dan zwart, ze keek naar Victor, glimlachte breed, maar zag hem niet.

'Mamma? Ik ben weer beter, en ik ga straks naar school, en ik heb gedroomd dat ik moest poepen en toen heb ik het in bed gedaan. Hè? Nee, alles ligt er nog in.'

Anna gilde van de lach.

'Pappa, jij moet.'

'Zo? Is dat zo? Niet te veel, wel genoeg. Men ken ook noar de hoeren. Gain geld veur. Ik jou ook. Victor?'

'Dag mam. Och, zoals gewoonlijk. Genoeg. Niet drenzen mam. Jahaa. Hè? Zorg jij even voor je eigen zaakjes, ja? En jij? Is dat zo? Beginnen we weer? Niet huilerig doen, mam. Hè? Dat past jou niet. Dag.'

Twee dagen later was ze terug.

Lisa en Victor deelden een 'pretpakket', een combinatie van vakken waarmee elke toekomst uitgesloten leek. Op de schoolpleinen stonden ze 's ochtends samen te roken. Een enkeling groette hen, niemand kwam een praatje maken. Alleen als ze niet in elkaars gezelschap verkeerden, leken ze kennissen te hebben. Op diezelfde schoolpleinen maakte aanstaand schrijver en minnaar van Lisa, Hille Veen, indruk met 'zijn kleine Yvonne'. De hele school, zo'n slordige vijftienhonderd leerlingen, leek de perikelen van het stel te volgen. Zelfs de leerkrachten bemoeiden zich ermee. Lisa, die de derde klas met het meisje had gedeeld, vertelde later eens, toen zij zich in de Stad overgaven aan herinneringen, dat Yvonne de gewoonte had om het tijdens een les op een hysterisch janken te zetten, vervolgens naar de leraar stapte, hem vertelde dat Hille, 'mijn vriend, u weet wel', haar die ochtend iets had 'aangedaan,' en dat ze nu direct naar hem toe moest want hij had een uur vrij en zij 'was er helemaal kapot van'. In de pauzes stonden ze te ruziën, zij grienend en naar hem schoppend, hij stoïcijns en met een kluit rochelende en op de tegels spuwende kameraden in de rug: the Wild One. Na schooltijd stonden ze in de fietsenhokken te zoenen en te wroeten. Toen Victor Veen in de Stad ontmoette herkenden ze elkaar niet. Hetzelfde gold voor Lisa. Toen zij hem tegen het lijf liep, eerst op de Opleiding, later in hun huis (Veen had zijn gebroken hart meegebracht) reconstrueerden ze de paden die zich hadden gekruist. Veen leed aan ongeneeslijk heimwee naar die tijd. Victor en Lisa keken met afschuw terug op die schoolpleinen.

Victors oude klasgenoten, nu in havo-5, hadden de gewoonte om na tentamens, die 's ochtends gehouden werden, bier te gaan drinken in de bar van Hotel Parkzicht. Al snel meden Lisa en hij de lessen en voegden ze zich bij hen. Dit maakte hun isolement onder hun klasgenoten nog groter. Ze hingen aan de bar, te midden van bierdrinkers en geeuwhongeraars, en hielden zich groot. Thuis verdiepten ze zich in moeders schrijvers en vaders componisten om de opdringerige stilte van het huis te dempen en te speuren naar echo's die ze herkenden.

Deze nazomer is zoveel triester dan andere, dacht Victor. Soms sloeg hij de namiddagse borrel met de Directeur over om zijn geest helder te houden voor het schrijven aan zijn eerste verhaal, waaraan hij na het eten werkte in de hoop het af te krijgen voor Lisa's zestiende verjaardag, begin september. Op de dertigste van de maand augustus had hij tien kantjes af. De apotheose restte.

Het was een vrijdag, warme zon, kille wind, een middag zonder school. Lisa en Victor ontmoetten de Directeur onder de kastanjes.

'Wonderschoon, juffer,' zei de oude man met een buiging naar Lisa, die gekleed was in een zwarte jurk met een kanten kraagje. De halfhoge hakken van haar oudroze pumps knarsten in de kiezelstenen van het tuinpad. Haar lange haren had ze opgebonden in een koninklijk knotje. Haar lange nagels rood gelakt, haar lippen rood geverfd, haar oogleden zwartbruin als haar ogen. Een filtersigaret stak tussen haar lippen. Ze nam het compliment eveneens buigend in ontvangst.

Victor droeg zijn blauwste jeans, zijn witste T-shirt, zijn leren jasje, zijn kostbare leren laarzen: het kostuum waarin hij altijd achter zijn bureau zat.

Het café was uitgestorven. Fixbier was vanwege de koude wind mee naar binnen gelopen en schurkte tegen de bar, voor hij door zijn poten zakte, geeuwde en een vermoeiende jacht in een droom begon.

De Directeur nipte van zijn eerste heldertje.

'Hou ist thoes?'

'Ze is weer terug,' zei Lisa. Ze nam een slok van haar pijpje Oranjeboom en keek naar haar nagels.

'Jullie moeder,' zei de Directeur, 'heeft carbid in haar kont, dat kan zij niet helpen. Dat komt door het Westen.'

'Ze is anders hier geboren,' zei Lisa.

'Maar ze is daar gaan studeren, juffertje. Ze kon hier niet meer aarden,' zei de Directeur, die zijn glaasje leegde.

'Ze heeft kapsones,' zei Lisa.

'Net als jij,' zei Victor.

'En wie wil hier diregent wordn?' vroeg Stik retorisch.

'Pa jaagt haar weg,' zei Victor.

'Sommige kerels hebn nait wat ze wiln,' zei de Directeur.

'Wat wil hij dan?' vroeg Victor.

''N geweer,' zei Stik, met een grijns naar de Directeur.

'Stik, kerel, gooi doe 's ee'm wat balletjes in 't vet!'

De kastelein verdween mokkend naar zijn keuken.

'Dien pa,' vervolgde de Directeur, 'en ik zeg dit nou wel, nou ja, ik zeg 't mor ain keer, dien pa wil terug noar vrouger.'

Lisa verpulverde een viltje.

'Toun eh jong was, ik bedoel, toen jullie vader jong was, achttien, zo'n beetje als je broer hier, toen was hij n hele kerel, en hij had n wichje, en dat was 't beroemde stel van het dorp, en dat wichje was jullie moeder, en zij ging naar Amsterdam om te studeern, en jullie vader ging naar Stad, en tussen Amsterdam en Stad is wat gebeurd, za'k maar zeggen, en jullie moeder moes as het ware wel terugkoomn, zo ging dat vroeger.'

'Dat wisten wij wel,' zei Lisa met een blik op Victor, 'toch?'

Hij knikte.

'Dien pa, mienjong, is nooit ouder gewordn as achttien, hij verdomt 't.'

'Mosterd, of majenaisie?' vroeg Stik.

Vlak voor het eten zaten ze op zolder. Lisa peuterde haar haren los en schudde haar hoofd. Haar grote mond een wrede streep. Mooi was ze niet.

'Melancholie,' zei ze, 'me-lan-cho-líe!'

'Ik heb wel 's gelezen...'

'Jij met je lezen, je kunt verdomme ook nooit 's iets zelf verzinnen. Laat die zuiplap 's volwassen worden!'

Het luik in de vloer ging krakend open.

'Zeg stelletje katten,' zei de dokter, die op de zolder kroop, 'ruzie maken voor het eten? Zijn we daar niet wat te oud voor?'

Lisa liep stampvoetend langs hem.

Victor, in het Bois de Boulogne, probeerde zich de gesprekken die hij in zijn leven met zijn vader had gevoerd – het waren er twee, of drie – voor de geest te halen. Wat hij zich herinnerde, was woede, sarcasme, bitterheid. Maar geen weerzin.

Daar op die zolder had hij geprobeerd om de dokter tot leven te wekken. Maar die had met een zeldzaam doordringende blik en op lijzige toon tegen hem gezegd dat hij zijn kop eens uit de boeken moest trekken en eens in de puberteit moest zien te raken. Hij had er de leeftijd voor. Een plan maken, en dat plan uitvoeren. Die bloeddoorlopen ogen van zijn vader, de man die een gebaar maakte opdat Victor hem bijschonk, dat uitgestreken smoelwerk dat zei: 'Ben je nou zo achterlijk dat je niet snapt dat je de leeftijd hebt om keuzen te maken? Of je ouders het rooien, zou je aan je reet moeten roesten. En dat jij dat spelletje speelt met Lisa om haar te redden uit de klauwen van een belabberd huishouden, is dát het? Gut gut, dat is geen plan maar een geblokkeerde hormoonhuishouding. Ze is je zús, jongen! Over een jaar of twee ben je haar kwijt.'

Waarop de dokter zijn zoon had bijgeschonken en ze hadden gezwegen. Dacht Victor. In het Bois de Boulogne. Huiverend in een koude wind die de nazomer verjoeg.

De ochtend van haar verjaardag liep zijn wekker om zes uur af. Hij sloop door het huis en dronk koffie in de keuken. Daarna stapte hij op de fiets. Bij de kweker, vlak buiten het dorp, haalde hij zestien witte rozen.

'Da's ain keer mor nooit weer,' zei de man met dikke slaapogen, 'en neem dit ee'm mit veur dien pa.'

Hij toonde een bos rode rozen, eveneens zestien.

'Vijfentwintig gulden als u ze door de plee trekt.'

'Wat?'

'Een geeltje als u ze niet langs brengt vandaag.'

'Bist doe gek!'

'Maak d'r dan anjers van, gele.'

'Nou, astoe t zegst.'

Om halfzeven was hij weer thuis. Iedereen sliep nog. Hij douchte, kleedde en parfumeerde zich. Om kwart voor zeven opende hij haar deur. In haar kamer was het schemerig en steenkoud. Ze sliep altijd met de ramen open, ook 's winters. Hij droeg de rozen en een kommetje koffie. Het verhaal, ingepakt in een grote envelop, hield hij onder zijn arm geklemd.

Lang keek hij naar haar. Ze lag te slapen met haar armen naast zich, haar vuisten gebald, haar haren uitgewaaierd over haar kussen, tot haar navel blootgewoeld en naakt. Mierzoete vertedering greep hem. Hij legde de rozen op het laken. Zijn handen tintelden. Hij schudde zijn hoofd, zette een stap en kneep in een buiten het bed bungelende voet. Ze deed haar ogen open. In het ochtendlicht zag hij hoe er leven in haar pupillen vloeide: verbazing, een lach, een vraag. Zijn hoofd een meter boven haar hoofd. Ze rook naar haren, zweet en slaap.

'Idioot!'

Ze nam het kommetje van hem aan, keek naar haar wekker, gunde hem een fronsende blik, schoof overeind, keek naar haar borsten, en toen weer naar hem.

Victor stak een sigaret op en streek over zijn haar. Lisa trok een deken over haar boezem en dronk een paar slokjes.

'Wat ís dit, Ludwig van Beieren?'

'Je verjaardag, Elisabeth van Oostenrijk.'

Ze stak haar armen uit. Hij kuste haar wang.

'Wa's dat?'

Hij presenteerde de envelop. Ze peuterde hem open, trok de vellen eruit en keek verbaasd naar zijn handschrift.

'Een verhaal?'

Hij knikte, bloosde, tintelde.

Ze bladerde.

'Niet doen, niet doen, bij de eerste zin beginnen.'

'Nu?'

'Wanneer je maar wilt.'

'Geef 's een peuk?'

Ze inhaleerde diep en greep naar de rozen.

'Gut, wat een geuren op de vroege ochtend, je stinkt uren in de wind joh.'

Hij bloosde.

'Helmut Berger, van kwaad tot erger,' zei ze, hem ietwat ongerust aankijkend.

Hij liep naar haar pick-up en zette de *Rückert-Lieder* op, heel zacht. *Ich atmet' einen linden Duft*, zong Kathleen Ferrier. Victor glimlachte. Lisa woelde in haar haren. Haar borsten golfden tevoorschijn. Ze liet het maar zo.

'Joehoe!' Ze praatte met de sigaret in een mondhoek. 'Ga 's even rustig zitten. Wat heb jij de dokter verteld? Hij kijkt me de laatste tijd nogal eigenaardig aan.'

Victor ging in het open raam zitten en rook de tuin.

'Wat valt er te vertellen.'

'Ja, wat valt er te vertellen, moeten we je schedel lichten?'

'Wat wil je dat ik zeg?'

'Wat wil je dat ik wil horen?'

'Onze vader beticht ons van spelletjes.'

'Wat? Wat is een spelletje?'

'Dit.'

'Het is toch ook eh, in zekere zin... een spelletje?'

'Is dat zo?'

'Hou op met dat geijsbeer! Ga zitten.'

Op de rand van haar bed. Ze pakte zijn hand.

'Wat wil jij?'

'Dat je mijn verhaal leest.'

'Niet liegen, wat wíl jij?'

Zijn kruin jeukte.

'Moet ik soms...' – ze keek langs hem – 'moet ik soms

mijn tieten verbergen voor jou?'

'Néé!'

Lisa schudde haar hoofd alsof ze zich aan iets wilde ontworstelen.

'Victor, waar ben jij in vredesnaam mee bezig?'

Zijn gelaat verstrakte. Hij streek over zijn haar.

Ze keek hem aan, keek weg, keek weer. Plotseling greep ze zijn hoofd en duwde hem, terwijl zijn nek zich ontspande, tegen haar borsten... zacht, nee, hard waren ze, koud, nee, koel.

'Luisteren, jochie,' siste ze, 'luister nou maar 's even naar wat je in je kop hoort.'

Hij verstijfde niet, geen moment. De geur van haar zweet, haar haren, haar rokerige koffieadem. De greep van haar klauw in zijn nek. Hij duizelde.

'Lisa, gék! Toe nou!'

Ze liet hem niet los.

Ze kreeg de slappe lach.

'Nou? Zeg op! Is dit wat je wilt?'

Ze liet hem los. Hij rechtte zijn rug en schoof dichterbij. Met vaste hand streek hij haren uit haar gezicht. Ze wendde haar blik niet af.

'Het is een mooi spelletje,' zei hij.

'Het is een spelletje,' zei Lisa.

Ze glimlachte triest. Toen kuste ze hem, kwaad en beschuldigend, lang en vastbesloten, volmaakt en doortrokken van afstand, overwonnen afstand, zo dacht hij te proeven.

In de keuken hing de geur van de ochtend. Buiten miezerde het. Duiven koerden in de bomen. Victor dekte de tafel, rookte, ijsbeerde. Hij strikte zijn das en trok hem weer los. Hij las het verhaal met Lisa's ogen, met wat hij dacht dat haar wispelturige hart was. Om halfacht schonk hij zich een glas cognac in, nam een havanna en ging zonder jas buiten in de regen zitten.

Een hand op zijn schouder.

'Zeg, chef, wil jij je moeder een beroerte bezorgen?'

De dokter nam hem het glas uit handen, goot het bodempje in de monnikskap onder de berken en zei:

'Proost, heren.'

Hij bleef staan dralen in zijn ochtendjas. De geur van zijn Zware Van Nelle verjoeg de geur van Victors sigaar.

'Je zus al wakker?'

'Ik heb haar rozen gebracht, witte.'

'O?'

'Jij geeft haar anjers, gele.'

'Mm, Victor?'

'...'

'Jij gaat een maandje naar Amsterdam, op mijn kosten, ik heb daar een oude vriend.'

'Zullen we nou krijgen? Ik kan helemaal niet weg, we hebben werkweek in oktober. We gaan naar München.'

'Kan me niks verrotten, jij gaat zeker tot die tijd weg, je moet 's met je kop uit de klei, jongen.'

'Je gaat me zeker geld meegeven, voor de hoeren.'

'Als je daar prijs op stelt.'

De dokter tikte hem op de schouder en slofte weg. Opeens bleef hij staan. Victor keek naar zijn vader.

'En tot die tijd drink je hier in huis geen druppel meer.'

En hij slofte verder.

Victor smeet zijn sigaar weg en legde zijn onderarmen op zijn knieën. Eeuwen later – hij was doorweekt en uitgeput – kriebelden er vingertjes in zijn nek.

'Wat is er, waarom huil je?'

Anna, met grote ogen.

'Niks joh, kuthumeur.'

Ze kroop op zijn knie, keek naar de lucht, liet regen op

haar gezicht vallen en legde een arm om zijn hals.
 'Net als pappa?'
 'Zeg, moet jij niet wat aan? Je vat kou zo.'
 'Nee hoor, wat heb je gedaan dan?'
 'Gezopen.'
 'Och, dompie.'
 Ze wiegde hem.
 'Binnenkomen! En wel direct!'
 Hun moeder stond in de deur van de keuken.
 'Hup aan tafel, voordat Liesje er is, Victor, je bent drijfnat, wil je ziek worden?'
 Ze schoven aan tafel. De dokter keek hem onbewogen aan. Hij schonk koffie en presenteerde een Camel. Daarna legde hij twee vingers op zijn mondhoeken en drukte zijn mond in een morsdode grijns.
 Lisa kwam schuchter binnen, de rozen in haar armen.
 'Hoera! Hoera! Hoera!' riep Anna.
 'Niet zingen,' zei Lisa, 'niet zingen hoor.'
 Ze kreeg een kus van haar ouders en van Anna.
 'Van wie heb je die?' vroeg haar moeder, Lisa op haar stoel duwend.
 'Van hem.'
 Een blos op haar wangen. Ze keek naar de grond.
 'Kijk 's aan, Victor, hoe kom je d'r zo vroeg aan, en trek je overhemd 's uit, je bent zeiknat, Liesje wat zie je d'r prachtig uit, jurkjes staan je toch zo beeldig, alleen je decolleté, nou ja, wie wat heeft, hoeft het niet te verbergen, zullen we maar zeggen, als Victor zich nou ook 's ging scheren, 's ochtends, je ziet eruit als een dichter met bloedarmoede, jongen, maar daar zul je wel niet rouwig om wezen hè? Ik heb je wel in de gaten hoor. Vader, kijk toch 's naar je zoon, moet-ie niet 's naar een sanatorium? En wat ruik ik toch allemaal. Anna, haal die vinger uit de botervloot, zit niet zo te kliederen. Zeg, doktertje, hadden wij niet een

cadeau of zo? Licht je luie kont 's, en zit niet zo verdwaasd te kijken, wie wil er een eitje? Anna, ik zeg het niet nóg een keer!'

Victor zocht Lisa's blik. Ze leek te schrikken toen hij haar ogen trof.

Wat? vroeg ze zonder woorden. Hij deed hetzelfde. Hun vader zat hun uitwisseling te volgen. Hun moeder kwam met de eitjes.

'Pappa,' zei ze, 'toe, schiet 's op!'

De dokter stond op en slofte de keuken uit.

Straks, oké? spraken Lisa's natte ogen.

'Victor heeft gezopen,' fluisterde Anna in Lisa's oor, 'pappa is heel boos.'

'Zeg je, kindje?' vroeg haar moeder met een blik op het aanrecht.

'Nihhiks.'

De dokter legde een cadeau in de schoot van zijn dochter.

Terwijl haar ogen zich met tranen vulden, pakte ze het uit. Ze biggelden langs haar wangen toen ze de stapel bekeek. Mahler, Chopin, Presley, The Doors, Waits. Ze drupten van haar neus toen ze opstond, 'dank je wel' zei en de keuken uitrende. De platen lagen uitgewaaierd op de keukentafel.

'Wat,' zei haar moeder, 'wa's dat nou?'

'Overmand door emotie,' zei de dokter.

Ze stond in haar kamer voor het geopende raam. Het was voor het eerst dat hij haar zag snikken. Haar schouders schokten. Ze hield zich vast met haar armen.

Victor had het gevoel – een omgekeerd déjà-vu – dat hij al vertrokken was, alsof hij enkel met zijn gedachten in het huis verwijlde.

Hij stond achter haar en raakte haar niet aan.

'Hij stuurt me een maand naar Amsterdam.'

Ze draaide zich om en sloeg hem. Een vlijmscherpe klets in zijn gezicht.

Voor de deur had ze hem te pakken. Ze greep zijn hoofd met beide handen en siste: 'Ik vond het mooi, mooi, mooi... én gemeen!'

Hij knikte.

Ze liet hem los en ging op haar bed zitten.

'Doe die deur dicht!'

Ze wenkte, sloeg op de dekens. Hij ging naast haar zitten.

'Het is goed dat je weggaat.'

Hij boog zijn hoofd: 'Ach zo.'

'Ach so, sagt er.'

Hij streek over zijn haar.

'Hou daarmee op!'

Hij rilde.

'Je bent een engerd, weet je dat! Ik had het je nooit moeten vertellen. Dat ik er niets van moet hebben, en nou wil jij, nou wil jij... is dat zo? Wil je dat?'

'Dat wil ik niet.'

'Je liegt, vanmorgen jongetje, lag ik toevallig ook in m'n blote kont!'

Hij wendde zijn hoofd af.

De afstand tussen hen was als vroeger: wreed en kinderlijk.

'Donder jij maar op!'

Op de drempel treuzelde hij. Iets brandends raakte hem in zijn rug.

In de deur van de keuken wenkte hij zijn vader.

'Gaat het met haar?' vroeg zijn moeder.

In zijn spreekkamer wees de dokter hem een stoel.

'Wat heb je geflikt?'

'Niks, ik ben pleite.'

'Pak je spullen maar, ik zeg wel tegen je conrector dat je overspannen bent. Wat is er gebeurd?'
'Nihhiks!'
De dokter keek hem aan met onleesbare, bloeddoorlopen ogen.

De oude vriend van zijn vader was een broodmagere, kettingrokende man die renteniderde op kapitaal waarover geheimzinnig werd gedaan. Hij woonde op een met planten overladen woonboot en brandde de hele dag kaarsen voor een beeld van de heilige Maagd. 'Baat het niet, dan schaadt het niet,' zei hij toen hij Victors bevreemde blik bemerkte.

Willem, die zich William liet noemen, sleepte Victor die eerste week door een stad die hij leerde haten vanwege een troosteloze aanblik in de herfst, te pas en te onpas kakelende bewoners, onwaarschijnlijk luidruchtige kasteleins en een duizenden malen gefilmde grachtengordel waar voorgoed het weemoedige mondharmonikageluid van Toots Thielemans boven hing. Victor waande zich in een krakkemikkig scenario van Hollandse bodem. Van dit kneuterige decor werd je losjes en lacherig. Hier was de Hollandse ironie geboren.

Hij zou er in zijn studietijd vaak heen liften om zijn gelijk te halen.

Na die eerste week bezocht hij op eigen houtje kroegen in de Jordaan. Hij belde niet naar huis, er werd niet naar hem gebeld. Hij slenterde door de stad en neusde in boekenzaken. Hij had iets te besteden en kocht twee dozen vol. Op de boot las hij onder het genot van Amstelbier en Ketel 1 in zijn boeken en William in de zijne, allemaal esoterische werken van onduidelijke origine. Af en toe stelde de man hem een vraag: 'Geloof je ergens in?' 'Ach.' 'In

God, of iets in die geest?' 'Ik geloof het niet nee.' Onbedaarlijk gelach. 'Ken je je lot?' 'Hè?' 'Heb je al kijk op de loop van je leven?' 'Tja, misschien, een beetje.' 'In hoeverre?' Victor maakte het gebaar van de hengelaar. De man kwam niet meer bij. Als William naar bed ging, zei hij: 'Ik duik erin, blaas jij de kaarsen uit? En wees eens avontuurlijk, sla daar eens een kruisje bij, baat het niet, dan eh...' Grinnikend kroop hij in de koffer, zoals hij dat noemde. Victor maakte de bedbank op, wikkelde zich in een deken, kreeg buikpijn en lag de hele nacht wakker.

Na tien dagen ontving hij een brief, van zijn moeder.

Lieve Victor,
Gaat het? Met ons is alles prima. Wat is er nou toch gebeurd? Lisa wil niks zeggen. Kun je niet 's proberen je wat minder aan te stellen? Ik zeg het voor je eigen bestwil. Je vader is het zat. Hij had het, dat vind ik tenminste, wel wat eerder gewoon kunnen zeggen. Maar hij zegt dat zelfs de Directeur zegt dat jij meer weg moet. Ik weet het niet hoor. Nou ja, ik bemoei me er maar niet mee. Dat begrijp je wel hè? Het is wel stil aan tafel zo, zonder die praatjes van jou. Maar je weet dat ik daar beter tegen kan. Je vader dus niet. Die denkt dat het van mijn genen komt en meer van dat soort gezwets. Hij wil een Groninger van je maken. Dat vind ik dus onzin. Maar je kwekt wel vaak boven je leeftijd. Nu niet boos worden. We missen je heel erg. Vooral Anna. Ik mocht het van Lisa niet zeggen maar Anna huilt er 's avonds om. O ja. Liesjes Pieter krijgen we binnenkort ook te zien. Dat heeft ze gezegd. Ik geloof wel dat ze nog erg kwaad op je is. Wat heb je toch tegen haar gezegd?

Vermaak je je een beetje? Ik vind Amsterdam zelf heerlijk. Al die huisjes, prachtig! Als er wat is, bel dan. Ik weet niet wat je precies hebt afgesproken met pappa, maar als je

thuis wilt komen, gewoon doen hoor! Daar heb ik toevallig ook nog iets over te zeggen. Geniet maar lekker en probeer wat te kalmeren. Dag.
Je moeder

Victor pakte pen en papier, een fles jenever en schreef een brief terug.

Aan Anna Prins (Niet aan de anderen laten lezen hoor!)

Lieverd,
Niet zo verdrietig zijn, kom op. Ik kom over twee weken weer. Ik neem vijf sprookjesboeken voor je mee. Ik zal je elke avond voorlezen. Niet boos zijn op pappa. Het was mijn eigen schuld. Liesje was zo boos dat ze me heeft geslagen. Dat moet soms. Die man bij wie ik woon, is knettergek. Hij heeft een boot en daar wonen we op. 's Nachts schommelt 'ie een beetje. Als je nou gaat slapen, dan moet je heel goed luisteren, dan hoor je mij wel een verhaaltje vertellen, met de wind mee. Weet je nog dat ik je verteld heb dat de zon die boven China schijnt ook boven Oude Huizen schijnt? Precies dezelfde? Zo is het ook met de wind. En Amsterdam is heel dicht bij ons huis. Dus gewoon heel goed luisteren. Morgenavond vertel ik het sprookje van de prins en de chocoladepudding, overmorgen dat van het kleine denneboompje. En dan mag je best huilen. En als mamma zegt dat je daar te oud voor bent, dan zeg je maar: opoe in de bocht. Stiekem. Je weet hoe het met het kleine denneboompje is afgelopen. Dus niet groter willen groeien. Gewoon klein blijven. Dat is veel leuker. Niet tegen Lisa zeggen dat ik je heb geschreven, alleen tegen mamma. En zij mag het ook aan niemand doorvertellen. Beloofd? Let maar goed op. Als er vannacht iemand opeens in je teen bijt, ben ik dat. Helemaal vanuit

Amsterdam. En stop morgenvroeg speciaal voor mij al je vingers in de botervloot. Dag. Victor. (Niet meer huilen omdat ik weg ben hoor!)

Hij wachtte vijf dagen elke ochtend op de postbode. Er kwam niets. Hij dwaalde door de stad en dronk kopstoten. Hij speurde naar boeken voor Anna en keek rond in de hoop dat een openbaring hem een zoenoffer voor Lisa aan zou wijzen. Maar hij had wel zoveel kijk op 'de loop van zijn leven' dat hij wist dat het wachten op een openbaring zinloos was. Op een avond pakte hij een boek uit een van zijn dozen en bladerde wat. Hij had het gekocht vanwege de titel en de prachtige stofomslag. De inhoud scheen hem duister en onleesbaar – het was een vertaald werk. Toch zette hij door. Het was een grauwe grap vanuit het niets: toen hij doordrong in het boek en alles naar kamperfoelie begon te geuren (zelfs de heldin, vooral de heldin), keek hij een moment argwanend om zich heen. Tot de behoefte om te kwetsen hem overviel. Hij las het boek in één ruk uit, kotste 's ochtends een halve liter jenever in de plee, kleedde zich, zocht een postkantoor en stuurde het, aan onbedwingbare rillingen ten prooi, aangetekend naar Lisa, met een kort briefje: Hoofdstuk Twee; hoepla! Vervolgens bedronk hij zich. Hij vertelde William dat hij ziek was en kroop onder de dekens. De man legde zijn handen – brandende, zuigende handen – op zijn borstkas en zei dat hij 'geblokkeerd' was. Moest hij zijn ouders bellen? Victor schudde van nee en vroeg William hem met rust te laten. Een halfuur later werd er een brief bezorgd.

Lieve Victor,
Ik heb het niemand laten lezen. Ik huil niet hoor. Ik kan je niet verstaan maar je hebt wel in mijn teen gebeten. Kom maar weer thuis! Liesje wil nooit voorlezen. Ze is

niet boos meer. Dat ze je sloeg, komt omdat jij haar altijd sloeg, dat denk ik. Weet je nog van vakantie vroeger, dat je haar sloeg, en dat ik het niet mocht zeggen, van haar niet, dat vond ik stom. Dat heeft ze verteld, van de vakantie, maar ik wist het nog wel. Ik heb gelogen. Ik moet wel huilen, maar niet elke keer. Pappa en mamma lezen ook nooit voor. Ze zijn stom en maken ruzie. Ik vind er niks aan. Fixbier huilt ook. De buren zijn daarom boos. Maar de Directeur niet. Lisa gaat met hem naar Stik. Ik mag niet mee. Koop je een kaart van Amsterdam? Met alle straten daarop. Die wil ik aan de muur. Je hebt het beloofd hoor, van dat voorlezen. Ik kan zelf wel lezen maar dan kan ik het niet zien. Alleen bij Suske en Wiske. Dag. Anna. Kom morgen maar weer.

Victor werd zieker en zieker. Hij hallucineerde en gaf over. William legde zijn hete handen in Victors nek en leek in paniek te raken.
 'Ik bel je pa.'
 'Da's wel een dokter, ja.'
 William reed hem in twee uur naar Groningen.
 In de Stad werd hij in de auto van zijn vader geduwd. Victor lag op de achterbank en hoorde stemmen vanuit de verte.
 'Dat jong heeft een kramp van kruin tot kont.'
 'Hij mot 's met de neus d'r in.'
 'Waarin, in jouw drek?'
 'Hang niet de Jezus Twee uit.'
 'Voed je dat jong soms op door 'm jouw fotoalbum voor te houden?'
 'Ik heb geen fotoalbum, Willempie.'
 Victor merkte nog hoe hij het ouderlijk huis werd binnengedragen, en voelde vaag hoe hij twee keer in zijn arm werd geprikt voor het mistig werd.

Hij sliep niet maar droomde voortdurend. Zinderend land waarover gedrochten marcheerden. Hij zweette, beefde. Krampen schoten door zijn lichaam. Er was een moment – hij had geen benul van dag of nacht – dat zijn vader naast zijn bed zat en zijn voorhoofd depte met een koude natte lap. Victor keek naar hem, niet in staat te praten.

'Ga 's rechtop zitten, jongen.'

Het lukte hem niet. Zijn vader pakte zijn hoofd, hield het omhoog en hield een glas voor zijn mond.

'Kun je wat binnenhouden?'

Het was cognac, puur, zoet en brandend. Hij nam een slokje. Vuur in zijn slokdarm.

'Leegdrinken, helemaal.'

De brand verspreidde zich in zijn maag. Traag vloeide er rust in zijn ledematen. Hij liet zich in dit – bijna erotische – genot glijden, als in de armen van een meisje, en viel in slaap.

Later – het was voorgoed donker geworden – zat de dokter er weer. Hij sleurde Victor omhoog tot hij tegen de muur zat en drukte hem een grote kan in de handen. Bier.

'In één keer leegdrinken.'

Weer die rust in zijn lichaam, al beefden zijn handen zo dat hij zijn lip openstiet aan de rand van de kan. Uitgeput schoof hij weer onder de dekens. De dokter zei niets, keek hem aan en bette zijn lip met een zakdoek. Toen stond hij op.

'Dit is je eerste,' zei hij, zijn zoon aankijkend alsof die uit onvoorzichtigheid door het ijs was gezakt, 'en ik hoop je laatste.'

Hij hield Victor een spiegel voor. In het vage licht zag hij hoe zijn hoofd was opgezwollen.

Later. Zijn raam stond open. Er viel daglicht in zijn kamer. Hij had geslapen. Hij beefde niet meer maar af en toe voelde hij een lichte kramp. Een vaag bekende geur hing om hem. Bloesem? Naast zijn bed stond een vaasje met troebel water. Groen bezinksel op de bodem. Een zieltogend twijgje stak eruit en leunde in zijn richting. Een twijgje van een linde. Victor was misselijk, had een schreeuwende dorst, maar lag verstard naar het vaasje te kijken, terwijl een lied in hem gezongen werd. Toen vermande hij zich. Hij wankelde naar het raam en stak zijn kop eruit. Het miezerde. De tuin rook naar herfst. Lang dronk hij uit de kraan boven zijn wastafel. In een hoek vond hij een pakje Camel. Hij ging in bed liggen roken, verward en opgewonden. Geil. Het inhaleren maakte hem zo duizelig dat hij bijna van zijn stokje ging. De deur ging open en Anna's blonde hoofdje stak om de hoek.

'Ben je wakker?'

Hij wenkte. Ze ging op de grond zitten en keek hem aan.

'Pak 's een spiegel?'

Ze keek om zich heen en viste een zakspiegeltje onder een stoel vandaan. Hij was bleek, zwart onder zijn ogen, en mager, magerder dan ooit. Hij streek over zijn haar en stoppels.

'Mag Fixbier naar binnen?'

Het beest dook boven op hem, zacht jankend, en kroop onder de deken; zijn kop op Victors opspelende maag.

'Je hebt delejum,' zei Anna.

Hij pakte haar hand en vocht tegen zijn tranen.

'Van het zuipen,' zei ze vermanend.

Had ze haar cadeautjes gevonden? Ze was al weg. Haar gezicht rood van inspanning, toen ze het doosje voor hem neerzette. Verrukt pakte ze haar sprookjesboeken aan. Bladerde. Daar was het kleine denneboompje. Ze keek op.

'Niet doen. Niet doen hoor. Waarom huilen jullie steeds?'

Lisa was nog naar school. Zij had dat stokje bij zijn bed gezet. Ze deed heel gek, maar was niet boos meer.

'En mamma?'

'Op boodschap. Ze is vannacht hier geweest, de hele tijd.'

Hij herinnerde zich een droom over een vrouw in een blauw gewaad, aan zijn bed, maar mijlenver verwijderd en verscholen in een klamboe, starend in het niets.

'Je hebt in mijn teen gebeten hè? Toen je daar was. Ik wist nooit dat dat kon, maar het kan wel. Maar ik kon je niet verstaan. Ik hoorde je wel. Het was niet eng maar wel raar. Ik kon heel goed slapen. Toen je dat schreef. Ik heb het aan niemand laten lezen. Ik wist dat je de volgende dag thuis zou komen. Ik heb gewacht. En toen was je heel erg ziek. En pappa was heel boos. Op die meneer. En die meneer zei dat het zijn schuld was. Van pappa.'

Het was zijn eigen schuld. Hij had heimwee gehad.

Was hij daarom ziek geworden?

Victor knikte. Anna ook, weifelend.

Er werd geklopt. De hond schoot tevoorschijn en sprong naar de deur.

'Jaaa,' zei Anna.

Lisa was iemand anders. Ouder. Mager in haar gezicht. Haar mond en neus groter, haar wenkbrauwen grover en zwarter.

'Kijk,' zei Anna, die naar haar boeken wees.

Lisa knikte en duwde de hond van zich af.

Victor keek naar zijn voeteneind, keek weer op, en zag zijn zusjes blind naar elkaar staren. Hij voelde zich een ongenode gast op een reünie van echte vrienden.

'Anna, ga 's weg.' Ook haar stem was anders. Donker. Gebarsten.

'Niet als jullie ruzie gaan maken.'

'Doen we niet. Hup!'

Anna graaide haar boeken bijeen.

'Niet meer slaan.'

'Nee, tut, wegwezen.'

De deur sloot, de hond liep rond en Lisa keek op Victor neer.

'Goed dan.'

Hij zweeg. Ze begon heen en weer te lopen.

'Was dit een dreigement?'

'Hè?'

'Dat boek, die halfzachte sukkel, en... een delirium?'

Hij haalde zijn schouders op, oprechter dan ooit.

Ze ging op haar knieën zitten, vlak naast hem, en plukte aan zijn deken.

'We gaan dit nu uitpraten, kan me niet schelen hoe je d'r aan toe bent, je hebt ons de stuipen op het lijf gejaagd.'

Hij streek over zijn haar; het was alsof zijn kop barstte. Hij voelde zich kil.

Ze keek van hem weg.

'Dat verhaal van jou, dat was zo zuiver, en je hebt alles smerig gemaakt.'

'We kunnen niet allemaal heilig zijn.'

'Ik bén niet heilig! Ik ben frigide, verdomme!'

'Ga naar de dokter.'

'Nou zeg! Zodat ik met m'n broer kan neuken?'

'Jezus!'

'Neuken! M'n kút, jonge, mijn kut!' Ze sloeg met haar vuist op de grond en greep zijn arm voor hij door zijn haar kon strijken: 'Hou daarmee óp!'

Ze stond op, zette twee stappen, draaide zijn deur op slot, sjorde haar blouse uit haar broek en begon zich uit te kleden.

'Hé! Ben je gek geworden?!'

Ze keek niet naar hem. Ze trok de blouse over het hoofd, stroopte haar spijkerbroek van haar heupen, sleurde haar slipje naar beneden en was naakt, op haar witte sokjes na.

Hij keek en versteende. Haar ogen samengeknepen, haar handen op haar heupen, haar lichaam alsof het schoppen wilde.

Hij wendde zijn blik af.

'Ik wil niet met je neuken.'

'Weet je het zeker?'

Victor zweeg en zag hoe de hond van hem naar haar keek en leek te wachten op een stok die weggesmeten zou worden.

Ze kleedde zich aan.

Ze ontsloot de deur.

Ze deed hem weer op slot.

Met een sprong landde ze op zijn bed. De hond kroop jankend in een hoek.

Victors gezicht was een korst die bladderend losliet.

Lisa schudde haar haren.

'Zo.'

Er klonk een lach in haar stem, van heel ver weg.

Ze ging op haar billen zitten, vlak bij zijn bonkende kop, trok haar benen in de kleermakerszit, greep zijn hoofd met beide handen, draaide een nooit eerder geziene glimlach in haar ogen en siste, terwijl haar speeksel in zijn gezicht spatte: 'En ik hou óók van jou... begrepen?'

Hij keek naar die glimlach en knikte. Volkomen beteuterd.

Victor – verzadiging zoekend in vergelijkingen – stond op Gare du Nord om geld te wisselen. De menigte was gemengd. Het leek er een haven van Europa, een decor van een Italiaanse filmer. Personages wier lippen een andere taal spraken dan opklonk.

De Duitse nasynchronisatiewoede had één wonderschoon duiveltje uit het doosje weten te toveren: Romy Schneider had bijna al haar buitenlandse films zelf ingesproken. Zo zag je haar mond Italiaans of Frans bewegen, maar haar eigen timbre – het mooiste, halflachende, intrieste, omfloerste timbre van alle vrouwen; de oerknal van de alchimie van Lach & Traan – sprak dromerig haar eigen lippen tegen.

Hij herinnerde zich, terwijl drie stations uit zijn leven door de toneelmeester van zijn geheugen tot één *Gare* werden verbouwd, zijn verbanning uit het ouderlijk huis van lang geleden, zijn eenzame aankomst op het station van Amsterdam, zijn verre van heroïsche terugkomst, zijn zestienjarige zusje dat hem wreed haar liefde verklaarde, nog als een kind in een spel uit een afgekeken wereld.

Hij was op zijn reis naar Parijs weer op dat ene Centraal Station in die ene vervloekte stad geland en had om tijd te doden een wandeling door Amsterdam gemaakt. Het gejammer van de mondharmonika was nog niet verstomd. Op de vlooienmarkt had hij tot zijn kortstondige verbazing ('o ja: hoepla!') William getroffen, die hem na al die jaren, op een manier alsof hij een afgebroken gesprek hervatte, had gevraagd naar de gezondheid van zijn zusje en hem met de glimlach van de alleenstaande had meegedeeld dat hij al die jaren met Lisa had gecorrespondeerd.

'Is ze bij je langs geweest?!'

'Me dunkt! Nog voor jij uit je droompjes ontwaakt was. Ik was verdomme net zelf weer thuis, en daar stond ze op mijn loopplankje om verhaal te halen. Wat ik haar broertje toch had aangedaan dat 'ie met een deliriumpje thuis was gekomen. Ze was even op en neer van Oude Huizen naar Amsterdam.'

'Ik geloof er niets van.'

'Lange zwarte haren, om de haverklap over haar schouder gesmeten, een stevig bloesje vol, grote mond, snauwende neus.'

'Ja ja, haar borst gaat nogal verloren in borsten. Volgens mij heb je haar gewoon bij ons thuis ontmoet.'

'Moet ik je de brieven laten zien?'

'Waarover schreven jullie dan wel?'

'Over de boeken die we lazen! Boeken waar jij, zo zei ze, met grenzeloze verachting op neerkeek.'

'Hocus-pocus, buitenaardse berichten, de toestand in de wereld volgens G.B.J. Mijngod...'

'Ja ho maar. Lisa schreef me al dat jij God enkel kunt verdragen als die uit de mond rolt van een buitenaards bijdehand pratende romanheld, bij voorkeur opduikend in de boeken van mysterieuze Amerikaanse schrijvers met een zwak voor tuinhuisjes en kleinekindertjesleed.'

Ze hadden op een terras kopstoten gedronken. Victor was midden in het gesprek opgestaan en zonder nog een woord te zeggen weggelopen, met een oude jeuk in zijn kruin en een oude knik in zijn knieën.

Het was tijdens zijn eerste, enige echte verbanning geweest, reconstrueerde hij, dat hij de gewoonte had aangenomen om te zoeken naar zusjes die hij te allen tijde kon beloeren. In boeken, maar vooral op de televisie en in bioscopen. Romy Schneider was zijn favoriet. Op latere leeftijd kreeg hij dromen van een treinreis door Europa, op weg naar haar, terwijl haar stem hem bereikte door mysterieuze ruimtelijke overdracht. Een lokroep, tot hij ontwaakte in het huis in Groningen (Lisa was naar de Opleiding voor een college Nederlandse literatuur) en de dag vergleed in groot gemis, zodat hij filmladders naploos op zoek naar Sissi en zijn dronkemanstranen vergoot in verduisterde zalen.

Victor verliet het station en nam de métro naar het centrum met in zijn gedachten een film met Romy, of Kinski. Hoe dan ook, een zusje van Duitsen bloede.
 Sinds die nachtelijke wandeling met Simone voelde hij zich gekalmeerd. Juist het toegeven aan zijn heimwee had zijn reislust goed gedaan.
 Hij dook op uit het wegdek en zag in grote letters *The Damned* op de gevel van een filmhuis staan. Een zusjesloze film, maar op zijn lijf geschreven. Hij haalde zijn hart op aan zijn held Helmut Berger. Diens kop leek meer op die van Victor dan Victors eigen kop. Een tedere satan. Bracht een kind tot zelfmoord, zijn moeder tot zelfmoord, zijn land tot zelfmoord. Na eerst met allen te hebben geslapen. Zijn zwaluwende wenkbrauwen, het dunne snorretje op zijn bovenlip, de ogen van een verkracht kind. Europese schoonheid, Europese wreedheid. Hij was de door Victor gekroonde keizer van het eeuwige, abstracte Europese rijk, een filmisch rijk van dood en verderf, fascisten en romantici, snobisme en teloorgang. Victor, die van Pruisische adel afstamde (ze hadden thuis een stamboom, incluis wapens der familie; het wapen van hun tak bevatte beslagtande koppen van wilde zwijnen; zijn vader was er

niet gelukkig mee), kende het kwaad als zijn bloed. Al die jaren had hij ermee gesold, het uitgedaagd en het veracht. Hij zocht het op, loerde ernaar, verlustigde zich erin en vluchtte weer, walgend, en al tijdens de vlucht met nieuwe lust, als de geilaard in het rijk der pornografische fabelen.

Omdat hij de film wel kon dromen, verloor hij zich in de zijne.

Die avond zaten ze bijeen in de voorkamer, een zeldzame gebeurtenis. Er stond een ronde tafel met daaromheen vier oude zware stoelen, symmetrisch gerangschikt. Tegen de muur stond een antieke vertico, daarop het glaswerk dat hun moeder verzamelde. Erboven hing een schilderij waarop het Hereplein Met Bloemenstal was afgebeeld, een schilderij dat Victor altijd naar de Stad deed verlangen. En later omgekeerd, als hij op dat Hereplein stond, bij dat bloemenstalletje – geen paardetram in velden of wegen – om een bos witte rozen voor Lisa te kopen. Hij wilde terug, maar wist nooit precies waarnaar.

De zware gordijnen, dof en diep rood, geurend naar sigarerook, waren half gesloten. Ze dronken thee. De kroonluchter brandde. Uit de kleine boxjes achter de gordijnen klonk de eerste van Mahler. Zacht, somber. Anna zat op een voetenbankje tussen Lisa en Victor, Fixbier lag onder de tafel. Victor had zich gekleed en geparfumeerd, was opgeknapt van koffie en kippebouillon en walgde bij de gedachte aan alcohol. Drie dagen had hij op bed gelegen. Hij voelde zich een verloren zoon die na jaren was teruggekeerd. Anna en Lisa zaten met een been over het andere geslagen, allebei een voet bewegend op het jachtige ritme van hun meisjeshart. De dokter rookte een Zware Van Nelle en zijn vrouw rookte van de zenuwen een filtersigaret van haar dochter.

'Jongens,' zei de dokter, 'wij gaan wat afspraken maken.'

Hij inhaleerde de rook van zijn sigaret tot in zijn tenen en keek met bloeddoorlopen ogen in het rond.

'Punt één: dat jullie roken, alla, maar er wordt door jullie hier in huis, en door jou, Victor, al helemaal niet meer gedronken overdag. Ook niet bij Stik.'

Victors moeder keek naar haar zoon vanaf een onwerkelijke, verontrustende afstand, alsof hij voor het eerst in haar kamer zat: een vreemdeling op doorreis, die de volgende dag weer zou vertrekken.

'Punt twee. Lisa en jij gaan volgende week op werkweek. Daarna gaan we het hebben over jullie studies. Een plan. Een route.'

Hij keek naar zijn echtgenote, die stuntelig zat te roken. De rook walmde voor haar mond en trok naar haar neusgaten.

'En punt drie, voor de goede orde. Jullie ouders gaan niet scheiden, dus zet dat ook even uit je kop.'

'Zal ik nog 's inschenken?' vroeg zijn vrouw, die naar de grond keek.

'En jullie moeten mij voorlezen,' zei Anna. Haar voet wipte op en neer.

'Ook dat,' zei de dokter. 'Ook dat, en verder doen we nergens moeilijk over. Als Liesje haar vriendje mee naar huis neemt, dan eh, houden we ons koest, nietwaar?'

'Jij moet in de politiek gaan,' smaalde Lisa. 'Wie doet hier eigenlijk de notulen?'

'Ja ja,' zei de dokter, 'koest maar.'

'Dus dit is nou opvoeding,' zei Lisa, nu bijtend.

'Liesje!' maande haar moeder.

'Hèèè?' zei Lisa zuigend. 'Toch? Opvoeding! Aan de hand van pappie regelrecht de plomp in.'

'Luister 's goed, troela,' zei de dokter, schijnbaar onaangedaan. 'Je verwijten schrijf je maar in je poëziealbum. Ik wil rust in de tent. Verder zoek je het maar uit. Van mij mag je aan de pil en weet ik wat al niet. Victor, hier bouw ik zo een ivoren toren. Als het gelazer maar afgelopen is!'

'Aan de pil! Wil jij je wel 's even met je eigen smurrie bemoeien?'

'Liesje!' riep haar moeder.

'Zeg het 's, opoe.'

Victor vond haar aanbiddelijk. Op zijn netvliezen brandde het beeld van haar woedende, naakte lichaam: bleek en mager. Haar platte buik met de navel die hij kende als de zijne, haar borsten, sierlijk en zwaar, haar hals, zo lang en slank dat ze groter leek dan ze was. Haar hele lichaam schreeuwend. Het schaamhaar dat vloekte: een dunne donkere lijn naar links en rechts weg schaduwend; het dieproze van haar zwart bespikkelde geslacht waaruit een kelkje tuitte.

'Zolang er geen rechtbank voor misdeelde kindertjes is,' zei de dokter, 'moet je je maar behelpen, je mag me een klootzak vinden...'

'Mag ik dat zwart op wit?'

'... Maar ik doe hier een poging tot reorganisatie van deze kermis, en dat jij met je grote mond hier de voornaamste attractie bent, zal altijd wel zo blijven.'

Lisa stond op. Men verwachtte een knallende deur, maar ze sloot hem behoedzaam, alsof ze er al haar gevoel in wilde leggen.

Vader zuchtte. Moeder keek naar de grond.

'Ga je me straks voorlezen?' vroeg Anna schuchter. Victor knikte, stond op en liep naar de deur.

'Victor?' zei de dokter, die opveerde, 'heb je me begrepen? Laat je haar met rust?'

Hij boog naar zijn vader en zijn verbluft kijkende moeder.

In haar nachthemd kwam ze hem welterusten wensen. Ze liet zijn deur op een kier.

'Hij heeft de kruik van zolder gehaald,' zei Victor.

Ze ging in de vensterbank zitten en stak een sigaret op.

'Is dat wat?' Ze wees naar het boek in zijn schoot, *Maggie Cassidy*, een boek dat veelbelovend begon maar steeds verder afgleed naar sentimenteel gejammer.

'Ach, de jeugdliefde, ik prefereer de chaos.'

'Weer in het woordenboek gelezen?'

'Mijn woordenschat stamt uit een vorig leven.'

'Wat was je, boekenoverschrijver in een klooster?'

'Opperhoofd der indianen.'

'Lazen die boeken?'

'Tekens.'

'Ach zo.'

'Ach so, sagt die Magd.'

'Ja ja, het vliesje van Liesje.'

'Gatver, engerd.'

'Gatver? Vind jij dat vies? Jij bent ook een raar jongetje, hè? Heb jij eigenlijk nog nooit eh, nou je weet wel.'

'Het gedaan, juffrouw?'

'Jezus! Stil een beetje.'

'Nee.'

'O.'

'Tja.'

'Nou eh... ook geen zin in? Ik bedoel, je hebt toch wel eh...'

Ze sloot de deur en zocht de vensterbank weer op.

'Je hebt toch wel gevoel daarzo?'

'Nogal.'

Een angstaanjagend gesprek.

'Hoe is dat eh, gevoel?'

'Slopend.'

'Waarom?'

'Tja, het zeurt in je lichaam, soms dagen, je wordt er soms zo kregel van dat je wel iemand dood kunt schoppen.'

'Maar eh... je kunt toch...'

'Dát kun je, ja.'

'Nou dan.'

'Dat maakt het alleen maar erger, vaak. Jezus, Lisa, moet dit?'

'Ja. Ik wil het weten. De meiden op school hebben er de bek vol van. Ik wil het weten.'

'Zeg geen "meiden", en waarom vraag je het hun dan niet?'

'Ja zeg, ik wil niet dat ze me debiel vinden. God, nou, belachelijk hoor, dat je hier nou zo moeilijk over doet.'

'Kun je me eh, niet een borrel versieren?'

'Ben je gék?'

Ze keek hem vermanend aan. Hij huiverde van genot.

'Kom op,' zei hij, 'ik krijg de bibbers.'

'Nou,' ze twijfelde, 'alleen als je me het vertelt.'

Tien minuten later was ze terug.

'Ik heb die ouwe lul maar een kus gegeven.'

Ze gaf hem een glas vol jenever, een colaglas.

Victor dronk. Een tomeloos genot, ondanks de afschuwelijke smaak. Die brand in zijn binnenste: de armen van een meisje.

Lisa ging in een berg kleren zitten, ver van hem af. Hij vertelde haar van de lust. Na een lange stilte stond ze op.

Ze wierp een blik op hem en draalde.

'Wat?'

'Ja, eh' – haar wenkbrauwen glommen – 'moet ik je nu een kus geven?'

Hij knikte.

'Nou.'

Ze knielde neer en kuste hem; haar lippen droog, haar adem geurend naar tandpasta.

Hij wilde armen om zich heen.

'Welterusten.'

Ze zei het met een flauwe glimlach. Een diepe zucht deed haar schemerende boezem golven.

'Ja... hoe kom je eigenlijk aan die borrel?'

'Uit het schuurtje.'

Weer een diepe zucht.

'Nou niet somber worden.'

'Nee...'

Haar blik gleed over hem.

Ze liet hem alleen.

Hij was vergeten Anna voor te lezen.

Haar nachtlampje brandde geruststellend. Ze sliep. Hij keek naar haar. Ze opende haar ogen en glimlachte.

'Was je het vergeten?'

'Nee.'

'Wel, jong.'

Hij ging op de rand van haar ledikant zitten. Ze rolde zich op haar zij en stak drie vingertjes in haar mond. Hij stopte haar in, zodat ze een bundeltje werd. Fluisterend las hij haar een sprookje voor, *De schoenmaker en de elfjes*.

'Wel een beetje kinderachtig,' zei Anna toen het uit was, 'maar heel mooi. Heb jij ook elfjes?'

'Hoezo?'

'Dat je in mijn teen kon bijten.'

'Dat was mijn lange adem.'

'Ach...'

Hij bleef zitten tot ze sliep.

Een uur later zat hij er nog.

Ze stonden te wachten tot de Duitse douane de bus vol scholieren had doorzocht. Vijf minuten na aanvang van de reis was het gezelschap uiteengevallen. De begeleiders, leraren Duits en geschiedenis, zaten als voetbalcoaches voorin. De jongens en meisjes van het atheneum, tien in totaal, in het midden. Een enkele kneus zat weggedoken tussen hen en de leraren. De havogangers – geeuwhongeraars en eeuwige zittenblijvers – zaten achterin en bepaalden stemming en muziek. Zij waren met hun twintigen. De enige enkele stoel in de bus, achterin bij de vluchtdeur, werd bezet door Victor. Hij hield zich afzijdig, las een boek en loerde naar Lisa, die geheel in de groep was opgenomen en hem leek te zijn vergeten. Terwijl mannen in uniform door de bus liepen beukte *We will rock you* door de ruimte. Men klapte en stampte, gaf tassen aan elkaar door en liet woorden als *Handgranate* en *Rote Armee* vallen. De douaniers raakten zeer opgewonden en hielden de bus een uur lang vast omdat, zo kregen de leraren te horen, er 'te veel olie aan boord was'. De toon was gezet. Toen ze eindelijk Duitsland binnenreden, dwongen de binken achterin de chauffeur tot stoppen en werden er tien dozen bier ingeslagen bij een wegrestaurant.

De stemming steeg, het peil daalde, zoals de binken plachten te zeggen. Op een gegeven moment stopte de muziek abrupt en nam een leraar, die door iedereen Uli Dickschädel werd genoemd, het woord.

'Leute, Ruhe bitte, ich möchte gern...'

Lisa hurkte naast Victor neer.

'Gaat het wel? Je kijkt zo somber.'

Hij knikte, streek over zijn haar, ontving een tik tegen zijn wang en een bemoedigende blik: 'Wat is er, Ludwigchen?'

'Moet je je zo met dat schorem inlaten?'

'Gut, is het weer zo laat?'

'Ich will kein Gebrüll mehr!' riep Uli.

Applaus.

'Ik heb toevallig vrienden, meneertje,' zei Lisa.

Ze liet hem alleen. Iemand wankelde naar voren en de muziek begon weer te beuken. Victor dacht aan thuis, hun onveilig speelterrein, de kamers en gangen, hun zolder. Weg was de idylle van de laatste dagen, toen ze hem elke avond haar onhandige kus kwam brengen, gevolgd door diepe zuchten, waarop hij dan 'Kop op hoor' zei.

De avond voor hun vertrek had hij haar eindelijk omhelsd, haar geur opgesnoven als een minnaar, terwijl zij het liet gebeuren als een kind dat de rituelen van het leven nog niet kent.

Toen de muziek stilviel, stond ze ineens weer naast hem, met een gitaar in haar hand: 'Speel 's wat.'

Hij sloeg een akkoord aan en begon te zingen: *Telkens weer*. Eerst giechelde het gehoor, maar opeens was het stil. De laatste woorden zong hij met een grimas. Zijn publiek joelde en juichte. Lisa, die nog altijd naast hem stond, zei zacht: 'Sorry hoor,' trok aan zijn haren en verdween naar de achterbank. Nieuwe flessen werden opengetrokken. Victor kreeg een halve liter aangeboden van een blonde bink – type Björn Borg – en sloeg hem niet af. Het rumoer nam weer toe, en het landschap ging aan een ieder voorbij.

Ze waren al eerder in Duitsland geweest, het land waar

Old Shatterhand en Winnetou geboren zijn. Victor was dertien en Lisa bijna twaalf. Het stadje Gomorra, waar ze naar school gingen, had een stedenband met Heidelberg en wisselde aan het begin van het schooljaar sportteams uit. Ze werden ondergebracht bij gastgezinnen. Lisa (zwemmen) en Victor (voetballen) werden bij een welvarende familie geplaatst. Vierdeurs Mercedes, oprijlaan, een verzameling werphengels aan de muur van de tienjarige zoon. Een ruime logeerkamer.

De vrouw des huizes, Magda geheten, benam Victor de adem met haar schoonheid. Ze lag, als in een oude film, de hele dag op een sofa bonbons te eten. 's Avonds werd gedineerd aan een oogverblindend gedekte tafel, vier, vijf gangen lang, waarbij ook de kinderen wijn werd geschonken en de mooie dame Lisa en Victor met ondraaglijke vertedering zat aan te kijken, alsof broer en zus uit een wereld kwamen waarvan zij tot op dat moment geen weet had gehad.

In de logeerkamer stonden twee ledikanten, belegd met de voor hen onbekende dekbedden waaronder je ondanks hun geringe gewicht leek te kunnen stikken. Het was die eerste nacht in dat landhuis snel bekeken. Lisa, nog een kind en heel snel eenzaam, kroop na een minuut van twijfel bij Victor in bed en verlangde, zoals vroeger tijdens vakanties als het heimwee aan haar begon te knagen, dat hij zijn lichaam om haar krulde: haar rug tegen zijn buik, zijn armen om haar heen, zijn knieën in haar knieholten, haar haren in zijn mond. Zo sliepen ze in en toen Magda hen die eerste ochtend ontbijt op bed bracht, pinkte zij, huiverend van de aanblik die ze boden, een traantje weg.

Het was donker toen ze München binnenreden. Het eerste slachtoffer van de drank, de kampioen der onhandelbaren Tjapko Tiswat (die de gewoonte had bij halfzachte leraren vanuit de laatste bank gaten in het bord te schieten met een luchtdrukpistool), werd door twee jongens de bus uitgedragen en een van de meisjes stak een vinger in zijn keelgat. De leraren schoten het hotel in.

Een oud hotel in de binnenstad, met een kleine bar in de lounge, een binnenplaats vol vuilnis en een eindeloze trap die zich naar boven slingerde. Uli Dickschädel stond met een papier te wapperen en gaf aanwijzingen. De leerlingen splitsten zich op en beklommen de trap. Lisa nam de eerste de beste kamer op de tweede verdieping, samen met een vriendin. Victor nam de kamer tegenover de hare, bleef in de deur staan toekijken en zag hoe zijn zus zich nestelde met het air van een wereldreizigster.

'Geen douche? Getver!' zei Lisa, om zich heen kijkend, 'Zeker zo'n smerig hok aan het eind van de gang! En dan al die víeze jongens!'

Giechelende meisjes. Een bed dat in een mum bezaaid lag met kleren.

Victor bekeek zijn kamer. Een tweepersoonsledikant, een vlekkerige spiegel, een oude, scheefstaande kast, een stoel en een tafeltje. Wie zou dit bed met hem durven delen?

Hij stond zijn haren in een staartje te binden toen er iemand in de deurpost kwam staan leunen, een sigaret in de mondhoek, de armen over elkaar geslagen.

'Zo Winnetou.'

Cobus B., een beruchte bink uit havo-4. Victor knikte naar hem en begon zich te scheren. Cobus wandelde de kamer in en liet zich op het bed vallen. In de spiegel zag Victor hoe hij perfecte cirkels van rook naar het plafond blies.

'Kerels in n twaipersoonsbèrre, wa's dit, 't wilde westen?'

'Das Land der männlichen Kameradschaft, het wilde oosten.'

Cobus grijnsde.

'K'eb mien kameroad, cowboy Veen, nait bie mie. Dai zit in Londen, dai had dit prachtig vond'n.'

(Cobus bleek, zoals Lisa en Victor jaren later ontdekten, een niet geringe bijrol te spelen in Veens boek, *De avonturen van Hillebillie Veen*, waaraan hij werkte toen zij hem opnieuw leerden kennen.)

Lisa klopte op de openstaande deur. Victor wenkte haar. Ze ging in de vensterbank zitten en stak een sigaret op.

'Ook toevallig,' zei ze tegen Cobus, hem uit de hoogte aankijkend. Cobus knikte en boerde luid.

'Dat jij tegenover je vriendinnetje gaat liggen,' vervolgde Lisa smalend.

Cobus keek haar onbewogen aan en blies een kringetje rook.

Uli Dickschädel stak zijn hoofd om de deur: 'En wie zijn jullie ook alweer?'

'Shatterhand,' zei Cobus, en naar Victor wijzend: 'Winnetou.'

'Toe nou,' zei Uli.

'Wegwezen dikkop,' zei Cobus.

'En jij?' vroeg Uli aan Lisa. Ze wees naar de deur aan de overkant van de gang.

'Prins hè? En met wie lig jij daar?'

'Marian.'

'Marian wie?'

'Marian wie,' beaamde Cobus.

Uli krabbelde op zijn papiertje en slenterde mompelend weg. Marian wenkte Lisa vanuit de andere kamer. Zij was een hooghartige Oostgroningse met een keurige tongval en verzorgde gebaren, een vreemde vriendin voor Cobus. Lisa meed Victors blik in de spiegel toen zij langs hem liep. Wel vloog met een knip van haar vingers een klodder scheerzeep van zijn oorlel naar zijn spiegelbeeld.

Cobus keek Victor onderzoekend aan.

'Zeg Prins, bennen hier nog winkels open?'

'Geen idee.'

Even later volgde Victor hem de trap af, benieuwd naar de sfeer die hij op zou roepen. Uli, handen vol verfomfaaide papieren, zag hen.

'Hé, hier bleiben, wir gehen essen!'

Cobus wuifde naar hem. Buiten bleef hij staan. Hij wees naar de overkant van de straat: 'Hoerenkeet, zugst wel? Uitsmijter, Eintritt einundzwanzig, BMW's, type pooier en Turk...'

'Ach zo.'

Ze vonden een ondergrondse supermarkt die geopend was. Hij volgde Cobus door de winkel en keek toe hoe die een winkelwagentje vollaadde met zo'n vijftig blikjes bier en tien potten Bismarkhering.

'Most'oe opletn vannacht,' zei Cobus, terwijl hij afrekende. Met twee enorme zakken onder zijn armen snelde hij voor Victor uit, terug naar het hotel. Voor de ingang stuitten ze op de meute die zich verzameld had om uit eten te gaan.

'Zo terug,' zei Cobus tegen Uli.

Victor volgde hem geamuseerd naar hun kamer. Cobus stalde de waren uit in hun kast, keek trots naar zijn bezit en maakte een rekensommetje: 'Twee mark voor een blikje, één voor een haring, overmorgen bennen we uit de kostn, aan t eind van de week bennen we rijk.'

Hij keek Victor aan en knipoogde. Voor het eerst in zijn leven werd Victor niet woedend van dit gebaar.

'Wat doet jouw vader?'

'Van alles en nog wat, patatboer in de weekenden, op markten en zo.'

'Ach zo.'
'Doe bist net dien zussie, mit dien "ach zo".'
'Ken jij die Pieter van haar?'
'Ná, doar kreegst ja n peune bier van, in de bus.'
'O ja.' Het Björn Borg-type.
'Haile beste kerel.'
'Zal wel.'
Cobus keek hem aan en schudde meewarig het hoofd.
Ze sloten zich aan bij de groep. Lisa kwam op hem af, een spottende maar strelende blik in haar ogen.
'Vriendjes gemaakt?'
Hij haalde zijn schouders op. Ze stak haar arm door de zijne, wat hij nogal bizar vond, en begon hem te pesten, terwijl de groep zich luidruchtig richting restaurant begaf en Cobus, Marian, de wankele Tjapko Tiswat en ook haar Pieter achter hen liepen.
'Zou jij je wel met het schorem inlaten, Fikkie? Is dat niet ver beneden je stand? Straks loop je nog wat op!'
Ze zei het fluisterend en onbehoorlijk uitgelaten.
'Wat zijn we vrolijk.'
'O ja, meneertje, geen gezeur van de dokter... jongen, als ik érgens aan toe was!'
Waar was haar heimwee?
'Je mag wel bij je vriendje gaan lopen hoor.'
'Straks misschien, voor de vorm. Ik wil eerst zeker weten dat je je niet klote voelt.'
'Voor de vorm?'
'Nou eh, dat we enkel wat hebben in de ogen van de anderen.'
'En hoe denkt hij daarover?'
'Tja, hij ís nogal verliefd op me. Oeps, dat had ik nou niet moeten zeggen.'
'Lazer op.'
'Zum Befehl, Brüderchen.'

Ze aten weerzinwekkende koteletten in een eethuis.

Tegen tienen splitsten ze zich op in groepjes. Cobus, Marian, Tjapko, Victor en Lisa, Pieter en twee stelletjes werden door een leraar Duits, Herr Buckel, meegetroond naar een Beierse Bierhalle, een oude veehal waarin men aan lange stamtafels pullen bier zat te drinken. Het stonk er gruwelijk naar pis. In een hoek speelde een hoempaorkest. Enkele bezopen kerels zongen mee.

Ze schoven aan een tafel en bestelden literglazen.

Herr Buckel was berucht. Hij scheen een drank- en pillenprobleem te hebben en was een van de laatste leraren die het waagden in de klas te roken. De wijze waarop de man zijn Caballero's inhaleerde, was groots: zoals sommige mensen oesters leegslurpen; een blik in de ogen alsof het geslacht van een onbedorven kind wordt verorberd. Zijn hoofd dat van een heerser, zijn haar vettig en glimmend zwart achterovergekamd, zijn ogen bloeddoorlopen, eronder zwarte wallen. Hij droeg een glanzende zwarte snor: een naakte slak die zijn gezicht leek over te steken. Ze kregen die avond achtereenvolgens het gevoel dat hij met hen, het tuig van de school, heulde, met hen meeleefde, met hen jong wilde zijn, en ten slotte hun bestaan betreurde uit mededogen met wat hij aanzag voor hun leed of lot: het opgroeien voor galg en rad. Hij was rustig en mild en liet de binken raaskallen over de gang van zaken op de scholengemeenschap. Lisa zat 'voor de vorm' naast Pieter. Broer en zus mengden zich in het gesprek, maar hij smaalde en zij bloosde.

Het Duitse volk begon steeds harder te zingen. Opeens hoorden ze iets wat hen met stomheid sloeg. Vanuit een hoek van de veehal klonken de regels van een nazi-lied.

Een groep van zo'n twintig mannen, een enkele vrouwenstem. Een deel van het orkest blies halfhartig mee.

'Is dit wat ik denk dat het is?' vroeg Lisa.

'Die Unausrottbaren,' zei Herr Buckel.

'Wel goat 'r mit?' vroeg Cobus, die opstond en in de richting van de hoek stapte, als een cowboy die een vijandige saloon betreedt. Tjapko Tiswat stond op en volgde hem. Herr Buckel vloog overeind en snelde achter hen aan. Hij greep ze bij de armen en duwde hen terug naar de tafel. Deze commotie leek niemand op te vallen.

'Zijn jullie belazerd?!' beet Herr Buckel Cobus en Tjapko toe, 'jullie zijn hier in Duitsland, ze maken jullie af!'

Ze keken om zich heen. De meeste Duitsers leken af te wachten: een interruptie in een drinkgelag, een valse noot, de oom met een kwade dronk op een familiefeest. Lisa en Victor wisselden een blik en deelden één gedachte: ik wil naar huis!

Pieter sloeg een arm om Lisa en fluisterde in haar oor. Victor keek toe en dacht vertedering te voelen.

'Laten we weggaan,' zei hij. Hij stond op en ging de groep voor. Vlak bij de tafels waar nu het volkslied werd aangeheven (in Victors ogen nog belachelijker dan een nazilied), greep hij zonder erbij na te denken Cobus in zijn nek en duwde hem de veehal uit. Buiten telde Herr Buckel de hoofden. Vervolgens keek hij zijn leerlingen aan, kauwend op zijn gedachten, zijn ogen vol haat. Hij wist niets te zeggen.

Zwijgend liepen ze naar het hotel. Lisa liet zich vasthouden door Pieter; zijn arm lag om haar schouder.

De leraren bleven achter in de bar van het hotel. Cobus en Victor nodigden Marian en Lisa op hun kamer. Lisa gunde Victor een blik vol verbeten heimwee. Hij wist niet hoe te kijken.

Pieter en Tjapko verschenen op de drempel, weifelend, wachtend op een wenk.

De deur stond op een kier en telkens als Cobus iemand

voorbij zag lopen, snelde hij naar de gang: 'De hele nacht bier te koop, niet verder vertellen.'

Ze verzopen hun verwarring. Ook Lisa kalmeerde, al leek ze niet op haar gemak. Ze loerde zenuwachtig naar Victor. Die lag op het bed te roken en knikte haar toe, geruststellend naar hij hoopte.

Voor het eerst in zijn leven voelde hij zich te jong voor wat hij ervoer. Wat had hij gezien? Was het een echo of een voorbode van onheil geweest? En was het verwarring of opwinding toen hij zich ineens herinnerde hoe hij als jongetje tijdens het lezen van een spannend boek weleens gedacht had: was het maar oorlog, dan zou ik...

Ondertussen leek de stemming op te klaren. Cobus en Marian zaten op de rand van het bed aan elkaar te frunniken. Tjapko hield een betoog tegen Lisa. Pieter luisterde en lachte af en toe. Ze zaten in de enorme vensterbank en hadden het raam opengezet. Muziek die uit de hoerenkeet tegenover het hotel leek te komen, dreunde naar binnen. Af en toe kwam iemand bier kopen. Omdat Cobus bezig was, deed Victor de handel. Opeens verscheen Herr Buckel. Hij wierp een blik in de kamer.

'Errug gezellig, zorgen jullie goed voor de meisjes?'

Victor knikte, bood hem een blikje aan, maar hij weigerde.

Cobus en Marian lagen op het bed in een dronken omhelzing. Tjapko zat op de grond te soezen. Pieter en Lisa fluisterden, waarbij Lisa driftige gebaren maakte. Victor sloot de deur van de kamer, pakte de gitaar die om een of andere reden in zijn nabijheid was gebleven en speelde wat om de geluiden van de *Großstadt* te overstemmen.

Zijn heimwee leek plaats te maken voor een nieuwsgierige blik op een enorme ruimte die hij ontwaarde, een ruimte waarin de mogelijkheid bestond om naar huis te verlangen. Om heel eerlijk te zijn: hij voelde zich op zijn gemak. Hij schudde zijn hoofd, keek om zich heen en dacht: de stemming stijgt, het peil daalt.

Het moesten de omstandigheden zijn. De hand die de groep hem had toegestoken. Het verloren overzicht van zijn ouders, waarmee het ouderlijk huis was veranderd in een strijdtoneel. De twijfelachtige, maar daarom niet minder hartverwarmende woede van de binken bij het zien van een stel oude nazi's. Dit filmische samenzijn in een oude hotelkamer in een grote stad. Uiteindelijk was toch zijn overtuiging dat hij alleen moest kunnen zijn, onafhankelijk. Enkel Lisa duldde hij naast zich.

Lisa! Zij zat nog altijd druk te gebaren. Pieter leek een verhandeling voorgeschoteld te krijgen. Hij knikte, nipte van zijn blikje bier en raakte haar niet aan. Tjapko Tiswat lag te slapen op de vloer. Cobus en Marian waren kledingstukken kwijtgeraakt en de borsten van Marian pronkten onder Cobus' lippen.

Victor zocht Lisa's ogen. Het duurde even voor ze hem zag. Ze zat met haar armen om haar opgetrokken knieën geslagen. Haar haren wiegden in een briesje in het raam. Toen haar blik de zijne trof, glimlachte ze even, als groet en blijk van herkenning: 'Gaat 't, joh?' Hij trok zijn wenkbrauwen op. Met de hare antwoordde ze dat ze 'even bezig was, zo klaar, als alles meezit'. Pieter draaide zich om en keek Victor aan. Die schonk hem een minzame glimlach. Pieters gezicht bleef onbewogen. Hij wendde zich weer tot Lisa. Victor tokkelde melodieën die hem vaag bekend voorkwamen.

Een bons op de deur. Victor keek de kamer rond. Cobus hief zijn hoofd van zijn weke prooi en knikte. Marian bedekte haar boezem. Tjapko mompelde in zijn slaap. Victor deed open en een jongen van het atheneum loerde naar binnen: 'Hebben jullie bier?'

Victor verkocht hem tien blikjes en een pot haring en vroeg hem Tjapko op zijn kamer te brengen.

'Dat kan ik nooit dragen.'

Victor wendde zich tot Pieter, die hen gadesloeg: 'Als jij 'm nou 's een handje hielp.'

Lisa keek haar broer geschrokken aan, zei toen: 'Ja ja, ik wil toch slapen.'

Pieter stond traag op, keek veil naar Victor – een duel der ogen – en glimlachte toen. Tjapko werd opgetild en onder armen genomen. Lisa wuifde verontschuldigend en een seconde later waren ze met hun vieren.

'Aaaargh,' zei Cobus, zich uitrekkend met veel vertoon, 'nou ee'm 't loatste handeltje van vanoamd, astoe nou bie dien zussie sloapst, den is alles geregeld.'

'Ja ja,' zei Lisa, 'dat had ik wel verwacht.'

Ze stond op uit de vensterbank en keek vorsend naar Marian. Die maakte een sussend gebaar.

'Cobus, als zij dat niet willen, dan gaat het niet.'

'Kom kom,' zei Cobus, 'ein bißchen Kameradschaft.'

Victor keek naar Lisa. Zij keek naar hem.

'Kom,' zei Marian, haar kleren schikkend. Zij wenkte Lisa en onder protest van Cobus verdwenen ze naar hun kamer. Victor zette de gitaar in een hoek, trok zijn shirt uit, smeet Cobus een blikje toe en viel naast hem op het bed. Hij had er veel voor overgehad om nog met Lisa te kunnen praten.

'Doe bist n stille Prins, mienjong.'

'Daar vergis je je in.'

'O, den bin ik zeker doof.'

'Misschien.'

'Wat vist van Marian?'

'Schöne Brüste.'

'Die nazi's hè? Wat vost doarvan?'

'Weemoed van oude zwijnen.'

'Is dat alles?'

'Dat hopen we maar. Zolang ouwe lullen naar vroeger verlangen, is d'r niks aan 't handje, zodra jongeren naar vroeger gaan verlangen, is er iets mis.'

'Doe bist n wiesneus hè?'

'Nogal.'

Cobus schoot in de lach, gaf hem een beuk en stond op.

'Nog ee'm noar de wichies kiekn.'

De deur knalde dicht. Victor was geroerd door zo'n milde visie op zijn kapsones. Langzaam sukkelde hij in slaap. Zou hij zoiets als kameraadschap willen? Iemand met wie je dagelijks optrok? Het leek hem een immense investering.

Het was donker in de kamer toen er iemand naast hem kroop. Hij rook de geur van haar haren toen ze hem een duwtje gaf.

'Fikkie!'

'Liesje? Jezus! Heb je je om laten lullen?'

'Zal ik de deur op slot doen?'

'Wacht even.'

Hij knipte een bizar nachtlampje aan, de stofkap beschilderd met witte lelies. Met brandende ogen keek hij naar haar terwijl ze de deur op slot draaide en zich uit haar kleren wurmde. Ze liet zich naast hem vallen, gekleed in zwart slipje en hempje, beide met kant afgezet.

'Man, ik ben uitgeput!'

'Ik niet, integendeel, een biertje, een biertje, jij ook?'

'Mmm, vooruit maar.'

Hij bracht haar een blikje, ging weer liggen, steunde zijn hoofd op een hand en keek naar haar. Ze lag hem loensend aan te kijken. Ze rook naar een dag vol leven.

'Die lul die bleef maar hangen, ik moet nu echt 's slapen, anders ben ik morgen dood.'

'Dat betwijfel ik.'
'Hè?'
'Dat die lul blijft hangen vannacht.'
'Och, gut, komen we eindelijk in de puberteit?'

Ze giechelde en legde een hand onder haar hoofd. Een geur als een zeewind bereikte hem. Een nieuw parfum van haar klieren.

'Je moet je scheren,' zei hij, met een vinger over haar oksel strijkend, haar geur stelend.

'Tja, ik ben het mes dus vergeten, kan ik het jouwe morgen even lenen?'

'Zal ik eh, anders even, ik bedoel, dan kun je d'r bij blijven liggen.'

'Zou je dat even willen doen?'

Dit op neutrale toon, maar met iets in haar blik wat zocht naar intimiteit. Verlangen geboren uit vermoeidheid of heimwee, wat donderde het?

Hij greep al naar scheergerei. Rillend bloed. Gespannen spieren.

'Hempje uit,' zei hij op een toon alsof hij tegen Anna sprak.

'O?... Nou ja... hoepla.'

Nu niet, niet, een kus drukken daar. Inzepen, scheren, trager dan traag. Even dralen. Andere oksel. Dralen! Deppen met warm water. Droogwrijven... En het resultaat proeven met een ander sluw vingertopje.

'We zijn wel een beetje dronken hè?' fleemde Lisa, vertederd maar afwezig, soezend en zuchtend. Haar borsten schudden heel zachtjes.

'Wat heb je nou allemaal tegen je Pieterman zitten betogen?'

Hij lag weer naast haar, op een elleboog steunend, loerend, en snakte naar een borrel.

'Tja... trouwens, jij bent ook een engerd, zeg, maar eh,

hoe zal ik het zeggen...' Ze legde haar handen onder haar hoofd. 'Nou, dat ik hem heel lief vind, maar eh, dat er iemand anders is, thuis, ergens... weet ik veel wat ik zeggen moet.'

Een glimlach waarin haar telkens terugkerende troosteloosheid doorschemerde. Hij moest iets verzinnen. Hij deed een gok.

'Liesje, wil je ermee kappen?' Wat een zin!

'Met wat?'

'Nou, met wat je aan me bindt.'

'En wat precies, hoogheid, bindt mij aan jou?'

'Mmm, liefde, dacht ik zo.'

'Die luchtige houding van jou, daar word ik een beetje iebel van.'

'Zeg geen "iebel", en is het niet iets typisch vrouwelijks om iemand de liefde te verklaren en vervolgens in eeuwig gezucht te verzanden?'

'En waar hebben we dat gelezen?'

'Selluf fesonne.'

'Me dunkt dat mededelingen van algemene aard omtrent de liefde afkomstig moeten zijn van lieden die er kijk op hebben.'

'Me dunkt?'

'God man, hou 's op, wil je eh, wil je me niet even vasthouden? Gewoon? Zoals op de film?'

Hij hield haar vast.

Ze begon te huilen, een bijna beheerst ingetogen gesnik. 'Godverdegodver.' Haar stem zacht, donker, gebarsten.

Ook de liefde, juist de liefde eist opoffering en heldendom. Hij wiegde haar een beetje, zijn armen om haar klamme rug, haar tranen op zijn schouder. Hij luisterde naar haar ademhaling die langzaam rustig werd. Toen ze sliep, en weer zijn tienjarige zusje was, wikkelde hij haar in een deken en sloop hij de kamer uit. De deur sloot hij af.

Met ontbloot bovenlijf liep hij over de gang, de trap op, speurend naar kamers waarin het geroezemoes nog niet was verstomd. Het bleek op sommige verdiepingen nog een heksenketel. Openstaande deuren, gierende lach, gerochel en geschreeuw. Juist toen hij de bovenste verdieping had bereikt, schreeuwde een of ander viswijf van beneden: 'Ruhe bitte!'

Een deur zwaaide open en Victor zag een stel atheneummers met dronkemansgrimassen naar buiten loeren. Hij salueerde.

'Hééé, Willeke Alberti, waar is je gitaar?'

Hij maakte een gebaar, ging in op hun wenk om binnen te komen en zag een ravage van etenswaar en drank.

'Hebben jullie Schnaps?'

Hij kreeg een halfvolle fles voorgezet. Snel, snel een borreltje, en nog een. Hij begon te zwetsen: 'Wat moeten jullie hooggeleerde heren in Duitsland, hè? Qua werkweek. Dat is wat ik willen weet, eh, weten wil, zijn jullie niet bang voor eh reper... bahn eh cussies, horen jullie niet in Parijs te zijn, kwijlend in het Louvre, ik bedoel, daar hangt Johannes de Doper, horen jullie daar niet gezegend te worden voor de toekomst?'

Ze schoten in de lach.

'Was soll es,' zei Victor. 'Verbrüderung in München' – hij hief zijn glas – 'und verflucht sei die Heimat!'

'Verflucht sei die Heimat!' brulde de kluit.

'Ruhe bitte!' gilde het viswijf van beneden.

Terug op de kamer deed Victor de deur op slot. Hij trok zijn laarzen en broek uit, kroop in bed en kuste zijn zus in haar hals, waarop ze heel even rilde en zich tegen hem aan perste, als vroeger: haar billen in zijn schoot, haar rug tegen zijn borst, haar haren in zijn mond.

Het ruisen van de stad wekte hen die ochtend. Lisa rekte

zich uit en keek Victor aan als een meisje in een film dat zich ambivalent de ondeugden van een vorige avond herinnert. Hij kreeg een aai over zijn gezicht.

'Best wel prettig geregeld zo,' concludeerde ze.

Het gillen van Victors kater verstomde een moment. Hij stond op, keek naar haar – ze wuifde zowaar, spottend met zijn verlegenheid – en stak zijn kop onder de kraan. Toen dronk hij met intens genot twee blikjes lauw bier leeg.

'Victor, kijk je wél een beetje uit met dat gezuip?'

'Nou moet je me toch 's vertellen hoe de dokter kijkt als jij hem 's ochtends zijn borrel komt brengen.'

'Schattig, als een klein jongetje dat het in zijn broek heeft gedaan en het niet durft te zeggen.'

'Jezus, en zoiets kun jij verdragen?'

'Jij neemt het hebben van ouders wel erg serieus, hè?'

Victor nam nog een blikje bier en ontving een vermanende blik, een blik waarvoor hij jaren later een moord zou begaan.

'Toen jij in Amsterdam zat, en je zogenaamd heimwee had, had je toen heimwee naar pa en ma?'

'Nou nee, maar wel naar huis.'

'Precies, naar Anna, en mij, mag ik hopen...'

Hopen?

'... Maar die twee lieten je koud.'

'Tja, dat weet ik niet hoor.'

'O, maar ik wel, en als ik even de bijdehante tante mag uithangen: dat is tenminste een van de redenen dat je altijd zo aan mijn kont hebt gehangen.'

'Hoepla.'

'Precies, en om even door te draven' – ze rekte zich nogmaals uit, nu triomfantelijk – 'volgens mij is Anna net als jij, en hangt die aan jouw kont. Wat een zootje, hè?'

'Heb jij vannacht een bezoekende droom gehad? Of hoe zit dat?'

'Een verzoekende, Ludwigchen, een verzoekende.'

Victor zweeg en liet Lisa de keuze, omdat hij wist dat ze dit niet verdragen kon.

'Heeft de dame van de Weense delegatie zin in koffie?'

'O ja, kun je dat regelen? God, maar stel dat ze merken hoe dat zit, hierzo?'

'Als ik de deur uit ben, kijk ik wel even hoe druk het is, als ik op de deur bons, kun je gaan douchen of zo, kun je je daar aankleden. Eenmaal terug laat je de deur op een kier.'

'Hé joh?'

Hij draaide zich om.

Een blik waaruit alle wanhoop was verdwenen.

Wellicht, dacht Victor, kunnen enkel gezinsleden elkaar met hun ogen toespreken.

De gang en de trap bleken uitgestorven. Hij tikte op de deur en liep, alweer verlegen en luisterend naar zijn kwakende innerlijk, naar beneden.

Herr Buckel zat aan de bar koffie en cognac te drinken.

'Uit je bed gedonderd?'

'Zoiets,' zei Victor, 'dat wil ik ook, en wel een dubbele.'

De leraar wenkte de barman en betaalde voor hem.

'De meisjes hebben, zo neem ik aan, erg goed geslapen?'

Er lag iets smekends in zijn ogen. Victor knikte. Langzaam dronk hij zijn koffie en cognac. Hij wilde deze leraar een hand toesteken, een beuk op de schouders geven en zei zonder na te denken: 'Ik heb mijn zusje maar bij me laten slapen, voor eh, de veiligheid.'

De man knikte langzaam en keek Victor aan met zijn kapotte ogen.

'Jullie doen maar, als je maar zorgt dat er geen gelazer van komt als we terug zijn. Laat Uli of een van die andere eikels het niet merken.'

Hij schrok zichtbaar van zijn woorden.

'Ik bedoel, ik neem aan dat die andere twee geen broertje en zusje zijn.'

Victor knikte en bestelde nog een rondje. Zwijgend dronken ze uit. Toen hij aanstalten maakte om met een kop koffie naar boven te gaan, zei Herr Buckel, terwijl die blik in zijn ogen begon te schreeuwen: 'Ze is mooi hè? Je zus.'

Victor knikte en keek de leraar afwachtend aan.

'Te mooi om los te laten.'

Victor zei niets. Victor maakte zich uit de voeten.

Op de kamer ging hij op bed liggen roken. Toen Lisa binnenkwam, geurend naar shampoo en rouge, gekleed in een van haar diep uitgesneden jurkjes, zag hij dat haar droom haar nog altijd op de lippen brandde. Ze slurpte de lauwe koffie naar binnen, poetste haar tanden, eiste een sigaret, ging in de vensterbank zitten en wierp haar haren over een schouder.

'Nou,' zei Victor, 'voor de draad ermee.'

'Wat, jong?'

Een ijdel lachje. Koketterie van vroeger, toen ze twaalf was en zijn leven bestierde.

'Ik droomde dat ik met je getrouwd was, heel vreemd, heel serieus ook, met allemaal van die debiele beslommeringen, over afwassen en eten koken, én, nou komt het, dat ik zwánger was, en me zat af te vragen hoe dat nou toch gekomen was.'

'Godverdomme, jij hebt echt heilige pretenties hè?'

'Weet je wat ik denk?'

'Nou?'

'Dat ik zwanger was van ons, ik bedoel van jou en mij, van wat we aan het doen zijn, en dat daar geen viezigheid... nou ja, je hoeft niet zo'n kop te trekken hoor, je begrijpt wel wat ik bedoel, dat daar geen vuiligheid aan te pas was gekomen.'

'Ik begrijp er de ballen van.'

'Jawel, ik bedoel, dat ik eh, onze liefde had geaccepteerd, dat het in me was gekomen zonder eh, drang. Ja, dát is het.'

Victor keek haar aan, stil, zoekend naar woorden, naar een gebaar.

'Ik vind het prachtig,' zei hij toen.

Ze keek verlegen om zich heen, graaide in haar haren, schudde haar hoofd, keek naar hem: 'Nou...'

Ze zuchtte diep, maar anders, zo anders dan al die andere keren.

'En nu?' vroeg hij terwijl hij, heel vreemd, zijn leeftijd dacht te voelen, als een tweede persoon die zich in hem oprichtte.

'En nu? Tja, weet ik veel, laten we ringen gaan kopen of zo.'

Ze glimlachte met zachte ogen. Victor dacht aan reizen, aan verder gaan, aan niet terugkeren. Lisa stond op en keek op haar horloge.

'Zou je Anna niet 's bellen? Kan nog net voor ze naar school gaat.'

'O ja kut! Helemaal vergeten.'

Beneden zaten enkele leerlingen te ontbijten. Lisa koos een tafeltje in een donkere nis en zond hem nog een peinzende blik voor hij in het telefooncelletje in de gang verdween.

Toen hij even later bij haar aanschoof, plukte ze aan een Kaiserbrötchen en rangschikte ze de stukjes op haar bord.

'En?'

'Of we maar terug wilden komen.'

'Aha.'

'En de dokter vroeg hoe het ons verging, ons samen.'

Een glimlach, eerst om haar mond, daarna in haar ogen.

'En? Wat zei je?'

'Dat het ons goed verging. Maar weet je,' fluisterde hij, 'ik heb eerlijk gezegd helemaal geen zin om terug te gaan, ik heb zin om weg te blijven. Als we nou 's verzopen in de poen, dan lieten we de school de school, even negentiende-eeuws denken, we zouden van hotel naar hotel trekken, eh, een beetje kunst kijken... brieven sturen naar de achterblijvers.'

'Victor?'

'Mmm?'

'Jij bent zo godvergeten onpraktisch, weet je dat?'

'Onpraktisch? Wat is dat nou weer voor meisjestaal?'

'Gewoon, hou nou 's op met dingen willen die echt niet kunnen.'

Er stond voor die dag een bezoek aan Dachau op het programma. Na het ontbijt werd de katterige meute de bus ingepraat door een broodnuchtere Uli. Niemand voelde ervoor, maar werkweek was werkweek, en men was te uitgeput om de zaak te saboteren. Tijdens de rit werden katers weggedronken, favoriete hitjes gedraaid en nieuwe liefdes geopenbaard. Victor zat met Lisa tussen de Bierhallegangers van de vorige avond, achter in de bus, en vervloekte zichzelf, bang dat hij de broze sfeer van die ochtend had vernield. Hij zou op zijn woorden moeten passen. Hij moest tot zich door laten dringen dat ze nu met zijn tweeën waren, met hun liefde.

De bus stopte op een kaal, mistig terrein. Landerig stapten ze uit. De jongens zochten een sloot om te pissen. De meisjes deelden mascara. Heel even wist hij Lisa apart te krijgen. Haar ogen verrieden elkaar naduikelende gedachten, als meeuwen boven een vijver. Toen zag ze zijn ontreddering. Een mild geschamper bewoog haar trekken.

'Het is wel goed, joh.'
'Echt?'
'Doe niet zo traditioneel.'
'Hoe bedoel u?'
'Nou, gewoon, je hangt de minnaar uit.'
'O, nou, neem me vooral niet kwalijk.'
'Ganz und gar nicht, mein Herr.'
Ze keken om zich heen en wisselden grijnzen uit.

'Zeg,' zei Victor, terwijl de branding in zijn borstkas beukte, 'ruik jij dat ook?'
'Wat? Stink ik?'
'Nee troela, die geur die hier hangt, ruik je dat niet?'
Ze schudde het hoofd.

De meute sjokte achter Uli aan in de richting van een wachtershuisje. De geur deed Victors ogen branden, zoals vroeger in de Stad (zondagse kleren kopen met pa en ma) de geur van koffiebranderijen hem hoofdpijn bezorgde, zijn ogen deed tranen en hem misselijk maakte. Een Duitser in een vrolijk uniform – hangsnor en toeristengrijns – leidde hen door de poort en bracht hen naar een ruimte waarin een blijvende tentoonstelling over de gruwelen was ingericht. De Oostgroninger binken werden lijkbleek.

Toen ze buiten kwamen, haalden velen opgelucht adem terwijl Victor bijna gevloerd werd door de geur die hij buiten het kamp al geproefd had. Een grauw veld met enkele rijen barakken, sommige half in puin, andere nooit ontruimd, zo leek het. Ze liepen met vertrokken smoelen over het terrein. Tjapko en Cobus raakten zo opgewonden dat ze de snor in het wachtershuisje te lijf wilden gaan. Zinderende haat maakte zich van de groep meester. Victor hield zich afzijdig en probeerde de geur van de dood die voorgoed in deze grond was getrokken, weg te slikken. Achter een ingestorte barak ging hij over zijn nek.

Nooit meer zou hij op de middelbare school een geschiedenisles volgen.

Terug in de bus zetten ze het op een zuipen. Er heerste een verslagenheid waar menig leraar met diascherm en aanwijsstokje voor zou hebben getekend.

In de lounge van het hotel aten ze Dauerwurst und Fritten. Tegen acht uur trokken ze zich terug op de kamers. Niemand wilde die avond de stad verkennen.

Ze zaten met zijn tienen op Victor en Cobus' kamer, dronken bier en zeiden weinig.

'Prins jong, speul 's wat.'

Hij pakte de gitaar, sloeg een akkoord aan en zong:

Oooooooh, to live on sugar mountain
with the barkers and the coloured balloons

Een jongen van het atheneum brak een fles Schnaps aan. Tjapko Tiswat deed geheimzinnig met een zakje en rolde tot een ieders verbazing een majestueuze joint. Toen er op de deur werd geklopt, deed iemand die op slot. Ze rookten hasj, dronken zich een maagbloeding en keken toe hoe de hand van Cobus in de broek van Marian gleed. Het was negentienachtenzeventig.

Tegen enen begon het viswijf weer te schreeuwen: 'Ruhe, ruhe, verdammt noch mal!'

Iemand deed de deur van het slot en krijste terug: 'Maul halteeen!'

Cobus en Marian verdwenen naar de kamer aan de overkant van de gang. De een na de ander vertrok. Het was twee uur toen Lisa uit de vensterbank kroop, de deur weer afsloot, de lege blikjes van het bed veegde en zich uit begon te kleden. Victor ging op het bed liggen roken en keek naar haar. Ze trok haar hempje over haar hoofd en begon zich te wassen. Haar gezicht, haar oksels, haar borsten. Ze droogde zich af, smeet de handdoek in een hoek, leunde met haar handen op de wastafel, keek naar haar spiegelbeeld en zei: 'Ik begin het hier knap walgelijk te vinden.'

Hij knikte.

'Eerst die vieze nazi's van gisteren en dan vandaag... dat háten van jullie, dat wil ik niet, dat kan ik niet!'

Hij zweeg.

'Jullie hadden die arme museumkerel daar graag af willen maken.'

'Ik heb me,' zei Victor rustig, 'nog nooit zo thuis gevoeld bij deze jongens. Het is de eerste keer in mijn leven dat ik naar volle tevredenheid cowboytje heb gespeeld.'

'Doe niet zo afschuwelijk.' Dit zacht.

'En wie ben jij dan wel om te bepalen wanneer er gehaat mag worden?'

'Het is misplaatst, gemakkelijk, het is niet van ons.'

'Gelul, jij kunt je gewoon niet laten gaan. Zelfs al zou je de moffen willen haten, het mag niet van die ouwe opoe in je kop.'

Ze keek hem verbijsterd aan.

'Is dat zo, klootzak?!'

Hij boog zijn hoofd.

Ze liep met zwiepende boezem naar de andere kant van het bed, smeet de dekens open en kroop eronder. Victor stond op, vond een halfvolle fles Schnaps, schonk een waterglas vol, tooste naar Lisa die deed alsof ze naar het plafond keek en nam een flinke slok. IJsberen, dat had hij lang niet gedaan. Hij stak een nieuwe sigaret op en liep drinkend en rokend door de kamer. Lisa had gelijk, maar toch, deze haat was smakelijk als een dubbele borrel op een nuchtere maag.

'Wij waren oprecht, denk ik.'

'Puh!'

'Tenminste, aangezien we simpele, afgestompte lieden uit de provincie zijn, waren we oprecht.'

'Doe niet zo dapper! Jij bent niet afgestompt, dat geloof je zelf niet!'

'Goed, oké, ik heb zín om te haten.'

'Verdomde zielig. Het is een vorm van stompzinnigheid die je niet past!'

Hij stond naast haar, ging op de rand van het bed zitten, zette het glas op het nachtkastje, boog zich naar haar toe en kuste haar vol op haar verbaasde mond. Kwaad wendde ze zich af: 'Laat dat, engerd!'

Met haar gezicht in haar haren verborgen fluisterde ze: 'Ik heb liever dat je weer normaal doet, ouwelijk, arrogant, uit de hoogte...' Er klonk een snurkerig lachje. '... Hoor mij nou...'

'Ja, hoor jou nou.'

Ze pakte zijn hand: 'Ik wil dat je gewoon weer toekijkt, en uit je nek lult, zoals anders.'

'Waarom?'

'Gewoon, ik wil ook met jouw ogen kijken, denk ik.'

'Aha... mag ik eh, mag ik hieruit opmaken, ik bedoel, ik doe maar een gokje, maar betekent dit, in eh, liedjestaal, dat je me nodig hebt?'

Zacht maar dringend, bijna schuldbewust: 'Ja.'

Zwijgend keken ze elkaar aan. Toen tikte ze op de dekens.

'Kom.'

Hij dronk zijn glas leeg. Kleedde zich uit. Kroop bij haar in bed. Knipte het lampje uit.

Ze schoof naar hem toe, wurmde een arm onder zijn hals, kuste hem op zijn wang en zuchtte. Hij begon een oud Elvis Presley-lied te zingen, heel zacht:

*Don't, don't, that's what you say
each time that I hold you this way
when I feel like this
and I want to kiss you baby
don't say don't*

Ze giechelde, kneep in zijn arm en zei: 'Doe dan maar.'

Tweede boek

Kräftig bewegt, doch nicht zu schnell

In de nacht van haar zestiende verjaardag had Elisabeth Maria Prins een niet zozeer voorspellende als wel vertellende droom. Zij lag in een zinderende, onheilspellende hitte op haar rug in een pasgemaaid veld. In de verte stonden de jongens van het land tegen een combine geleund, luisterend naar de Directeur, wachtend tot het gras zou drogen. Lisa keek naar het wazige wolkendek, dat plotseling grauw en dik en donzig werd en toen werd opengereten door een woedende vuist. Er ontstond een scheur waaruit een stem tevoorschijn kwam, als een zwarte sliertende wervelstorm, een stem die haar bekend was en al donderend geruststelde. Dit was de stem van God, en God bulderde: 'En nu is het genoeg geweest!'

Zij had terstond de neiging voelen opkomen om te knikken, die stem gelijk te geven, al had ze geen idee wát genoeg was geweest, laat staan of die stem wachtte op haar blijk van instemming. Ze schrok wakker van de paniek van de dromer die naar woorden zoekt.

Ze veegde het zweet van haar voorhoofd, constateerde dat het vijf uur was en dat ze verre van fris, maar wel vertrouwd, om niet te zeggen huiselijk rook, en zocht na deze bespiegelingen naar een sluimertoestand waarin ze terug kon keren naar het landschap waarboven God bestond. Ze wilde weten wat 'eraan gedaan zou worden,' omdat ze, eenmaal wakker, ogenblikkelijk begrepen had wat 'genoeg was geweest', al had ze dit nooit aan iemand uit kunnen leggen. Ze probeerde zich een beeld te vormen van de overdaad die Gods toorn had gewekt: het universum een vacuüm dat op barsten stond vanwege de ophoping van iets wat in aardse termen vuil had kunnen heten en dat zichzelf schiep, als gas in een vuilnishoop. Maar ze vervloeide al met een aquarel van het laatste beeld van haar droom en keerde terug naar het maaiveld, waarop de combine haar nu achtervolgde en trachtte te vermorzelen als ze niet snel en sneller – en toen schrok ze voor de tweede keer wakker en vond het welletjes voor dat moment.

Ze kroop uit bed, liep naar de kast, trok een pakje Zware Van Nelle onder een stapel ondergoed vandaan, rolde een toeter en ging in het open raam zitten roken. Het werd al licht en het miezerde een beetje. Spatjes regen raakten haar naakte lichaam. Ze keek naar haar schoot, naar het waaiertje van schaamhaar, fronste haar wenkbrauwen en riep in haar gedachten: Joehoe!, maar haar onderbuik gaf geen gehoor. Ze wist niet wat er zou gebeuren als er daar 'leven in de brouwerij' zou komen, maar het werd tijd dat er iets gebeurde. Ze werd zestien en was nog altijd niet ontwaakt op het gebied der erotiek. Soms stelde ze zich een onderzoek bij een dokter voor – niet de dokter – die met witte handschoen in haar woelde en concludeerde dat ze 'niet goed aangesloten was'. Dat een ingreep noodzakelijk was, om de band met het zenuwstelsel te forceren. Ze huiverde, smeet de peuk uit het raam en ging weer op haar bed liggen. Duizelig van het inhaleren soesde ze weg. Toen ze haar ogen opende vanwege een penetrante geur die in haar neus kriebelde, zag ze haar broer staan met een envelop onder zijn arm en een beteuterde kop. Droomde ze?

Het was deze ochtend die Lisa zich vaak herinnerde, van seconde tot seconde, van beeld tot beeld, als ze 's ochtends ontwaakte in het huis aan de gracht in de Stad. Ze was eenentwintig, voorgoed gestorven, nooit geboren in zeker opzicht, en eenzaam op een manier die in boeken thuishoorde. Wie schreef haar? Een negentiende-eeuwse hysterica, zou Victor zeggen. Lisa hield, heel eenvoudig, haar leven voor de auteur. In het dagelijks leven was ze aantoonbaar eenzaam, maar als ze zich inspande (en een lezer met haar), stak ze met haar hoofd door die scheur in de hemel.

'Mijn zusje is nogal in de wolken,' zei Victor tegen die enkeling die hij meenam naar huis, na uitgebreid onderzoek naar afkomst en beweegredenen. Als ze erbij was, toostte hij in haar richting.

Het was een zaterdagochtend. Ze schudde de vuist van God uit haar gedachten, sprong uit bed, stak een Caballero op en sloeg zich op de billen om de 'lilgraad' te meten. Ze tilde een borst op en liet haar los. Twee wipjes. Keurig, keurig. In haar blootje kroop ze in de vensterbank. Ze wuifde naar denkbeeldige toeschouwers in het huizenblok aan de overkant van de gracht. Het miezerde. De lijkenlucht (Veen) van het water stemde haar droef.

Na te hebben gedoucht trok ze een oudroze jurkje aan (decolleté tot aan haar tepeltjes), zwarte netkousen, hooggehakte pumps, en completeerde ze haar toilet met een collier van onschatbare waarde, gewonnen op de kermis in Oude Huizen, 1972, plastic en glas. Ze ontbeet alleen in de keuken, de enige hygiënisch verantwoorde ruimte in het pand, en stak haar tweede sigaret op. Ze mocht er veertig per dag. Ze ruimde af, schonk een kom vol koffie, pakte een groot waterglas, vulde het voor de helft met Jack Daniel's, lengde het stinkende spul aan met lauw water, zette alles op een blad en liep de trap weer op. De deur smeet ze open.

'Opstaan, Anna komt over een uurtje.'

Gekreun, een kuch. Victor draaide zich om en keek haar

aan. Sombere ochtendogen. Verdrietig zou je zeggen, als je niet beter wist.

Soms voelde ze de behoefte op de rand van zijn bed te gaan zitten, hem wakker te kietelen, zijn stinkende kop te kussen en hem uit te lachen tot hij zijn kom en glas leeg had, van geur veranderde en sentimenteel naar aanrakingen begon te hengelen. Maar minnaars, althans, jongens die zich verbeeldden minnaar te zijn, grepen je vinger en klauwden al snel in je ziel. Vraatzuchtige zwijnen. Al was Veen wel lief. Maar ook afwezig, erg afwezig. En die jongen op het eiland, vorige zomer, die haar probeerde te verleiden (wist hij veel, de arme, och arme) met drank en blowtje na blowtje, en zijn hand in haar broekje wist te stoppen na al dat kleffe gezoen (waar ze soms van genoot, maar meestal de slappe lach van kreeg) om in dat broekje droogte aan te treffen, vervolgens op zijn zij rolde, haar verbaasd aankeek en zonder een spoortje van de gebruikelijke teleurstelling de monumentale uitspraak deed: 'O jee, de afslag gemist.'

Zo lief dat ze wel een kwartier had gelachhuild en met hem de rest van de vakantie hand in hand had gelopen. Wat ze anders nooit deed.

In haar woonkamertje epileerde ze haar wenkbrauwen en verfde ze haar oogleden en lippen. Geen rouge, geen dag voor een blosje. Ze hoorde Victor naar de plee gaan, zijn woonkamer binnengaan en ramen opengooien. Toen klonk de herrie van de Residents, *The third reich 'n roll*, een van de platen die ze het meest verafschuwde, een lp waarop de zoete liedjes van de *sixties* door de duivel zelf werden geherinterpreteerd. Muziek voor krochtbewoners. Als Victor droomde van liedjes, hoorde ze hem zeggen, dan klonken ze zo.

De telefoon ging. Anna.

'Ja zeg, ik sta op het station en het regent, kan iemand

mij even halen?'

'God, meelbiet, kun je geen bus nemen?'

'Ik haat bussen, mensen stinken in bussen.'

'Victooor!'

Hij kwam half gekleed de gang op gewankeld. Dat wankelen was een demonstratie. Ze keek hem niet aan.

'Of je de keudelin van het station wil halen.'

Zonder iets te zeggen draaide hij zich om en liep zijn kamer weer in.

'Hij komt er aan, tut.'

Victor zou zich nooit doodrijden. Dat wist ze zeker.

Een halfuur later kwamen ze binnen, in een wolk van lijkenlucht, waar langzaam Anna's stinkdure parfum doorheen sijpelde. Kusjes op de wang. Broer en zusje hadden pret voor tien.

'Godverdegodver, Lisa, moet je weer zo met je tieten te koop lopen?'

Anna kamde haar lange blonde haren voor de spiegel op de gang, controleerde haar ogen die zwarter waren geverfd dan de mode wilde, en klopte op haar platte borst: 'Niets, helemaal niets, je wordt bedankt, opoe.'

Victor stond te grijnzen als de verlegen broer in zo'n oubollige familiefilm: de scène waarin een onooglijk zusje door een stevige wasbeurt en een eerste jurkje van kol in prinsesje verandert. Walgelijk, maar ook erg mooi. Soms kon ze die twee wel verscheuren om dat doodnormale gedoe. Kom niet aan mijn kleine zusje, en meer van die onzin. Ze haatte het, ze hield ervan het te zien. Anna vond haar broer natuurlijk geniaal. Hij was uit pure weerzin met zijn studie gestopt (een echte reden werd nooit genoemd), schreef eindeloze verhalen die enkel zij mocht lezen, stuurde ingezonden brieven naar kranten die vaak werden geplaatst en glimlachte eeuwig in haar nabijheid. Anna was zestien, ronduit mooi en vooral zo gezond, met haar gave blakende kop, haar maniertjes als was ze de verloren dochter van de tsaar, en haar onwaarschijnlijk smerige praatjes: 'Ja zeg eh, sorry hoor, maar ik heb de hele week liggen bolderkarren en ik heb er o-benen van, heb jij niet een of ander goedje waarmee ik de boel eens goed kan invetten?'

'God nog aan toe zeg, Anna, alsjeblieft!'

Victor snurkend van de lach, niet wetend waar te kijken.

'Ontbijt?' vroeg hij. 'Allez hop, de keuken in. We hebben veel te doen vandaag.'

'Dan een brunch graag, ik heb al ontbeten,' zei Anna. 'Zal ik eerst maar even de envelop legen?'

Aan de keukentafel telde ze de honderdjes uit.

'Zeven, met veel liefde van thuis.'

Victor serveerde garnalen in een zelfgemaakte whiskysaus, warm stokbrood met knoflookboter en een muscadet. Hij dronk zelf maar een half glaasje om zijn smaakpapillen 'het geweld van vis' te besparen. Lisa stond op om de post te halen. Een kaart van Hille Veen, haar part-time vriendje en kameraad van Victor.

Groeten uit Groningen: Kan ik langskomen of is er oorlog?

Ze liep naar de telefoon, draaide het nummer en tikte met haar nagels op het telefoontafeltje.

'Yeaeaeahellooo.'

Op zijn J.R. Ewings.

'Met Lisa.'

'Well well... hoi.'

'Hoe is het met onze cowboy?'

'Eh... vanavond?'

'Doe maar wel ja.'

Groningers aan de telefoon: volkomen hopeloos.

Terug in de keuken zag ze Victor en Anna plannen maken, filmladders napluizen, concerten zoeken.

Doe vooral alsof je thuis bent, Anna.

Lisa herinnerde zich hoe ze drie jaar geleden door de dokter naar dit huis was gebracht, met koffers en dozen. Victors huis. Hij woonde er toen een half jaar en studeerde aan de Opleiding, waar Lisa ook heen zou gaan. Ze had hem in die maanden natuurlijk bezocht, als een meisje uit de provincie dat bij haar vriendje gaat logeren, met alle risico's van dien. Ze glimlachte bij deze herinneringen en voelde een pijnscheut van bijna-heimwee. Als Anna er is, houd ik weer van hem, dan wordt hij broer. Van haar. Mooi gezicht. Wil ik ook. Kan niet. Wil ik soms ook juist niet. Hij is een mooie vent. Een vent.

'Hille komt vanavond.'

'Mensen die zichzelf uitnodigen, moeten afgemaakt worden.'

'Ik heb hem gevraagd.'

'Tuurlijk.'

'Je vriendje?' vroeg Anna.

Niet in staat tot een liefdevolle blik, haar zusje.

'Zo'n beetje.'

Daar gingen Victors wenkbrauwen.

Veen was wat zij rock & roll noemde, in tegenstelling tot Victor, die 'klassiek' was. Veen speelde gitaar, Victor niet meer. Veen droeg uitgeputte spijkerbroeken, rook naar zweet en waste zijn haar niet vaak genoeg. Op straat keek hij altijd om zich heen in de hoop, wist zij en hij niet, dat een stem uit zijn verleden op zou klinken en zijn naam zou roepen. Soms meende hij die stem ook echt te horen, hield dan stil en keek over zijn schouder de markt af. Het brak haar hart, die jongetjes, eeuwig kind leek het wel, zo volkomen vastgebeten in iets wat achter hen lag. Ze kon wel janken. (Bouquetreeks, helemaal.) Maar soms, als ze slecht gehumeurd was, zei ze, terwijl spijt haar woorden inhaalde: 'God liefje, Yvonne wóónt hier niet eens.' Waarop hij dan bedremmeld en betrapt keek.

Godverdomde klootzak! Grijp mij desnoods. Maar voorzichtig. Ach, laat ook maar.

Bij hem had ze geleerd hoe ze zo'n ding moest vasthouden en beroeren. God wat schattig, god wat een knoeiboel.

'We gaan naar The Gun Club,' besloot Anna, 'ga je mee? Gaan jullie mee?'

'De zanger is een zuiplap en kan niet zingen,' antwoordde Lisa bits.

'Perfecte combinatie,' zei Victor.

'Moet je niet eerst even een van je barmeisjes bellen voor kaartjes?' zei Lisa, nu nog bitser.

'Zekers, Hoheit.'

'En ga je wassen.'

Victor maakte een buiging en verdween.

'Hoe is 't op school?' fleemde Anna, haar lange nagels inspecterend.

'Gaat,' zei Lisa.

'Waarom ben je pissig?'

'Ik ben niet pissig.'

'Jij moet eens stevig ge—'

'Hou je kop of ik sla d'r op!'

Ze lachten.

'Wil het nog altijd niet?'

'Nee.'

'Froukje Frigida.'

'That's me.'

'En die Hille?'

'Niet boos, wel verdrietig.'

Ze giechelden.

'Zou je wel met hem willen?'

'Het wil niet in mij, Anna.'
'Zonde van die tieten.'
Lisa sloeg. Anna ontweek.
'Die Hille, is dat dat schatje?'
'Niks voor jou.'
Maar zij wel voor hem: zestien jaar, blond, plat en volkomen liederlijk.
'Ik zou niet dúrven.'
'Lieg niet.'

Victor, geurend naar after-shave en eau de toilette en gekleed in zijn Anna-is-er-outfit (zwarte Levi's, osseworstrood overhemd, zilvergrijs vestje, onbetaalbare laarzen, baksteenrood Levi's spijkerjack) was met zijn zusje de Stad ingegaan. Ze hadden twee honderdjes bij Lisa losgepeuterd. Cadeautjes kopen. Voor elkaar.

Lisa trachtte een roman te analyseren voor de cursus 'Proza na de oorlog'. Haar kamer lag naast die van Victor en was de helft kleiner. De boeken stonden in Victors kamer. Die van haar was gevuld met twee oude banken, planten en enkele kleine tafeltjes. Ze rookte haar tiende sigaret.

'Welke personages in deel één spiegelen zich in de personages van deel twee?'

Ze hoorde Victor zeggen: 'Who gives a fuck!'

Ze was verliefd geworden op Veen toen die tijdens een college ruzie had gemaakt met de docent over de rol van God in de letteren.

'Hiero!' Veen wuifde met een roman. 'God voorgesteld als Italiaanse pooier! Wat zeggen we daarvan!'

'Hille, dat personage spiegelt...'

'Niet! Helemaal niet! Een vampiertje, meneer!'

Veen had kauwgum kauwend en met zijn vuist op tafel slaand iedereen consequent tegengesproken. Hij leek op

Victor, maar Hilles woede was waarachtig. Victor zou hebben gedaan alsof het hem allemaal worst was.

Na de les was ze kordaat op hem afgestapt, had hem een kop koffie in de kantine gekocht en hem gevraagd of hij 'soms ook schreef'.

Hij had haar aangekeken zonder haar te zien.

'Het druipt ervan af, nietwaar?'

Wat een schatje.

Hij had zich verontschuldigd ('naar de plee') en was teruggekomen met rode oogleden en de geur van hasj op zijn adem. Toen was Victor plotseling aangeschoven: 'Zo, heb je Willempie Meester ontmoet?'

Ze had hem niet meer gezien, ook niet tijdens colleges, tot ze op een avond woedend de kamer van Victor was binnen gestampt met de vraag of de muziek wat zachter kon en daar Hille aantrof, luisterend naar een lulverhaal van haar broer, die in zijn tweede stadium was, schijnbaar nuchter, sardonisch dronken.

Lisa sloeg een bladzijde om, gooide de roman toen in een hoek (laat Victor het niet zien, smijten mag alleen met Kosinski), zuchtte diep en liep naar haar slaapkamer. Ze wierp zich op haar bed, legde haar armen langs haar lichaam en balde haar vuisten. Opoe mediteert. Ze noemde het haar vlucht naar de werkelijkheid.

Het duurde lang voordat ze ontspande. Toen liet ze los en werd ze losgelaten. Haar lichaam werd door geruisloze krachten gewrongen, als in een centrifuge. Het vervormde haar tot wat ze bij bewustzijn als 'een softenonflappertje' bestempelde. Onduldbaar! Toch zette ze door en eindelijk scheurde haar lichaam los van wie ze was en bolde en botte en zette uit tot het ergens om haar hing. Nu zweefde ze, daar waar ze was en zijn moest, ver voorbij de dood, in het Niets en het Al, en dat Al was zij. De rust was eeuwig en alles.

Iemand zette een dreunende reuzenvoet in haar sluimer. Met bonkend hart opende ze haar ogen. Victor naast haar op de rand van haar bed, een bos witte rozen aan haar voeten. Hij keek haar aan en glimlachte. Bijna zuiver, maar zijn kaken vertrokken van de moeite die het hem kostte. Hij stak zijn hand uit, veegde haren uit haar gezicht, streelde haar wang, boog zich voorover – geen kegel – en kuste haar op de lippen.

'Laat dat.'

Zijn ogen werden vrolijk. Ze zag hoe hij de neiging verbeet haar te kietelen. Hij wilde haar een lach ontfutselen. Hij had behoefte aan zo'n lach. Zij wilde zich niet gewonnen geven.

'Waar is Anna?'

'Haar kruisje bemoederen.'

Ze speelde weerzin. Hij zon op woorden.

'Alles goed, juffer?'

Ze haalde haar schouders op. Vooruit dan maar. Ze walgde van die hunkering in haar sentimentele registers, maar als hij lief probeerde te zijn, was hij het meteen.

'Waar is de poen?'

'Ze wilde gelakte laarsjes. Honderd ballen maar, en we eten straks briandjes. Als je wilt, vragen we Veen.'

'Denk je dat Hille valt voor eh, onze gelaarsde kat?'

Echte glimlach. Tien punten voor de woordspeling.

'Hij valt niet meer, laat dat nou toch 's tot je doordringen...' Een aarzeling, ze wist wat komen ging en wilde dit voor geen goud missen.

'... Kijk maar naar mij.'

Ze smaalde. Hij werd als vroeger. Hoepla: de liefde. Ze stak, juist omdat Anna elk moment kwekkend binnen kon vallen, haar armen uit. Hij bedacht zich niet. Zijn behoefte overtrof zijn angst. Zijn geparfumeerde omhelzing, zijn van schuld doortrokken kus, boete, boete, met het puntje van zijn tong tegen dat van haar, als een buitenaardse groet. Haren prikten van de angst betrapt te worden. Zwarte romantiek. Edel-kitsch. Brief aan de *Viva* (blad dat in dit huis verboden was): 'Nou hoor, mijn broer en ik wonen ook samen en we zijn heel gelukkig en we vinden het belachelijk dat...'

Als hij dit volhield, zou ze vannacht, juist omdat Anna logeerde, bij hem slapen. Wij verzoeken de goden om.

In Victors kamer werd een plaat opgezet. Prince. Victor wilde zich losmaken, maar Lisa liet niet los. Even filmpje spelen, ze had zich niet voor niets laten gaan.

Anna kwam de trap opgerend, de kamer binnen en zag hen worstelen.

'Guttegut, wat lief.'

Ze dook erbovenop.

'Anna, gatverdamme, heb je je handen gewassen?'

Victor en Lisa voelden hun bloedbanen jeuken van iets waarvoor geen woord bestond.

De rozen sneuvelden.

Aan tafel, die avond. Veen zat naar Anna te loeren. Victor flambeerde sjalotten en maakte Stroganoff. Ze aten hun boeuf, dronken rode wijn en luisterden naar Victor, die weinig dronk en heel veel praatte. Lisa vermoedde dat de heren gesnoven hadden. Als dit waar was (ze kreeg nauwelijks de kans Victors pupillen te onderzoeken), kon hij het wel schudden vannacht en kreeg Veen er later ongenadig van langs.

Tegen elf uur trokken ze de Stad in, wurmden zich concerthuis Bella binnen en doken onder in de menigte die werd opgewarmd met snoeiharde muziek. De zusjes droegen minirokjes en hempjes zonder mouwen, hun haren waren op verzoek van de jongens tot wilde bossen getoupeerd. Anna weigerde zich onder haar armen te scheren en Veen keek, zo viel Lisa op, naar de blonde haartjes in haar oksels. Maar Anna gedroeg zich voorbeeldig en liet hen al snel achter bij de bar. Victor dronk enkel bier en liet het vuurwater aan Veen. Ze wilde hem dat ene lijntje best vergeven, als het bij dat ene lijntje bleef. Ze greep hem in zijn nek (Veen keek snel de andere kant op), dwong hem haar in de ogen te kijken (hij wist waarnaar ze zocht) en vond zijn oude vertrouwde vermoeide blik. Hij kreeg een loepzuivere glimlach en wist zich gewaarschuwd. Hij was zelfs zo bij zijn positieven dat hij in zijn hoekje aan de bar ging staan waar zijn favoriete barmeisje tapte, om Lisa en Hille alleen te laten.

'Had jij coke bij je?' brulde Lisa in Veens oorbellenoor. Hij keek haar een moment aan, leek zich af te vragen welke schade hij zou aanrichten door te bekennen en knikte toen, de sukkel, in de waan dat hij haar een plezier deed door eerlijk te zijn. Ze trok haar wrede nukkenkop.

'Ik heb twee nachten gerepeteerd en was kapot.'

'Er een reden voor hebben is dubbel debiel!'

Hij keek beteuterd. Ze werd alweer week. Hij zag het en ging voor de kus. Maar dat zat er niet in. Eén mond per dag. Ze zag hoe Victor over de bar boog en zijn postmoderne punkmeisje kuste, dat hem daarna een gratis borrel wilde voorzetten. Toen Lisa hem zag weigeren, was het pleit beslecht. De schat. Juist omdat hij niet wist dat ze keek, juist omdat ze zag hoe vertederd hij was door het meisje achter de bar dat minstens zes jaar jonger was dan hij. Dat hij soms nachten wegbleef en alle slijmerige dingen deed die zij niet kende en niet hoefde te kennen, wilde nu niet echt tot haar doordringen. Dat zulke jonge meisjes, haar kleine zus voorop, zich overgaven aan die dingen was een feit en dat feit an sich liet haar koud. Maar in haar zeldzame romantische wensdromen zag ze haar broer verschoond van dergelijke behoeften. Niet als een prins op een wit paard, maar als een androgyne snob met een hang naar tederheid. Niet meer dan dat.

'Het is een sprookje...'

Ja, opa, hou maar op.

Toen de band begon, stonden ze met zijn vieren vooraan, tegen het podium geperst, een stuiterende massa in de rug. Veen oordeelde over gitaren, versterkers en spel, was kortom strontvervelend (al deed Anna alsof ze geboeid luisterde naar zijn geschreeuw), en Victor verloor zich zichtbaar. Ze sloeg een arm om zijn hals – wat kon het haar nog verdommen – en kuste hem tot zijn grote schrik op de wang. Schrik en dankbaarheid. Ze had hem waar ze hem hebben wilde. Zichzelf ook. Ik moet ongesteld worden, dacht ze, maar dat was gelul: ze zat in haar derde week.

Na het concert stonden ze met toeterende oren buiten en overlegden. Veen vroeg Lisa met zijn ogen of ze met hem mee wilde. Mooi niet dus.

'Anna moet 's naar bed, het is al halftwee.'

'Krijg nou wat,' zei Anna, 'worden we dement?'

De meisjes rilden in de koude septembernacht. Er werd besloten tot een afzakkertje in een kroeg op weg naar huis. Ook dit was een test. Victor dronk één borreltje. Nou ja. Veen zoop zich een dubbele tong en werd voor de deur van hun huis afgescheept met vier kusjes op de wang van Anna en Lisa en een plechtstatige handdruk van Victor. Lisa voelde zich heel even schuldig.

Eindelijk thuis. Anna ging out op het bed van Lisa aan de gevolgen van hasj en bier. Samen kleedden ze haar uit, stil, bijna gedwee, als kinderen die een volwassen ritueel nabootsen. Het was een prachtig meisje, het was van hen. Los van elkaar, maar deze gedachte delend, hoorden ze Anna deze bewering weerleggen. Dat magere kind met haar glooiende borstjes, het dons dat haar ruggegraat bedekte, het blonde schaamhaar dat uit haar broekje stak, het pruilende gezichtje dat elk moment om een verhaaltje leek te kunnen gaan zeuren. Ze stopten hun zusje in en keken naar haar. Toen liep Lisa Victor achterna en sloten ze de deur achter zich. In zijn kamer lieten ze zich in oude stoelen vallen. Ze draaiden plaatjes, heel zacht, rookten sigaretten (tel kwijtgeraakt) en zwegen; voor het eerst in weken in zoverre tevreden met elkaars gezelschap dat het hen aan vroeger deed denken.

'Wat drinken?'

Lisa knikte en keek hem vragend aan. Victor sprak met zijn ogen dat hij nuchter zou blijven als zij eens teut wilde worden. Ze kreeg een long-drinkglas ijskoude Campari. Hij dronk een pilsje. Ze had zo'n zin om bij hem op schoot te kruipen maar dat had ze nog nooit gedaan. Ze dacht dat hij zou vinden dat zoiets niet stond. In wiens ogen? Tja, De Ogen. Toen ze haar glas leeg had, de juiste huilerigheid voelde, vloekte ze luid. Victor keek op, glimlachte, en keek weer weg. Ze liep naar de pick-up, zette haar Bowie op, en deed het gewoon: ze kroop bij hem op schoot, zoals ze dat tot op de dag dat ze het ouderlijk huis verliet bij haar vader had gedaan. Nee, nee, geen geanalyseer, al miste ze haar vader meer dan ze ooit had durven vermoeden.

Victor leek niet verbaasd.

'Nou, nou, zit er een jankbui aan te komen?'

Ze moesten hen eens zien zo. Wie dan? Men. Het. Zullie.

Victor had zijn arm om haar middel geslagen. En nu geen weet-je-nogs, dacht Lisa, maar er flapte al één uit.

Weet je nog? Thuis en vroeger. Kilometers vroeger.

'Weet je nog dat je me je verhaal kwam brengen? Toen ik jarig was? Ik dacht er vanochtend aan, met je beteuterde kop, weet je nog?'

'...'

'Victor?'
'...'
'Kunnen we morgen Anna niet thuis brengen?'
'Moet dat?'
'Ja.'

Ze kuste zijn wang. Hij werd verlegen. Ze voelde hem huiveren en hield van hem. Om er geen drama van te maken stond ze op, haalde nog een glas Campari en ging weer in een andere stoel zitten. Victor stopte een pijpje hasj. Ze besloot niet meer over de coke te zeuren. Ze nam het pijpje aan, zoog de rook in haar raspende longen en gaf het terug aan Victor.

'Ik ga naar bed,' zei hij.

Ze knikte en liet hem gaan. Ze bleef wat zitten soezen, deed toen de lampen uit, klom de trap op en glipte zijn kamer binnen. Hij lag bij het licht van zijn nachtlampje – een lampje zoals Anna ook nog altijd op haar kamer had – in het niets te staren en was meer verbaasd dan ze had verwacht.

'Darf ich?'

Hij knikte, verkrampte. Ze kleedde zich uit, poedelnaakt, en kroop tegen hem aan. Ze wilde hem niet vermorzelen maar fluisterde toch: 'Doe dan maar.'

Het was hun lome, zwetende omhelzing, *Eeuwig Zomer* (of: *Vroeger Was Alles Beter*): eerst heel lang zijn hoofd tegen haar borsten en haar hand in zijn haren, dan een enkele kus met de puntjes van de tong (dag dag), zijn hand op haar linkerborst (altijd de linker), zijn hand op haar bil, zijn vingers langzaam krassend over haar rug en hoofdhuid, soms een eeuwigheid, zodat ze begon te zuchten en vochtig werd, zijn hand tussen haar benen, bijna roerloos, haar hand op zijn geslacht, onbeweeglijk majesteit, uit tederheid (dat trage kloppen en schokken onder haar vingers), een lange kus waarbij hij altijd weer iets in zichzelf onthoofdde zodat ze nog wakker waren als het licht werd en de uitputting hen inhaalde. Dan sliepen ze langzaam in, verstrengeld door de kinderlijke lenigheid van de liefde en zonder ontladingen van zinnen, waardoor hun dromen hysterisch waren maar nooit somber of naargeestig, altijd helder en veelbelovend, en hun ontwaken ronduit geroerd, als was de slaap een intermezzo in een eeuwige proloog. Tot zij blozend uit bed sprong, hem de blik schonk die op een ochtend in München geboren was, en hem alleen liet om te kalmeren, daar dit, zoals ze wist, een kwestie was van verzet der gedachten, omdat hij nooit wilde voltooien wat zij had opgeroepen en zelf niet ervoer.

Het liep al tegen zessen toen ze de slaap voelden naderen. Victors hand hield haar doorweekte kruis gevangen en bewoog heel licht zijn vingers over haar geslacht. Het ontspande haar, dit glibberen. Zelfs de geur van haar lichaam kon ze verdragen, vond ze lekker, of beter, passend. Ze rook naar gras dat aan een slootwand groeide. Ze zag de zomer en het land en rekte zich uit zonder zich te bewegen. Enkel haar spieren spanden zich.

'Ga slapen, teutebel,' zei Victor zacht en zijn adem rook naar hem, naar nest, naar opgerold en ingestopt. Ze liet zich wegzakken en tuimelde in een droom. Er was een huis, er was land en horizon, en waar is iedereen nou toch gebleven? Ze ging het huis binnen, het was haar huis, en ze besloot dat de keuken veel te groot was – grensde aan de voordeur, de tuin, de trap naar boven kwam erop uit –, en wat doen al die mensen aan onze eettafel? Rot op, wil je, hoepla, weg waren ze. Ze maakte eten voor de dokter, joehoe, pappa, o jee, alweer zat, o nee, toch niet. Ze zaten te eten en mamma kwam binnen en gaf haar een tik op de wang want kleed je toch eens fatsoenlijk aan. En toen Lisa heel even haar ogen opende, en bedacht dat ze wakker was, zei ze hardop: 'Gek is dat, ik droom nooit meer over jou.'

Er ging een wekker. Of nee, iemand schudde haar. Ze smakte met haar mond, rook haar zweet en voelde haar klamme rug gekieteld worden.

'Wakker worden, 't is tien uur. Anna is er, weet je nog?'

Ze maakte zich van hem los en zag zijn ogen in dichterlijke honger drijven. Toen besefte ze wat hij gezegd had. Ze sprong onmiddellijk uit bed, zag zijn naakte lichaam, bloosde diep en begon haar kleren van de vloer te rapen, ondertussen zenuwachtig kwebbelend.

'O jee, o jee, ach dominee, broekje mee, o god, zou ze al wakker zijn?'

Ze vloog zijn kamer uit, nam Victors enige echte liefdesogen (zo hield ze zich voor) mee op haar netvliezen en kleedde zich buitelend en zachtjes jammerend aan. Ze ontsloot de deur van haar eigen kamer, zag dat Anna nog sliep, haalde opgelucht adem en rende, na de deur weer zacht te hebben gesloten, uitgelaten de trap af naar de keuken. Ze zette koffie, kookte eitjes, maakte toost, perste sinaasappelen en zong in zichzelf, terwijl die blos maar op haar wangen brandde. Ze hoorde de douche, zette de radio aan op de klassieke zender en stak haar eerste sigaret op toen een etude van Chopin, zo triest dat ze grinnikte, de keuken in druppelde.

Ze vond Victor gekleed en geurend aan het bed in haar kamer, kijkend naar Anna, die blootgewoeld lag te snurken.

'Maak haar nu maar wakker,' zei Lisa, van zijn verlegenheid drinkend als een dorstige dame aan een waterput, onhandig en opzichtig. Hij stak een vinger in Anna's ribbenkast. Het kind mompelde en draaide zich kwaad om.

'Hé troela, wakker worden!'

Anna zag haar broer, haar zus die in een kast rommelde en zei: 'O, o, aspirine, ga weg, ik stink, donder alsjeblieft op!'

'Ontbijt,' zei Victor, opstaand, met de gebaren van een oude man. Soms, dacht Lisa, lijkt het of hij niet kan wachten tot zijn botten beginnen te kraken en hij over reumatiek mag zeuren.

Met zijn tweeën in de keuken. Ze staarden elkaar aan boven kommetjes koffie, door sigaretterook.

'Kunnen we nu weer een weekje of zo vriendjes zijn?'
'Dat klinkt als pure televisie.'
'Wat, jong?'
'Je hangt de goedgevige minnares uit.'
'Nicht doch, ich habe dir zu danken.'
'Gern geschehen.'
'Is dat zo?'
Hij boog zijn hoofd.

Anna kwam binnen, gekleed in een handdoek, met gewassen haren en een van Lisa geleend ochtendhumeur.

'Gaan we doen vandaag?'

Ze ontbeten. Victor, die zichtbaar moeite had zijn houding te bepalen, besloot Anna zijn katerdrankje te mixen. Ze dronk de lauwe, aangelengde Jack Daniel's als een kind dat voor het eerst een Spoetnik proeft, met grote ogen en demonstratief smakkend.

Die middag nam hij haar mee naar het voetbal (Groningen-Volendam). Lisa bleef alleen achter en dwaalde door het huis. Ze zon op een list om Victor de komende week thuis te houden. Meestal verdween hij na een nacht als deze en dook pas dagen later weer op, als een hond die achter loopse teefjes was aangegaan en het land was gaan verkennen, in droge sloten had geslapen en de honger had verbeten omwille van het avontuur. Dan kwam hij op een avond stinkend en uitgeput het huis binnen gewankeld, dronken en ontroostbaar, agressief en onaanspreekbaar, met een halve gram op zak en ontelbare onuitvoerbare plannen die allemaal betrekking hadden op Weggaan, het 'diepe Europa' in. Zo onpraktisch dat ze hem wel een schop wilde verkopen: je bent te oud voor kinderdromen.

In haar kamer diepte ze een map op met die enkele brieven die ze elkaar hadden geschreven toen hij in de Stad had gewoond, en zij nog thuis.

Dierbare Keizerin,
Ik smijt er met de pet naar, ik hou ermee op. Ik kap met deze studie, allemaal linkse partij-idioten en studenten met het iq van een varken. Ik ga een componist subsidiëren en mijzelf verdrinken in de gracht. En ik kom niet thuis.
Ludwig

Elke brief hetzelfde liedje: ik stop met de studie en ik kom niet thuis.

Onder de brieven lag de grote envelop met het verhaal voor haar zestiende verjaardag. Ze trok hem tevoorschijn en peuterde de vellen eruit. Ze herinnerde zich die dag zoals ze zich de nacht in het boothuisje herinnerde, toen ze God voor het eerst had horen spreken: met de vertrouwde schok van de gedachte aan een symbolische kentering van lang geleden. Victor was sindsdien zonder thuis geweest, maar als ze hier met hem over wilde praten, wuifde hij het onderwerp weg, deed alsof ze 'de dame van de Weense delegatie' uithing en begon over iets anders. Van zijn haat jegens zijn ouderlijk huis mocht ze niet meer weten dan dat die er was. En juist uit dat enige verhaal dat ze van hem kende, sprak liefde voor het gezin waarin hij was opgegroeid. Ze las het zacht jammerend, met een zakdoek aan haar neus.

Duizelingen

Zodra je de eerste duiven hoorde koeren, rook je ook de bladeren, en het vochtige mos. Bos, dacht ik dan, ik ben in een bos. En ik hield mijn ogen nog even gesloten om het geheim van de slaap dat mij traag ontglipte vast te kunnen houden, wat zoals altijd net niet lukte. Vakantiehuisjes roken 's ochtends altijd naar buitenlucht, en 's avonds roken ze naar mensen. Mensen roken naar vlees dat lang had gelegen.

Rillend rekte ik mij uit. Het was heerlijk om op een zomerochtend te rillen: je rilde niet vanwege de kou, maar vanwege de koelte, de geuren en het vakantiegevoel. Mijn zusjes sliepen nog. Liesje, in het bovenste bed, lag op haar rug, gestrekt als een kinderlijkje. Ze droomde. Dat kon je zien aan haar bibberende oogleden en de frons op haar voorhoofd. De kleine Anna, in het onderste bed, was onzichtbaar. Je zag enkel haar haren op het kussen. Zijzelf lag volledig onder het laken en zoog ongetwijfeld op vier vingertjes tegelijk. Voorzichtig klom ik uit mijn stapelbed. Ik trok mijn korte broek en T-shirt aan en sloop naar buiten. Het kleine grasveldje glom nattig in de ochtendzon. Het was omringd door hoge bomen, als een open plek in een sprookjesbos waarop kabouters 's nachts hun feesten vierden. Het huisje naast het onze leek uitgestorven, al wist ik dat er mensen in lagen te slapen. Er was een meisje met krullen bij. Huiverend stak ik het grasveldje over. De dauw verkilde mijn blote voeten, ik kreeg er kippevel van. Aan de bosrand bleef ik staan. Het was een echte bosrand: een flauwe helling begroeid met gras die tussen de bomen verdween. Ontelbare keren was ik hier languit liggend vanaf gerold. Je rolde zo het bos in en als je dan je ogen opende, zag je een moment de bomen draaien en vallende stukjes lucht die blauw en rood en wit waren. Van die duizeling kon ik geen genoeg krijgen en vooral de eerste, elke ochtend, gaf een vreemd scheurend gevoel in mijn hoofd en liet lange tijd een kriebelend gevoel achter, ergens onder in mijn rug.

Hoepla, daar ging ik. Rolderdebolderde bol bol bol. En toen lag ik stil. Alles draaide en viel weg. Ook goeiemorgen, zei ik lachend in mijn hoofd. Even later huppelde ik het bos in. Huppelen was lekkerder dan lopen.

Aan het ontbijt zei mijn moeder tegen mijn vader: 'Koppijn zeker hè? Ja ja, wie 's nachts aan 't vissen gaat, mot 's ochtends netten drogen.'

Dit zei ze vaak tegen mijn vader, hoewel ik hem nog nooit met een hengel had gezien. Mijn vader zweeg en grijnsde wat. Ik boerde hard. Mijn zusjes lachten schril maar zwegen prompt toen de klap van mijn vader uitbleef.

Die middag besloop ik mijn zusjes die met het meisje met de krullen in de wigwam voor het huisje zaten. Als een indiaan kroop ik over de grond, een mes tussen de tanden. Mijn gezicht had ik met modder beschilderd. Toen ik hun stemmen hoorde, bleef ik roerloos liggen, wachtend op het geschikte moment om hun de kelen door te snijden en hen te scalperen. De krullen van het meisje zou ik het volgende schooljaar aan mijn riem dragen. 'Zijn dat je opa en oma, waar je mee bent?' hoorde ik Liesje vragen. 'Nee hoor,' zei het meisje, 'dat zijn mijn vader en moeder.' Het was even stil. 'Waarom zijn die dan zo oud?' vroeg Liesje. 'Nou die zijn niet oud hoor,' zei het meisje, 'ik heb ook nog een broer, ik ben nagekomen.'

Nagekomen?

'Waar is die dan?' vroeg Liesje. 'Op de boerderij,' zei het meisje. 'Wij hebben ook een boerderij,' zei Anna. 'Nietwaar!' zei Liesje. 'Welles,' zei Anna. 'Ach niet, stom wicht,' zei Liesje kwaad, en ze vervolgde: 'Wil jouw broer niet op vakantie?' 'Hij mag niet, hij moet op het land passen.' 'Ach hoe kan dat nou!' 'Nou,' zei het meisje, 'mijn broer is al wel zo oud als jullie vader.' Weer was het even stil. 'En hij is ook heel vaak dronken,' zei het meisje toen. 'O ja?' vroeg Liesje bits. 'Wat is dronken?' vroeg Anna. 'Hij is ook heel vaak dronken,' zei het meisje weer, 'en hij kwam toen op mijn slaapkamer, en toen heeft hij een keer op mijn bed geplast, en toen deed mijn moeder de deur op slot als ik in 't vervolg ging slapen.'

Hè?

'Zal wel,' zei Liesje. 'Wat is dronken?' vroeg Anna weer. 'Dat is als pappa steeds godverdomme zegt,' zei Liesje met een zucht. Dat was waar. Mijn vader vloekte soms om alles. Dan zei hij bijvoorbeeld: 'Godverdomme wat is het mooi weer.' Maar dat interesseerde me nu niet. Werd dat meisje opgesloten? Dan zou ik haar redden! Even voorzichtig als eerder kroop ik terug in het bos. Een indiaan moest altijd op zijn hoede zijn.

Mijn vader zat voor het huisje te wachten tot het avond werd. Hij rookte sjekkies en dronk bier uit een beugelfles. Als zijn handen leeg waren, wreef hij in zijn ogen. Ik ging naast hem zitten en begon net als hij naar de bosrand te staren.

'Verveel je je?' vroeg hij, 'zullen we n end lopen gaan?'

'Nee,' zei ik, 'te warm.' En ik vervolgde: 'Pap, wat is nagekomen?' 'Wat?' 'Nagekomen,' zei ik, 'dat meisje van die mensen daar zegt dat ze nagekomen is.' 'O, op zo'n fietsje,' zei hij, 'dat betekent dat ze d'r eigenlijk niet had moeten wezen, maar dat ze er toch is.' Hij lachte. Ik begreep dat hij niet in de stemming was om mij iets uit te leggen. 'Waar is mamma?' 'Het dorp in,' zei hij, 'warm hè? Godverdomde warm vandaag.' 'Hm,' zei ik en beiden tuurden we weer naar de bosrand.

Het schemerde. Mijn vader pookte in het smeulende vuur op het grasveldje waarin wij aardappelen poften. Mijn moeder smeerde boterhammen. Vervuld van een vreemde stemming – een soort heimwee – schraapte ik de zwart geblakerde schil van mijn aardappel en probeerde mijn eetlust niet door de brandlucht te laten bederven. Bij ons in de straat was eens midden in de nacht een huis in vlammen opgegaan en sindsdien raakte ik van de geur van vuur altijd in paniek en kroop ik 's avonds ontelbare keren uit bed vanwege geflikker achter de gordijnen, dat altijd weer afkomstig bleek te zijn van autolampen. 'Mam, mag ik nog meer cola,' vroeg ik, terwijl ik mijn maag voelde tuimelen. 'Je moet niet zoveel drinken,' zei ze, me de fles aanreikend, 'anders moet je d'r vannacht weer uit.' 'Ik moet plassen,' zei Anna. 'Niet onder het eten,' zei mijn moeder streng, 'nou vooruit, hup, als je snel bent.' 'Stom wicht,' zei Liesje, met een peinzende blik in haar ogen, voor ze haar haren uit haar gezicht wreef en weer een zwarte veeg aan haar bleke wangen toevoegde.

En opeens was het avond. Je kon het zien aan de kleuren van de lucht.

Liesje en Anna stonden in hun blote billen voor het aanrecht in het kleine keukentje en wasten zich en gooiden, als mijn moeder deed alsof ze niet keek, natte watjes in mijn richting. Liesje had heel erg mooie billen, ze waren ronder dan die van jongens en ze trilden als ze schokkerige bewegingen maakte. Dan kreeg je zin om erin te knijpen, of er een tik op te geven. Ik richtte en wierp een watje naar haar kont. Het raakte haar rechterbil en bleef even plakken voor het op de grond viel.

'Ooo, gatverdamme, vuilak!'

'Nou nou,' zei moeder, 'Liesje toch!'

Ik grijnsde en zag dat het Liesje noch mijn moeder lukte om kwaad te worden. Zo ging dat als je op vakantie was.

Mijn vader lag op zijn rug op het grasveldje en deed alsof hij sliep. Mijn zusjes, nu gehuld in witte nachthemden en sterk naar zeep ruikend zodat hij ze allang in de gaten moest hebben, beslopen hem op blote voeten en stortten zich op hem, net toen hij zijn ogen opendeed. Hij worstelde even met ze, kietelde ze zodat de open plek in het bos zich vulde met geschater, en wierp ze toen van zich af. 'Twee schoongewassen engeltjes,' zei hij, en, zijn blik op mij vestigend: 'en een stinkende indiaan.' Ik grijnsde trots. Toen zag ik zijn blik verglijden naar een plek achter mijn rug. Ik draaide me om. Het meisje met de krullen stond ons met grote ogen aan te staren. 'En nog een engeltje,' zei mijn vader vriendelijk, 'maar die moet geloof ik nog in bad.' Het meisje keek hem aan alsof ze een spook zag en verroerde zich niet. 'Pappa?' begon Liesje op aanstellerige toon, 'mogen we nog even spelen? Ik had het met haar afgesproken, we zullen echt niet vies worden.' Slim was ze wel, mijn zusje, juist omdat we allemaal wisten dat ze loog en juist omdat we ons daar een beetje voor schaamden zodat we er niets van durfden te zeggen.

Ze waren in het bos verdwenen, twee kleine geesten en een schimmig meisje. Mijn vader schoof mij zijn tabaksdoos toe en zweeg nadrukkelijk. Ik rolde een sigaret voor hem. Soms, als mijn vader lang zweeg, werd de stilte zwaar en drukkend, alsof de hele wereld wachtte tot hij weer wat zeggen zou. Ik wist dat er dan iets in zijn hoofd was dat maar niet weg wilde gaan, iets geheimzinnigs en enorms, iets wat enkel grote mensen wisten. Nu was er ook iets in mijn hoofd, en dat maakte de stilte licht en opwindend.

'Zullen we n end lopen gaan?' vroeg mijn vader.

'Nee,' zei ik, 'nu niet meer.'

Mijn moeder verscheen. 'Heeft je vader ze weer laten gaan?' Ze schudde haar hoofd. Mijn vader grijnsde. 'Kom,' zei ze tegen hem, 'we gaan binnen zitten.' Ze knipoogde naar hem en wendde zich tot mij: 'Over een kwartier stuur je je zusjes naar binnen.' En toen was ik alleen in de avondlucht.

Eindelijk had ik ze gevonden: twee witte vlekken, en in hun gezelschap de kleurloze gestalte van het meisje. Het was donker en warm, en ik ontdekte dat de geur van de avond uit de grond opsteeg. De modder waarop ik lag, was droog en korrelig, koel en rustgevend. Als ik niet oppaste, viel ik in slaap en zou ik mijn prooi uit het oog verliezen. Ze stonden met zijn drieën dromerig bijeen en regen bladeren aan takjes. Ik vroeg mij af wat daar de zin van kon zijn. Waarschijnlijk was het, zoals zoveel dingen die meisjes deden, volkomen onzin. Alleen al daarom zou ik straks mijn mes in hun lichamen stoten en zien hoe het bloed zich in hun hemden zoog totdat het natte rode lappen waren geworden. Ik had thuis eens, vanaf het dak van een oude schuur, een baksteen op het hoofd van een jongen gegooid. Zijn witte T-shirt was een tekenfilm geworden, maar ik had het verkleuren van de stof, vanwege de grote hoogte, niet goed kunnen zien.

Ze bewogen, gooiden de takjes weg – al dat gefriemel voor niets – en verlieten de plek. Ik draaide mij op mijn rug en voelde de cola in mijn buik klotsen. Mijn benen sliepen. Lang bleef ik zitten. Toen ik opstond, waren de meisjes verdwenen.

Ik had de rand van het bos bereikt en keek uit over donkere korenvelden. Het was erg stil. Het leek alsof de duisternis de geluiden dempte, want geluiden waren er wel, maar ze klonken niet, ze bewogen, zoals ze in boeken deden. In boeken kon je geluiden zien.

Ik wist wel waar ze waren, ze waren bij het ven. Ik dook het bos weer in. Hoe heerlijk was deze jacht! Ik kende dit kleine bos zoals indianen hun jachtvelden kennen. Ik wist precies waar ik met kruipen moest beginnen om niet gezien te worden. Bij enkele jonge berken hurkte ik neer en kroop ik op handen en voeten verder. Zoals altijd hing heel plotseling de geur van water in de lucht, zelfs als het waaide, gebeurde dat ineens. Zonder geluid te maken naderde ik het ven en al snel zag ik een witte vlek in een donkere rietkraag. Anna. Ik zag het aan de lengte van haar steile haren, die haar halve rug bedekten. Liesje en het meisje waren nergens te zien. Ik schoof langs een bosje en bleef stil liggen. Anna bewoog zich nauwelijks. Misschien keek ze ergens naar. Weer werd ik soezig van het wachten, maar een aanhoudende druk op mijn blaas hield mij wakker. Ik moest aan sprookjes denken, aan een heuvel in een verhaal uit een boek dat ik mij vaag herinnerde, een donkere, groene heuvel, waar je aan het begin van het verhaal tegenop klom en waarachter zich een prachtig bos bevond, een bos vol statige bomen behangen met grote, onbekende vruchten die er lekkerder uitzagen dan echte vruchten. Vreemd, ik kon mij niet herinneren of er plaatjes in dat boek hadden gestaan. Maar de aanblik van dat bos stond mij zeer helder voor ogen. Het was er licht en donker tegelijk, het was er warm, je viel zo onder de blote hemel in slaap en... er kriebelde iets in mijn nek.

'Ahaaa,' schreeuwde Liesje, 'je bent erin getrapt.'

Ze greep mijn haren met beide handen en trok eraan.

'Vuil wicht,' zei ik, voor ik haar van mij afwierp. Mijn hart bonkte in mijn keel. Liesje stond mij uit te lachen. 'Je mag bewegen!' riep ze naar Anna. Ze keek nog een keer geringschattend op mij neer en liep weg. Even later stonden we met zijn drieën verveeld naar het zwarte water van het ven te kijken. 'Waar is dat meisje?' vroeg ik. 'Hoezo?'

vroeg Liesje bits. Ik keek haar aan en ze schrok want ze veranderde haar gezicht en zei: 'Naar huis gegaan.' 'Jullie moeten ook naar binnen,' zei ik, 'ga eerst 's jullie poten wassen.' 'Ik moet pissen,' zei Anna. Ze trok haar hemd op en hurkte neer. Toen ik het woord hoorde, deed ik het bijna in mijn broek. Snel knoopte ik mijn broek los. Liesje zei niks maar hurkte peinzend neer. Gezamenlijk plasten we. Er vormde zich een vijvertje aan onze voeten. We plasten altijd samen als we buiten waren. Thuis, in de straat waarin we woonden, slopen we op hete dagen in de tuinen van de mensen die op vakantie waren en plasten dan op de tegels onder een dorre conifeer, wat een heerlijke geur deed opstijgen en ons een vreemde opwinding bezorgde. Even later liepen we naar de plek waar je een eindje het water in kon lopen. Liesje stopte enkele malen om met een rillend gebaar een druppeltje van haar dijbeen te vegen. Toen we bij het bemoste strandje waren gekomen, liep ze tot aan haar knieën het water in, haar nachthemd tot boven haar billen opgetrokken. Lang bleef ze zo staan, diep in gedachten en waarschijnlijk droevig om niets. Ik hield haar scherp in de gaten. Het was gevaarlijk om zover een ven in te lopen. Maar ik durfde haar niet te vermanen als ze zo was, ook al was ik bijna twee jaar ouder dan zij. Zelfs mijn vader durfde het niet als ze zo was.

Er hing een vreemde geur in het kamertje waarin wij sliepen, en het was er heel erg warm. Ik lag al uren wakker. Liesje woelde in haar slaap en mompelde soms iets onverstaanbaars. De kleine Anna bewoog zich niet. Ik kreeg jeuk van verveling. Al lang geleden had ik het laken van mij afgegooid maar nog steeds voelde ik niets van de buitenlucht die door het geopende raam naar binnen moest stromen. Ik besloot er iets aan te doen. Voorzichtig kroop ik uit bed. Het lege bed onder het mijne kraakte hard toen ik mijn voet erop zette, maar Anna en Liesje reageerden niet. Zelfs het zeil op de vloer was heet. Ik liep naar het raam en schoof het gordijn opzij. Lauwe geurende lucht raakte mijn buik en gezicht; ik werd er alleen maar warmer van. 'Ben je wakker?' vroeg Anna met een benepen stemmetje. 'Ssst,' siste ik over mijn schouder, 'hou je kop!' 'Vertel je een verhaaltje?' vroeg ze, prompt opgewekt. Ze was nog geen minuut wakker, dat wist ik zeker. 'Ik kan niet slapen,' zei ze. Liesje woelde en mompelde wat. 'Hou je nou je kop?!' beet ik Anna toe. Ze zweeg. Ik liep naar haar bed en ging op de rand zitten. 'Er was eens,' begon ik fluisterend, 'een grote groene heuvel en eh daar moest je overheen klimmen om in het toverbos te komen, en op die heuvel woonde een heks die meisjes opsloot, en d'r was een jongen die op die heuvel klom om naar dat bos te gaan en die ging die heks doodsteken en scalperen, je weet wel, haar haren d'raf snijden met een stuk van de kop er nog aan...' Anna keek mij met grote lege ogen aan, Liesje woelde zo dat haar bed ervan kraakte. '...en dan bevrijdt-ie de opgesloten meisjes en die neemt-ie mee naar het bos enne...' 'Mamma,' zei Liesje, helder en hard. 'Ze is ziek,' zei Anna, 'van het water.' Ik stond op, zette een voet op de rand van Anna's bed en wipte omhoog. Liesje lag verstrengeld in haar zwarte haren en sliep nog. Ik legde een hand op haar gezicht, het was koud en nat. Wat nu, dacht ik, plotseling zenuwachtig. 'Maak haar wakker,' zei Anna. Ik begon Liesje heen en weer te schudden. Ze deed haar ogen open, keek mij aan en sloot ze weer. 'Je bent ziek,' zei ik. Ze reageerde niet. Ik stak een vinger tussen haar ribben. 'Auw!' Ze veerde overeind, keek me verbaasd aan en was opeens buiten adem. 'Klootzak,' zei ze, hijgend en slikkend. 'Ben je ziek?' vroeg ik. 'Ben jij gek in je kop?' zei ze kwaad. Toen gaf ze over. Een zwarte golf gulpte vanuit haar mond in haar schoot. Verdwaasd keken we naar de groeiende vlek in haar nachthemd. 'Jezus,' zei ik, 'ga mamma halen!' Anna kroop uit bed en verdween. 'Er zit iets in mijn buik,' zei Liesje, in het niets starend. Ze huilde niet, en dat was het ergste. 'Aardappelpuree,' zei ik, 'en dat ligt nu hier.' Ze glimlachte flauw. Ze was heel moedig en juist dat maakte mijn medelijden kolossaal. Mijn moeder kwam binnen, gevolgd door Anna. 'Heb je overgegeven?' vroeg ze, zonder schrik of verbazing, of zelfs interesse, zo leek het. Liesje zei niets. Ik kreeg een tik op mijn achterhoofd: 'Ga 's weg jij.' Anna wees triomfantelijk naar Liesje en zei: 'Ze heeft in het ven gelopen.'

Het was iets koeler in het kamertje. Mijn moeder had het gordijn opengelaten. Liesje lag in het bed onder het mijne en droeg een van mijn pyjama's. Vlak bij haar hoofd stond een emmer, maar ze had na die eerste keer niet weer overgegeven. Ze had twee glazen water gedronken, was gaan liggen en had zich niet meer bewogen. Ik was uitgeput en voelde hoe ik in de matras wegzonk. Nog even en ik zou slapen. Maar opeens klonk er gekrabbel van beneden. 'Ik heb buikpijn,' zei Liesje. Het duurde even voor tot mij doordrong wat ze gezegd had. 'Hm,' zei ik, zodat ik wakker werd van mijn eigen stemgeluid. 'Kom je hier liggen,' zei Liesje, ze vroeg het niet. Ik dacht even na en kroop weer uit bed. Voorzichtig stapte ik op haar matras. 'Ik heb het koud,' zei ze en rolde van de muur weg terwijl ik over haar heen stapte. Ik kroop onder het laken en gelijktijdig draaiden we ons op onze zij en Liesje drukte haar rug tegen mijn buik en trok haar knieën op tot aan haar kin. Ze legde mijn hand op haar blote buik. 'Jezus,' zei ik, 'die is dik.' 'Er zitten natte watten in.' Erg gemakkelijk lag ik niet, en ook had ik het warm, maar ik besloot mij niet meer te bewegen tot ze slapen zou. Liesje zweeg en drukte mijn hand tegen haar buik. Lang luisterde ik naar haar ademhaling.

Later werd ik wakker door een geluid en zag hoe mijn vader, nog steeds in zijn kleren hoewel het al bijna ochtend moest zijn, naar ons stond te kijken. Met één oog keek ik langs het oor van Liesje en rook de geur van medicijnen, die van het bier kwam. Hij zag dat ik mijn ogen had geopend en knikte even. Daarna salueerde hij, losjes, zoals vermoeide soldaten doen. Toen verdween hij weer.

Ik werd wakker met mijn hand op Liesjes buik en mijn mond vol zoute zwarte haren. De duiven koerden. De heldere geur van de ochtend vulde het kamertje. Voorzichtig trok ik mijn hand terug, en nog voorzichtiger kroop ik uit het bed, maar toen ik op het koele zeil stond en mij rillend uitrekte, draaide Liesje zich met een zucht op haar rug en keek mij aan met dikke ogen. 'Heb je wel geslapen?' vroeg ze. Ze wist dat ik niet op mijn zij kon slapen, maar vreemd genoeg had ik nu zeer vast geslapen zonder me te hebben bewogen. Ik knikte. 'Je liegt.' Ze probeerde vermanend te kijken. 'Breng je me een glaasje water?' Ik trok mijn korte broek aan en haalde een glas water. Ze dronk het met teugjes leeg en viel terug op het kussen. 'Hoe is je buik?' Ze gooide het laken van zich af en trok het pyjamajasje omhoog. Onder haar navel was haar buik vreemd opgezwollen. Ze keek ernaar met geschokte blik. Er klonk een snik achter in haar keel. 'Nou,' zei ik snel, 'valt wel mee.' Opeens wilde ik vooral niet dat ze begon te huilen. Gekwetst keken haar slaapogen van mij weg. Ik schaamde me en ging op de rand van haar bed zitten en trok het laken weer over haar heen. 'Gaat wel weer over,' zei ik, in verlegenheid gebracht. Ze draaide haar gezicht naar de muur en pruilde als een peuter. Ik kreeg er een raar gevoel van. En tot mijn verbazing boog ik me vooroveren zoende haar op haar zachte wang. Ze schrok niet. Ze draaide haar gezicht weer naar me toe en glimlachte verlegen. 'Stomme vent,' zei ze toen. Ik stond op, greep mijn T-shirt en verliet snel het kamertje.

Buiten was het heerlijk. Uitgelaten huppelde ik over het

bedauwde veldje naar de bosrand. Daar ging ik: rolderdebolderde bol bol bol. De duizeling was overweldigend, deze keer.

Ik was bij het ven op een steen gaan staan en liet de ochtendzon mijn kleren drogen. Ik was een indiaan, dan kon je doen alsof de zon een god was. Af en toe sprak ik tegen de zon, niet hardop, maar in gedachten, dat was geheimzinnig én ongevaarlijk. Toen hoorde ik haar schreeuwen.

Ik vloog al door het bos. De lucht was zwaar en dik, als in een nachtmerrie. Weer schreeuwde ze: 'Mammaaa!' Een ijselijke kreet. Ik bereikte het grasveldje, het huisje, de gang, het kamertje. Anna en het meisje stonden in de deuropening. Mijn vader stond naar Liesje te kijken en keek niet op toen ik binnenstoof. 'Anna,' zei hij met ongewone stem, 'neem dat meisje mee naar buiten.' Liesje zat rechtop in bed en keek naar haar schoot. De deur ging achter mij dicht en ik liep naar Liesje en keek naar haar schoot en zag het bloed op haar blote dijen. De pyjamabroek zat rond haar enkels. Beiden keken we naar het bloed en het kleine vlekje in het laken. Het bloed kwam uit haar buik. 'Wat is hier gebeurd?' vroeg mijn vader aan mij met een heel erg vreemde stem en toen ik hem aankeek, zag ik paniek in zijn ogen. Dit had ik nog nooit eerder gezien. 'Hè?' zei ik, naar Liesje kijkend. Wat er gebeurd was? Moest-ie dat aan mij vragen? Liesjes ogen waren groter dan ooit en haar wangen waren lijkbleek. 'Of eh, hela hola,' zei mijn vader, 'wacht 's even, jíj bent er vroeg bij!' Ineens klonk zijn stem weer normaal. Hij legde een hand op mijn hoofd – Liesje zat maar naar haar schoot te staren – en er ging een rilling door zijn ogen, en toen glimlachte hij. Dat was het andere uiterste! Liesje lag dood te bloeden en hij stond te lachen. 'Ga maar naar buiten, jong,' zei hij, 'eigenlijk is d'r niks aan t handje.' Verbijsterd keek ik toe hoe hij Liesje maande weer te gaan liggen, hoe hij het laken over haar opgetrokken knieën legde, hoe hij onhandig door haar haren streek en haar starre blik ontweek. 'Opdonderen, jong,' zei hij. Ik verliet het kamertje en ging op de gang staan huilen.

Toen mijn moeder uit het dorp was teruggekomen, was ze heel lang bij Liesje gebleven en op de gang had ze mij afwezig aangekeken. 'Wat sta jij hier nog? Waarom huil je? Niks aan 't handje hoor, ga jij maar met je ouwe vader een eind lopen, goed?' Ik had een tik op mijn achterhoofd gekregen en was weggelopen en nu liep ik met mijn vader door het bos. Ik was diep geschokt. Mijn vader zweeg en rookte. Hij had een vreemd gezicht. Het leek alsof hij elk moment kon zeggen: 'Godverdomme wat n mooi weer,' terwijl hij toch erg veel verdriet moest hebben. 'Is het een erge ziekte?' vroeg ik. Mijn vader begon te hoesten. Het duurde lang voor hij mij aankeek. Er stonden tranen in zijn ogen. 'Jong,' zei hij, 'het is geen ziekte, t is iets wat meisjes krijgen, Anna ook, later.' Geen ziekte? Er was zomaar bloed gekomen. Ik had op televisie gezien dat mensen die dood werden geschoten, precies net zoveel bloed verloren, uit hun mond. Er gebeurde iets. Mijn lichaam prikte, de lucht draaide zoals bij de bosrand, en ik lag op de grond en mijn vader boog zich over mij heen.

Met een schok werd ik wakker. Het was nog middag. Wat was er gebeurd? O ja! Ik boog mij over de rand van mijn bed en keek in de ogen van mijn zusje. 'Hoi,' zei ze, heel gewoon. Ik trok snel mijn hoofd weer terug. 'Wat is er met jou?' vroeg ze. Ik zei niets. Toen hoorde ik geritsel en gekraak. Verschrikt boog ik mij weer over de rand: 'Niet opstaan, gek!' Maar ze sprong uit bed en haar hoofd dook op en haar ogen keken mij nieuwsgierig aan en keken toen beschaamd langs mij heen. 'Stomme vent, wie valt er nu flauw,' zei ze met een vreemde stem. Ik wendde mijn blik af. 'Je moet in bed blijven,' zei ik slap. 'Nee hoor, ik ben niet ziek,' zei ze opgetogen. Ze sloeg haar ogen neer: 'Het is voor om kinderen te krijgen.' 'Wat?' 'Voor om kinderen te krijgen.' Ze keek me verlegen aan. 'Dat bloed, dat komt eruit als d'r geen baby groeit, snap je wel?' Liesje kinderen krijgen? 'En...' vervolgde ze, 'dat gebeurt nu elke maand.' Ze lachte schril en haar ogen schoten in het rond. 'Kun je nagaan.' Ze wipte op en kwam op de rand van mijn bed zitten. Peinzend begon ze aan de knoopjes van het pyjamajasje te plukken. Ze wilde iets zeggen, slikte het weer in, zei toen: 'Stom hè?' Ik knikte en probeerde te begrijpen wat ze me verteld had.

De lucht kleurde nu van donkerrood naar donkerblauw, als een toverbal waaraan de wolken zogen. Het rook al uren naar in de verte gestookte vuurtjes zodat mijn vader zelf ook maar weer een vuur had gemaakt, een vuur dat langzaam doofde en smeulde als een kolenkachel en de geur van aardappelen verspreidde. De schemering maakte dat Liesjes bleke wangen een zwarte gloed kregen. Ze zat, nu weer gekleed in haar nachthemd, met haar armen om haar knieën geslagen voor zich uit te staren. Ze at niets maar dronk wel ontelbare glazen water die Anna met een beteuterd gezicht voor haar haalde. Mijn moeder praatte aan één stuk door. Mijn vader zweeg en pookte in het vuur. Alles was vreemd maar toch niet verontrustend. Het was enkel zo dat alles doortrokken leek van de aanwezigheid van Liesje, het was alsof zij ineens heel erg belangrijk was geworden, belangrijker dan de rest van ons. En het was alsof zij dit wist en heel gewoon vond. Ze keek droevig en trots tegelijk, zodat je niets tegen haar durfde te zeggen.

'Breng jij je zusje maar even naar bed,' zei mijn moeder later, 'en Anna, ga jij nog maar even met dat meisje van hiernaast spelen, maar niet het bos in.' Ze wilde alleen zijn met mijn vader. 'Mamma, ik ga nog niet naar bed,' zei

Liesje, 'ik ben namelijk niet ziek.' Maar mijn moeder was onverbiddelijk. Ze stak een vinger in de lucht en zei dreigend: 'Eh!' Lusteloos liep ik achter Liesje aan. Ze sloeg kwaad met de deuren en wierp zich op het bed. 'Ga jij ook naar hiernaast?' vroeg ze, zich op haar rug draaiend. Ze ging gemeen doen, ik zag het aan haar ogen. 'Nou?' vroeg ze met schelle stem. 'Och,' zei ik, 'kweenie, ik ga het bos in.' 'Jij bent zeker verliefd op dat wicht, hè?' zei ze snel, 'dat heb ik heus wel door als je soms dacht van niet!' 'Och,' zei ik weer. Ze was angstaanjagend, met haar gefronste wenkbrauwen en haar boze ogen en haar grote vertrokken mond. 'Vuil wicht,' zei ik toen maar. Ik draaide mij om en liep weg. Maar ik had de deur nog niet dichtgetrokken of ik hoorde haar huilen. Ze stelde zich aan, dat was duidelijk, maar toch bleef ik staan: ik kon er niet zo best tegen en bovendien kon je haar, als ze huilde, aan het lachen maken; dan lachte ze door haar tranen. Ik liep het kamertje weer in. Liesje keek mij woedend aan voordat ze mij haar rug toedraaide en naar de muur ging liggen staren. Ze snikte zachtjes en wreef haar haren in haar gezicht als een klein kind. Een vreemde mengeling van woede en medelijden overviel mij. Ik liep op het bed toe en greep haar bij een schouder en trok haar op haar rug zodat ze me weer aankeek. 'Hou daarmee op, godverdomme,' zei ik, 'je stelt je aan.' Ze schrok en daar gebeurde het al: ze lachte door haar tranen. 'Dat zeg ik tegen mamma, dat je godverdomme zegt.' Ik dacht aan hoe bang ik was geweest, en hoe ze me nu rustig lag te pesten, en hoe dit alles mijn buik deed kriebelen. Ik ging op de rand van het bed zitten en vroeg me af of ik haar zou slaan. Maar in plaats daarvan begon ik haar te kietelen. Ik stak mijn vingers tussen haar ribben tot ze gilde en schaterlachte en mij smeekte om op te houden. Toen ik eindelijk stopte, bleef ze hijgend liggen. Haar haren kleefden in haar gezicht en onder haar armen glinsterde het. Ze rook naar water. Ik stond op en liep naar het raam. Nog altijd kriebelde het in mijn buik. Maar ook voelde ik een schaamte die mijn hoofd deed suizen. Snel kroop ik door het raam naar buiten. Ik was al enkele meters het bos in toen ik haar hoorde roepen: 'Hé joh, waar ga je heen?' Op het bospad haalde ze me in, maar ik liep zwijgend verder en keek niet naar haar. 'Wat is er nou?' vroeg ze. Het was donker aan het worden en het bos kreeg iets geheimzinnigs. Dit is een avontuur, dacht ik, ik ben niet bang. Maar de stilte kreeg iets zwaars en drukkends zodat ik hoopte dat Liesje snel weer iets zou zeggen. Liesje liep echter te mokken – ik voelde het aan mijn rug – en dus moest ik zelf iets verzinnen. 'Als pappa je snapt, slaat-ie je voor je blote kont!' zei ik zonder om te kijken. 'Ach, niet waar.' 'Jawel hoor.' 'Nietes!' 'Welles, nietes, zit jij soms nog op de kleuterschool?' Ik hoorde hoe ze naar voren sprong en voelde haar arm om mijn nek. Ze trok aan mijn haren en probeerde me te wurgen. Toen liet ze los en ging naast mij lopen. Zonder nog wat te zeggen liepen we naar het ven. Het rook er sterk naar water. Een wolk muggen hing roerloos en toch bewegend boven onze hoofden. Liesje ging op een steen zitten en keek peinzend voor zich uit. 'Vertel je een verhaal?' vroeg ze plotseling. 'Moet dat?' vroeg ik, maar ik zag aan haar gezicht dat het moest. 'Eh, er was eens een groot gebergte, en daarachter lag een woud, je weet wel, waar ook de eeuwige jachtvelden zijn, waar de indianen heen gaan als ze dood zijn, maar als je over die bergen kon komen, en dan in dat woud, dan kon je ook op de jachtvelden komen zonder dood te gaan, maar op die berg woonde een kerel en die liet je d'r niet zomaar over, weet je wel, die moest je eerst verslaan, want hij scalpeerde meisjes, snap je wel, je haren d'r af met een stuk van je kop er nog aan, en jongens sloeg hij de kop in met een steen, en ik had alleen een tomahawk natuurlijk, en het

meisje bij me was behoorlijk bang, zo zijn meisjes...'
'Puh!' zei Liesje. 'En dus sloop die jongen eerst de bergen in en hij liet een spoor van buffelkeutels achter...' 'Há!' zei Liesje, 'lekker hoor.' 'En die jongen besluipt de blokhut van die kerel en klimt op het dak en maakt een geluid zodat-ie naar buiten komt en gooit hem dan een steen op de kop zodat het bloed ervan af spat en dan springt hij hem op de nek en hakt hem de strot door zodat-ie zelf ook helemaal onder het bloed zit...' 'Ja hoor.' 'En dan doet-ie een vogel na als afgesproken teken zodat het meisje het spoor kan volgen en dan komt ze bij hem eh, en dan zoenen ze elkaar... zo gaat dat...' Ik zweeg. 'Is dat alles?' 'Ach, ik weet niet meer,' zei ik bits. 'Behoorlijk sloom,' zei Liesje. Lang zwegen we. 'Warm nog hè?' zei ze toen, en zuchtte diep, 'ik ga nog maar even in het ven.' Ze stond op en liep naar het kleine strandje. 'Hé!' zei ik, en haalde haar stampend in. Ik greep haar in de nek en draaide haar om. 'Auwauwauw!' riep ze kronkelend. 'Je gaat er helemaal niet in!' schreeuwde ik, 'begrepen!?' Maar ze rukte zich los en liep verder. 'Goed,' zei ik, ineens weer kalm, 'dan verzuip je maar.' En ik liep van haar weg en dook het bos in. Mijn hart bonkte, mijn huid prikte van ergernis. Bij een grote boom liet ik mij neervallen. Ik kruiste mijn benen in indianenzit en probeerde te kalmeren. Er waren veel gevoelens in mij, maar telkens als ik er één probeerde te voelen, dook er een andere voor. En nog altijd voelde ik die jeuk onder in mijn buik. Kwam het van het meisje met de krullen? Nee, mijn interesse in haar was ik verloren. Als ik aan haar probeerde te denken, zag ik een vlekkerig gezicht waarop dan steeds de grote wrede mond van Liesje verscheen zodat ik een pijnlijke steek voelde, ergens in mijn lichaam.

Toen ik het kamertje via het raam binnenkroop, lag Liesje weer op het bed onder het mijne. Haar haren kleefden aan haar blote rug, om haar billen zat een broekje.

Haar nachthemd had ze in een hoek gesmeten. 'Zo,' zei ik, naar haar rug starend. Ze verroerde zich niet. Ik liep door en verliet het kamertje. De deur smeet ik achter mij dicht. 'Wat spook jij allemaal uit?' vroeg mijn moeder toen ik mij in het gras liet vallen. 'Niks,' zei ik nors. Mijn vader keek mij aan maar leek mij niet te zien. Het vuur was uitgegaan. Een lauw windvlaagje deed de as opdwarrelen en op mijn benen landen. De avond geurde nu naar gras. 'Kom,' zei mijn moeder, 'ik ga 's wat doen.' Ze verdween met borden en bestek. Mijn vader schoof mij zijn tabaksdoos toe. Traag draaide ik een sigaret voor hem. 'Neem maar,' zei hij. Hij draaide er een voor zichzelf en vroeg, terwijl de rook uit zijn binnenste waaide: 'En hoe is Liesje nu?' 'Vervelend,' zei ik, van de rook proevend, 'strontvervelend.' Mijn vader glimlachte. 'Dat zal ze vanaf nu wel vaker zijn,' zei hij met een ongemakkelijke blik in mijn richting, 'je moet haar maar wat meer met rust laten... vrouwen, jong...' Weer keek hij mij ongemakkelijk aan. 'En, jullie moeten ook maar niet meer bij elkaar slapen, dat vindt ze vast niet prettig meer, jullie zijn daar zo langzamerhand wel een beetje te oud voor, dacht je niet?' Hij probeerde mij vertrouwelijk toe te grijnzen, maar zijn glimlach was vaag en verlegen. Ik knikte en wendde mijn blik af. De bosrand had zich nu in duisternis gehuld. 'Liesje zegt dat het komt omdat er geen baby in haar groeit.' Mijn vader schoot in de lach. 'Het is zodat ze later baby's krijgen kan.' Hij scheen ineens erg opgelucht.

'Zullen we n end lopen gaan?'

'Goed,' zei ik.

De hitte in het kamertje was ondraaglijk. Anna sliep al, bedolven onder haar haren, opgerold als een jonge kat. Liesje was zich aan het wassen in het keukentje. Toen ik had willen kijken, had mijn moeder mij naar bed gestuurd. Alles was aan het veranderen, maar wat er veranderde en waarom, wist ik niet en als ik erover nadacht, voelde ik pijn in mijn lichaam, alsof ik ziek was, zodat ik mij snel een avontuur voor de geest haalde en de rest probeerde te vergeten. Toen Liesje binnenkwam, deed ik alsof ik sliep, maar door mijn oogharen keek ik op haar neer. Ze bleef midden in het kamertje staan, zuchtte diep en zei: 'Jezus, wat een hitte.' Toen trok ze haar nachthemd over haar schouders en wierp het in een hoek. Ze leek heel erg bruin in het donker, vooral nu ze een wit broekje droeg. Ze krabde zich, gaapte een keer en liep naar het open raam. 'Hé slome, slaap je al?' Ik reageerde niet. Ik haatte het als ze me zo aansprak. 'Hé opperhoofd.' Ze zette een voet op het onderste bed en haar hoofd verscheen. Ze zag mijn open ogen, lachte en klom op mijn bed. 'Zie je wel,' zei ze. Ze schudde haar haren en ging op haar knieën zitten. 'Met je stomme navel,' zei ze wijzend, glimlachend. 'Met je stomme tepels,' zei ik, 'alsof er iemand in geknepen heeft.' Ze lachte: 'Zo voelt het ook, soms.' Haar blik dwaalde even af. 'Pappa zegt,' vervolgde ze, 'dat je om mij bent flauwgevallen.' Ik sloeg mijn oogleden neer en zweeg. 'Flauwgevallen,' klonk de mompelende stem van Anna. 'Ach ga slapen, trut!' zei Liesje. Ze vertrok haar mond wreed zodat er een rilling over mijn rug liep. 'Nou?' Ze keek mij weer aan. Haar gezicht verloor zijn boze trekken. Ik haalde mijn schouders op en legde mijn handen onder mijn hoofd. Ik wilde het er niet over hebben. Maar Liesje liet zich op mij vallen en wierp een knie over mijn benen en vocht al voor ik mij had kunnen bewegen. 'Zeg op!' zei ze, zwaar ademhalend en met een arm op mijn hals zodat ik bijna stikte. 'Ja ja,' zei ik moeizaam. Haar greep verzwakte. Ze ging rechtop zitten, drukte haar billen in mijn buik en keek triomfantelijk op mij neer. Toen glimlachte ze, een vreemde glimlach die mij een schok bezorgde en mijn hand deed uitschieten zodat ik haar tot mijn eigen verbazing met een oorverdovende klets in het gezicht sloeg. De stilte die volgde was enorm. Ik zag mijn hand neervallen, zag Liesjes verbijsterde gezicht, zag hoe haar starre blik zich op mij richtte, hoe haar ogen zich met tranen vulden en hoe ze geruisloos begon te huilen. Er scheurde iets in mijn borst. Uit haar mondhoek druppelde bloed. Ik schoot overeind zodat ze bijna achteroversmakte, maar ik hield haar net op tijd tegen door mijn armen om haar heen te slaan. Ze begon te snikken. 'Vuile klootzak,' zei ze, 'vieze vuile klootzak.' 'Ja,' zei ik, haar tegen mij aan persend. Ik wilde niet zeggen dat het me speet. 'Ik zeg het tegen mamma,' klonk de stem van Anna, 'dat jullie vechten als ik slaap.' 'Jij houdt je bek,' zei Liesje, een snik inslikkend. Ik haalde haar hoofd van mijn schouder en keek haar aan. 'Waarom deed je dat, hè?' vroeg ze, voor haar tong naar haar mondhoek gleed en het bloed proefde zodat ze weer begon te snikken. 'Je lachte me uit,' zei ik. 'Ach niet,' zei ze. 'Welles.' 'Ach niet, juíst niet.' Ik keek haar onderzoekend aan. 'Nou, ik dacht het,' zei ik. 'Nou, het was toch niet zo, hoor,' zei ze, nu hardop huilend en mij diep gekwetst aankijkend zodat mijn maag zich omdraaide van medelijden. Ik wist niet wat te doen. Voorzichtig kuste ik haar natte zachte wang. 'Ik wilde het niet,' zei ik, 'je slaan, bedoel ik.' Vanuit haar ooghoeken keek ze me aan, en toen glimlachte ze weifelend door haar tranen zodat mijn maag zich nog eens omdraaide. 'Nee nee, daarom deed je 't zeker.' Voorzichtig voelde ze met een vingertopje aan haar lip. 'Ik bloed, hoor.' Weer die gekwetste blik, en ik kon mijzelf niet tegenhouden. Ik boog me naar haar toe, zag haar ogen dichterbij komen en voelde hoe mijn mond de hare raakte en hoe ik heel even op haar bloedende lip zoog voor ik mijn rug weer rechtte en haar hele gezicht weer zag. 'Nu zijn we bloedbroeders,' zei ik duizelig. Het kriebelde in mijn lichaam en ik had het plotseling koud. Liesje keek mij verwonderd aan. 'Ga nu maar 's liggen,' zei ik. Peinzend kroop ze van mij af. Ik ging naast haar liggen en op een elleboog leunend keek ik naar haar. Ik voelde me rustig en gejaagd tegelijk, ik voelde hitte en had toch kippevel, ik rook de geur van water en proefde de smaak van roestig metaal. Liesje staarde naar het plafond en veegde haar haren uit haar bezwete gezicht. Een nieuwe bloeddruppel kroop in haar mondhoek. 'Nog 's?' vroeg ik. 'Watte?' Ze leek in gedachten verzonken. 'Nou,' zei ik en ik boog mij voorover en zoende haar mond en zoog de druppel van haar lip. 'Gek,' zei ze met een verontruste blik in mijn richting. Lang zwegen we. 'Nog 's?' vroeg ik toen. Ze zei niets. Ik zoende haar mond en voelde haar lippen bewegen. Toen keek ik weer naar haar. Ze glimlachte verlegen. 'Nog 's?' 'Ja,' zei ze, 'toe maar.' Onhandig legde ze een hand op mijn schouder. Toen sloot ze haar ogen.

'Ik zeg het toch, dat jullie vechten,' zei Anna.

Omdat Lisa eenzaamheid zag in alle mensen, vooral in hen van wie ze hield, probeerde ze de hare te verdragen als een ochtendhumeur, al was ze de mening toegedaan dat haar eenzaamheid uniek was. Typisch, op zijn minst. Maar uit angst voor opzichtige ijdelheid probeerde ze, telkens als ze ten prooi viel aan deze eenzaamheid, die unieke lading te relativeren door zich onder de mensen te begeven, in de ijdele hoop een vergelijkbare vorm van ellende te vinden.

Na het lezen van het verhaal – haar neus rood, haar longen pijnlijk – weende ze een tijdje op klassieke wijze om haar verloren jeugd. Toen besloot ze onaangekondigd Veen te bezoeken. Veen zwolg in ijdele ellende. Als Victor hem Gebroken Hart noemde, leek hij gestreeld.

Ze wandelde langs de gracht naar de Indische Buurt (ze miste Fixbier aan haar zijde) en belde aan bij het huis dat door Hille spottend 'het open jongerencentrum' werd genoemd. Hij had er een kamertje, een telefoon en deelde er een gemeenschappelijke ruimte met een aantal lieden van wie de precieze samenstelling tot op heden onduidelijk was gebleven. Een beeldschoon meisje deed open en zei, voor Lisa iets kon zeggen: 'Hille is er, kom binnen.'

Ze besteeg een trap, werd even misselijk van een penetrante kattenlucht en zag de duifgrijze kater Pipo Caligula Ndugu, een van de negen beesten, vanaf de gang naar haar loeren. Ze werd de kamer binnengeloodst door het meisje, dat bij een boekenkast bleef staan en Lisa aan haar lot overliet. In de voorkamer zat een stel jongens naar muziek te luisteren en 'de tjilm van een halve meter' te roken. Het ding werd doorgegeven met de omzichtige handelingen van oude hippies en de rook was om te snijden. Hille zat in een enorme bruine fauteuil en zag haar niet. Een jongen die op zijn knieën voor een draaitafel zat (voor een muur van lp's, het leken er duizenden), merkte haar op en glimlachte toen op televisiewijze: gemaakt, maar charmant. Hille werd op een voet getikt, keek op en zag haar staan. Ook de anderen keken op, staarden. Geen gezicht dat verried of ze welkom was of ongelegen kwam, ook dat van Hille niet. Bijna streng wenkte hij haar. Opgelaten liep ze naar hem toe. Hij tikte op de leuning van zijn oude stoel – geheel van haar apropos ging ze erop zitten – en zei: 'Dit is Lisa, Lisa, dit is Johan, Duits wereldburger, op doorreis, kraakt momenteel die verdieping boven Black Bombay, en dat is Jimmy, Oude rkz, ook een krakertje, de rest ken je wel.'

Ze knikte verlegen. De jongen op de grond, de enige die glimlachte, zei met een suikerzoete stem: 'Hille, zo lijkt het alsof dit een bijeenkomst van principiële typjes is.'

De Duitser begon de tjilm opnieuw te stoppen. Het meisje bracht Lisa een flesje bier en nestelde zich met een boek op de grond. Een nieuwe plaat werd opgezet. Zappa. De koppen begonnen ritmisch te bewegen, hoewel Lisa geen ritme hoorde.

Hille kneep in haar arm: 'Alles goed?'

Men keek haar aan.

'Jjja,' zei ze tegen iedereen.

Iemand hield een vlam bij de kop van de tjilm en de Duitser zoog zijn longen vol. Een drakenwolk werd naar het plafond geblazen. De tjilm ging de kamer rond en bereikte haar.

'Jezus, hoe doe je dat?'

Hille deed het haar voor. Ze nam een klein teugje, kreeg een dreun van jewelste en nam snel een slokje bier. De muziek werd harder gezet. De jongen op de grond stak zijn vinger op. Men knikte.

'Uit Amerika, nog een knap vet gefuck bij de douane, die illegale plaatjes, op het label staat Billy Boop, hoe kom je d'rop, nou ja, beter dan Donald Duck...'

'Of Greggery Peccary,' zei Hille.

De jongen keek verstoord op.

'Daar waren ze dus niet ingetrapt, Parijs achtenzeventig, fantááástisch concert, maar het geluid, flamous avec des poires, heb nog vijf andere binnengekregen...'

Waar ging dit over?

'Trouwens, iemand een tripje? Zeg kutje, haal jij even de tripjes? Achter in de koelkast.'

Kutje?

Het meisje legde haar boek weg en liep de kamer uit, om direct weer terug te komen: 'Hij zit er weer bovenop!'

Hille schoot overeind, en de jongen op de grond ook. Ze vlogen de kamer uit. Even later kwamen ze terug, de duifgrijze kater beiden bij de poten. Lisa zag een rood pikkie.

'Wil je weer met je mammie neuken?' zei Hille vertederd en hij legde uit: 'Ndugu bespringt altijd zijn mammie, en die is nog niet gesteriliseerd. Als we niet snel genoeg zijn, hebben we zo weer een nest, een nest mongooltjes.'

Ze smeten de kater een heel eind door de kamer. Het beest landde op zijn poten en rende weer naar hen toe. Het meisje verscheen met een rolletje gekleurd papier.

'Kom,' zei Hille, hij nam Lisa bij de arm, 'ik haat toekijken, en ik hou niet van chemische humor.'

Lisa, blij dat ze weg kon, volgde Hille de trap op naar een volgende verdieping die in toverbalkleuren geschilderd was. Lichte pasteltinten, roze, blauw en groen. Het had vriendelijk moeten lijken maar Lisa vond het er doodeng. Hilles kamertje was oud en smerig. Het stond vol grammofoonplaten, boeken, gitaren en allerlei apparatuur. De vloer lag bezaaid met snoeren, kleine felgekleurde apparaatjes en microfoons. De gordijnen waren gesloten en het rook er naar hem, naar een vleugje zweet, zijn haren, en vochtige kleren. Hij wilde haar omhelzen. Ze dook onder zijn arm door.

'Koeltjes voor de tijd van het jaar, ga zitten.'

Hij maakte licht.

'Sorry hoor,' zei ze. Ze ging op zijn bed zitten, het bed dat ze met hem had gedeeld toen hij nog alleen woonde in zijn onbewoonbaar verklaarde krot op de Hoogte. Hille prutste aan een bandrecorder. Er klonk muziek, verwrongen, draaierig, buitenaards.

'Gisteren gemaakt.'

'O, nou, mooi.'

'Ja hoor.'

Hij liet zich naast haar vallen.

'So, what's up?'

'Niks, nou ja, je weet wel.'

'O... sure.'

'Hoe eh, is het met je boek?'

'Knap getypt, om met Capote te spreken.'

'Ach.'

'Echt, buuullshit, maar het voldoet, zolang de auteur zelf boven het werk zit te grienen moet het wicht in kwestie... ach, je weet wel, never mind.'

Ze zuchtten.

'Dus, je hebt hem weer een nachtje gegeven.'

Hij was niet jaloers, hij was telkens weer verrast. Het maakte dat hij zich niet op zijn gemak voelde. Hij was graag getuige van het drama, maar bekeek het vanuit het standpunt van de argwanende lezer die zich pas gewonnen wil geven op de allerlaatste pagina, bij het slot, de pointe, mocht die er zijn.

'Kan die muziek af? Het maakt me misselijk, sorry hoor.'

'Geeft niet. Een groot compliment. Mag ik dat quoten?'

Ze glimlachte. Nu klonk er herrie van beneden.

'Het is misschien een intieme vraag, maar wat kom je doen?'

'Niks, ik ga maar weer.'

Hij draaide zijn hoofd in gespeelde vermoeidheid: 'Kom op, my God! Wat heb je op je lever?'

'Dat eh, heimwee van jou hè, naar eh, vroeger en zo? Hoe abnormaal is dat?'

'Abnormaal? Dat woord kennen we hier niet, tja, nou, ik heb je al vaker gezegd, je weet, ik houd van het sprookje van my sweet sixteen in my old hometown.'

'Nu niet kwaad worden hoor, maar stel je je niet verschrikkelijk aan?'

'Ja hoor liefje, ver-schrík-ke-lijk. Wat is dit, een bezoek aan het Sentimentele Orakel?'

Ze was vergeten wat ze wilde weten.

'Ik heb je al duizend keer eerder gezegd,' vervolgde hij kwaad, 'ga alleen wonen, kap met die onzin, word desnoods mijn vriendinnetje, doen we beiden alsof, verstandshuwelijk met s5, op een dag gaat het allemaal over, als we groot zijn en volwassen, zo gaat dat, heb ik me laten vertellen door de opgeruimde jeugd hier beneden.'

'Zijn wij Bouquetreeks?'

'Helemaal en absoluut.'

'Schamen wij ons hiervoor?'

'In het geheel niet.'

'Mooi, dan ga ik nu.'

Hij had haar uitgelaten en nagekeken. Alweer zo'n verdrietige kop. Victor had eens beweerd dat de generatie ('excusez le mot!') die met de televisie was opgegroeid, de grootste vatbaarheid voor sentimentaliteit had ontwikkeld in de geschiedenis van de mensheid. Ze dacht en registreerde in dramatische beeldenreeksen.

Hille had eraan toegevoegd dat je onbewust lijfsprookjes ontwikkelde die je, met je door de televisie scherp getrainde inleefoog, met je oerverhaaltje vergeleek (vaak was de wens de vader van de vergelijking) zodat je een maar uitdijende bloemlezing samenstelde van 'de verhalen van je leven', en als een verzamelaar zocht naar nieuwe versies. Lisa gaf hun gelijk en verlangde naar een eenzaam, maar evenwichtig negentiende-eeuws leven op een afgelegen landgoed, ver van pathetische rituelen en behoeften.

Thuis trof ze Victor en Anna in de keuken. Victor dronk een borrel en keek langs haar heen.

'Olé, olé, wij gaan op haringvangst,' joelde Anna. 'Victor, doe jij die vent eens na, van de tribune, moet je horen, Lisa, die vent die schreeuwde naar de grensrechter:' 'Doe most 'ie n hond en n stokkie koopn, den hest'oe wat beters te doun op zundagmiddag,' vulde Victor aan, maar zonder plezier, en enigszins teut.

'Leuk,' zei Lisa.

'God, wat een lol,' zei Anna, van haar broer naar haar zus kijkend, 'zeg, viespeuken, dat jullie bij elkaar slapen vind ik tot daaraan toe...'

Victors ogen schoten open, Lisa kleurde meteen en hapte naar adem.

'Maar dat jullie daar chagrijnig van worden, begrijp ik nou weer helemaal niet.'

Anna keek triomfantelijk van de een naar de ander.

'Gut, rustig maar hoor, ik zal het niemand zeggen.'

Stilte. Hoge nood.

'Nou valt er ook weinig te melden,' zei Victor. Method Acting.

'Is dat zo?' Anna grijnsde.

'Gewoon,' mompelde Lisa, 'anders had jij misschien over me heen gekotst vannacht.'

'Wat líef,' zei Anna, 'nog liegen ook, Lisa komt in de puberteit.'

Lisa liet zich op een stoel vallen, had zin om te meppen, om te vertellen, maar keek naar haar broer die zijn kostuum fatsoeneerde, zich een scène herinnerde, en zich een houding aanmat.

'Anna, kindje...'

'Jaaa?' Je zou dat kind toch, maar, zo concludeerde Lisa, dit wás spannend.

'Weet je nog? D'r was 's een prins en die zocht een prinses om mee te trouwen, maar hij kon d'r godverdegodver geen een vinden. Tot op een dag een verregend wicht aan de deur stond, eh, dat is nu zo'n drie jaar geleden, nietwaar?' Hij keek naar Lisa, smalend, jawel! 'En de prins dacht: die ziet eruit als een prinses, maar de hygiëne is niet om over naar huis te schrijven ('Puh,' zei Lisa), toch liet hij haar binnen (Anna slaakte een verveelde zucht) en hij legde, omdat het wicht wou blijven slapen, een bobbelige matras op haar bed, en ja hoor, ze kwam bont en blauw uit bed, en bleek dus een prinses te zijn, en om dat te vieren liet de prins haar in zijn eigen bed slapen, want hij vond haar bont en blauw zo sneu, en zelf keek hij wel link uit om in dat bobbelige bed te gaan liggen en zodoende leefden ze nog lang en bepaald gelukkig...'

'Wat ís dit voor gelul!' zei Anna.

'Het gaat je, kakmadam,' zei Victor, 'geen flikker aan.'

'Zeg, stelletje druiloren, denken jullie dat ik gek ben?'

Lisa stak een sigaret op, had half de giechellach en wist niet waar te kijken. Victor zette zijn Helmut Berger-blik op en liet zijn wenkbrauwen zwaluwen. Tergend langzaam zei hij: 'En wat denkt Anna zelf?'

'Weet ik veel, jullie doen maar hoor, en als d'r spastische Gertjes van komen, verzuip ik ze desnoods zelf in de plomp, maar líeg niet tegen mij!'

Lisa sloeg zo hard ze kon. Anna's hoofd knikte ervan. Ze schrokken alle drie. Anna herstelde zich het eerst, een hand op haar kleurende wang.

'Achterlijke teef! Ben je nou helemaal?!'

'Bemoei je er dan niet mee,' zei Victor, 'je bent hier te gast.'

Hij liep naar de kast en vulde zijn glas bij.

Laat dat.

'En wat kan mij dat schelen? Mag ik éven weten hoe dat hier zit?'

'Nee,' zei Victor, die zijn glas leegdronk en opnieuw vulde.

Laat dat nou.

Hij greep Anna in haar nek – een zeldzame explosie – en zei kalm: 'En nou hou je erover op.'

'Stelletje proleten!' zei Anna, die zich losrukte. 'Ik weet alles nog van thuis. Denk je soms dat er ook maar iemand was die jullie niet in de smiezen had?! Ik wil dat jullie het zéggen!'

'Wij slapen bij elkaar,' zei Lisa, 'soms.'

'En dan?'

Victor liep met glas en fles de keuken uit.

'Anna, godverdegodver, doe niet zo puberaal!' riep Lisa, haar broer nakijkend, en opgelucht, enorm opgelucht.

'Ik wil het weten!'

'Hij houdt me vast.'

'Jezus kolere, gatverdamme, kleffe trut! "Hij Houdt Me Vast!" Ja hoor, pleur op, wil je!'

'Hij houdt me vast,' herhaalde Lisa. Dat doet-ie toevallig.

Anna schudde haar hoofd en speelde weerzin.

'Jij zadelt hem op met je angst voor vingers in je broek, zul je bedoelen!'

'O ja joh, tuurlijk, hoepla!'

Anna liep Victor achterna. 'Ik vraag het hem wel.'

'Moet je vooral doen, schat.'

Lisa bleef achter en genoot, diep blozend, intens van het moment. Ze had zin om in haar handen te klappen. Blij, blij, blij! En toen: ik moet hem thuis zien te houden, deze keer.

Victor reed woest maar niet roekeloos. Er was weinig verkeer. Ze hadden de snelweg genomen, de barst in het land. Het Litteken. In hun jeugd was de oude weg langs het Winschoterdiep een weg van avontuur geweest. De fabrieken aan het water, de scheepswerven, het scheepskerkhof ter hoogte van Kolham, en de aan de leesplank herinnerende gehuchten langs de kant van de weg. Maar Victor had geweigerd die oude route te nemen. Hij wilde vaart maken. Anna zat naast hem en keek hem af en toe aan, niet zonder verlegenheid; hij was nog nooit eerder kwaad op haar geweest. Lisa lag op de achterbank en keek naar de lucht in het oosten, in zwart en rood geverfd: land van herkomst. Oost-Groningen. De veenkoloniën. De moddervelden, om met Veen te spreken. The Chilling Fields, zei Victor. Ter hoogte van Hoogezand sloegen ze linksaf, richting Oude Huizen. Lisa was het liefst doorgereden, over de Hoofdweg helemaal naar Woudbloemlaan, en dan via Woudbloem weer terug, maar ze durfde het Victor niet te vragen. Ze zag bekende sloten, bermen, boerderijen, landschappen, daar en daar en daar. De met hoge bomen omgeven hofstede van Valk, vlak buiten het dorp, waar ze zich ooit had schuilgehouden in het boothuisje bij het ven, omdat haar vader – ze herinnerde zich (nu niet, nú niet!) hoe ze samen met Victor haar vader op een schemerige zomeravond was gevolgd (moeke zeker pleite) omdat hij geheimzinnig had gedaan over zijn plannen die smoezend aan de keukentafel met de Directeur en de knecht van boer Valk waren besproken, terwijl zij in haar hemd (m'n ouwe hempie, kijken of ik dat ding vinden kan, straks) koffie schonk en meeluisterde. Die avond was haar vader zeldzaam schuldbewust geweest, had hun gevraagd of ze het heel erg vonden als hij alleen een eind ging lopen en of ze op tijd naar bed wilden gaan. Ze waren hem gevolgd, door droge sloten kruipend, helemaal tot aan het moeras, waar het land van gekke Luppo lag, zijn half ingestorte huis, de schuur waarin vroeger de moffen hadden geslapen (en dat je die moffen nog altijd kon ruiken in die schuur, zei mamma), en ze hadden gezien hoe hun vader buiten een aantal kerels had begroet. Ze hadden duidelijk de hoed van de Directeur gezien. Die kerels hadden een tijd staan praten en roken, en ondertussen gaven ze een ding aan elkaar door, een ding van groot belang. Dat kon je zien.

Lang hadden ze op de loer gelegen. Het was donker geworden en ze zagen enkel nog silhouetten en de vuurvlucht van sigaretten. Toen begaven de mannen zich op weg. Ze gingen het moeras in. Eén kerel had een beest aan een touw. Een bok of geit, zei Victor. In het moeras lag een weide, omgrensd door berken, het gras was wel een meter hoog. Ze zagen de mannen een fles doorgeven, nieuwe sigaretten opsteken, en toen het beest verjagen. Lisa en Victor lagen op zompige modder te wachten en te loeren en Lisa voelde een traan als een dikke druppel koude yoghurt door haar keel glijden. Ze wilde naar huis. Ze was tien jaar en moest naar bed. Zeur niet, zei Victor, nog even. Ze hoorden een knal. Ze zagen het gras bewegen. Ze hoorden weer een knal en zagen hoe een van de mannen met een pistool in het hoge gras schoot, en daarna iemand anders, en toen de Directeur en toen haar vader, die ze herkende aan zijn hoofd dat tussen zijn schouders was gezonken. Ze schoten op het losgelaten beest. Ze was verstijfd, was vergeten te ademen. Toen was ze opgestaan en weggerend. Victor was gebleven.

Later die nacht zat ze in het boothuisje te beven en sjekkies te roken. Het werd al licht. Ze had water uit het ven gedronken, in een hoek van het houten huisje gepoept en later was het weer donker geworden. Ze had geen honger maar wel dorst en had steeds weer uit het ven gedronken. Het was gaan stinken in het boothuis, naar pis en stront; ze begon die geur heel prettig te vinden. Toen het weer licht werd, was ze gaan zwemmen in het ven (levensgevaarlijk, zei mamma). Ze had geweten dat ze niet zou verdrinken, want er zou nog veel met haar gebeuren. Dat stond vast. Ze zag mannen op het land en had zich weer verscholen. Ze moest overgeven. Drinken en bibberen en overgeven. Ze beefde zo dat alles pijn begon te doen. Ze kreeg het warm, trok haar kleren uit en ging in haar blootje op de planken liggen. Buiten ruiste het. Ze had haar vuisten gebald en uit alle macht geknepen. Dat had haar gekalmeerd. Ze was weer opgestaan en had een stormlamp gevonden, en ook een stopcontact. Toen het opnieuw donker was, werd ze voor het eerst in haar leven bang van de duisternis en haar geluiden. Ze had de stekker in het stopcontact gedrukt en het ding was in haar hand ontploft. Een schok had ze niet gevoeld. Ze ging weer op de planken liggen. Er was een warme droge hand vanuit het niets gekomen, op haar voorhoofd. Rustig maar, had ze gehoord, in heel grote woorden, en huilend was ze weggezakt. Die ochtend had Victor haar gevonden, naakt, in een plas braaksel. Hij had aan haar geschud. Ze had niet wakker willen worden – nooit meer weg uit deze rust – tot hij haar naar het ven had gesleept en haar voeten in het water had gedompeld. Ze had haar ogen geopend, zijn bleke kop gezien, en vond het toen zo zielig voor hem dat ze zich had bewogen. Ze voelde splinters in haar billen. Hij had gehuild en lang gevloekt.

Het was een kwene bok geweest, had haar vader haar verteld, een overbodig beest. Lisa had een jaar niet tegen hem gesproken, al had haar mond soms wat gezegd.

Victor stopte aan de rand van Oude Huizen.

'Wil je naar binnen?'

'Ja.'

Anna zweeg en keek naar Victor, die gas gaf en de oprit naast de bank opdraaide. Hij zette de motor af, draaide het raampje open, legde een arm op het portier en keek naar het huis van de Directeur. In de biljartkamer brandde licht.

Naar zijn ouderlijk huis keek hij niet.

Lisa kroop overeind en haalde een hand door zijn haar. Ze aaide zijn wang.

'Kom op nou, joh.'

Anna vloog de auto uit, rende achterom en sloeg de keukendeur met een knal achter zich dicht. Victor stak een sigaret op.

'Ik kom zo.'

Lisa zuchtte en stapte uit.

Haar vader zat aan de keukentafel en stond op toen hij haar zag. Ze liet zich omhelzen.

'Waar is Fixbier? Waar is mamma?'

'Een eind lopen.'

Er was post voor haar. Lag op haar kamer. Wat was er met Anna? Wilde Victor niet binnenkomen? Ze liet haar vader achter, beklom de trap, snoof de geur van het huis op en trof Anna op de overloop. Ze staarden elkaar aan.

'Zeg het 's,' zei Lisa.

'Nu wil je zeker niet meer dat ik kom.'

'Stel je niet aan,' zei Lisa en liep haar kamer binnen. Ze hoorde Anna snotteren. Het liet haar koud. Er was post uit Amsterdam. Ze gooide de ramen open en liet zich op haar bed vallen. Het ergste was, besloot ze, dat je later enkel nog bij je ouders kon gaan logeren. Ze hoorde haar vader op het grind. Ze ging in de vensterbank zitten en luisterde.

'Zo chef.'

'Pa.'

Nu werden er handen geschud door het raampje van het portier.

'Waar is de hond?'

'Met je moeder op stap.'

Stilte. Er werd een sigaret gepresenteerd. Victor aan vader.

'Kom je niet even binnen?'

'Zo, even acclimatiseren, hoe is het met de ouwe?'

'Goed, z'n vrouw gaat achteruit.'

'Ik ga d'r even heen.'

'Doe dat, hoe dik is je bloed?'

'Dik genoeg.'

'Ik schenk alvast één in.'

Haar vader liep weer naar de keuken. Ze hoorde Victor uitstappen en naar de bank lopen. Lisa verliet haar kamer en liep bij Anna binnen, die voor haar spiegel haar make-up herstelde. Anna's kamer was een gruwelkabinet; een vreemde, beveiligde zone binnen het huis. De wanden behangen met posters van Amerikaanse filmhelden, een tv die videoclips spoog, een toilettafel bedolven onder dure troep van Yves Saint-Laurent, een rek met ontelbare oorbellen, een winkel van kleren, opgehangen aan ijzeren staven die dwars door de kamer liepen, een door pa getimmerd hemelbed, daarboven een nachtlampje zoals Victor had, een zilver geverfd nachtkastje, het pillenstrookje daarop, en, het toppunt, een oude glinsterende discotheekbol aan het plafond die draaide en het licht weerkaatste als kristal.

Lisa legde een hand op Anna's schouder.

'Wat ben je toch een volkomen verloederde tut, hoe kun je hier slápen!'

Geen antwoord.

'En? Wat zei Victor?'

Anna, die haar wimpers verfde, keek via de spiegel langs Lisa, schudde de hand van haar schouder en zei, minder koel dan ze wilde: 'Dat ik beter moet leren lezen.'

'Ach zo.'

Lisa ging op het hemelbed zitten.

'Kan ik eh, kan ik niet 's wat van die verhalen van hem krijgen?'

'Eerst op me in meppen,' zei Anna, verder vervend, 'en dan ook nog om verraad vragen?'

'Ik hou niet van die grapjes van je, en dat weet je best!'

'De wereld, opoe, is zoals die is. Als vriendinnen van mij over tijd zijn, gaan ze "een weekendje weg". Als stoere kerels mongooltjes krijgen, slaan ze die tot moes. Als...'

'Hou óp! Doe niet zo, zo, alsof je een dom blondje bent, dat past jou niet!'

'Krijgen we dat weer.'

'En verder, kom op, wat heeft-ie verteld?'

'God, nou, ik krijg het niet uit m'n bek!'

'Zeg op.'

'Jij bent niet alleen volledig gestoord, je bent ook nog 's eindeloos vermoeiend, weet je dat?'

Lisa boog haar hoofd, zoals Victor doen zou.

'En sodemieter nou 's op,' zei Anna. 'Ik héb nogal een virusje opgelopen bij jullie. Ik ga denk ik even liggen, ga alsjeblieft bij die ouwe zak beneden zitten, wil je?'

Lisa liep naar haar zusje, streek door haar lange blonde haar en bleef staan dralen tot Anna opstond. Lisa kreeg een duw, toen een klapzoen op haar wang: 'Word 's volwassen, ouwe dibbes, wat kan het mij allemaal verrotten, het is alleen dat hij zo somber is, dat ik me afvraag wat voor lól jullie in godsnaam met z'n tweeën hebben.'

'Ongelukkig,' zei Lisa, 'is hij van nature.'

'Lieg niet. Hij mag dan wel jouw... "liefje" wezen, maar hij is mijn kameraad. Als jij hem kwelt met je verheven wezentje, dan kom ik je persoonlijk voor je grote bek slaan.'

'Puh!'

'En donder nou 's op!'

Lisa daalde de trap af, stak haar hoofd om de hoek van de voorkamer en liep de keuken in. Ze schoof bij haar vader aan tafel.

'En? Hoe is het hier?'

De dokter pakte haar hand, keek naar haar nagels.

'Goed. Heel goed.'

'Is dat zo?' Ze vroeg het zacht, maar dringend.

'En met jullie? Wat dóét-ie de hele dag?'

'Tja,' zei Lisa, die het tot haar verbazing ook niet wist, 'afwachten denk ik.'

'Afwachten?'

Ze haalde haar schouders op.

'Blijf je een paar dagen?'

'Nee.' Ze herstelde zich. 'Misschien volgend weekend.'

Anna kwam binnen. Ze droeg een doorschijnende blouse. Ze was halfnaakt.

'Zeg ouwe, nog voor mij gebeld?'

'Noem je vader niet zo,' zei Lisa.

'Ga jij terug naar je woeste hoogten, wil je?'

De dokter genoot.

'Die knaap van jou heeft gebeld. Ik heb hem gezegd dat je rond negen uur weer thuis zou zijn. Hij zal zo wel op de drempel staan.'

'Met een rise in zijn Levi's,' zei Anna. 'Sneu voor hem maar ik ben beurs.'

'Allejezus Anna!' zei Lisa. En tegen haar vader: 'Kun je dat kind niet 's opvoeden?'

'Ik ben ongeschikt verklaard,' zei de dokter.

Victor stond op de drempel, bleek, met holle ogen, en achter hem stond een jongen. Inderdaad, een Levi.'s, en zo te zien nogal een broek vol. Jezus, dacht Lisa. Ze schudde haar hoofd.

'Gevonden,' zei Victor. 'Stond aan de struiken te snuffelen.'

Anna vloog haar vriendje om de hals. Victor ging aan tafel zitten, keek zijn vader aan en zei: 'Heb je hem al bloed afgenomen?'

'Hij is vrij van kiemen.'

De jongen werd meegetroond naar boven. Even later dreunde muziek door het huis en klonk Anna's gegil en gelach. Hysterisch, dweepziek. Meer uitbundig vertoon volgde. Fixbier stormde blaffend de keuken in en sprong tegen Victor op. Dag hond, zei Lisa. Het beest rende weer naar buiten en trok grommend hun moeder aan de mouw van haar landlopersjas naar binnen. Zij bleef even staan in de deuropening en streek toen met haar hand door de haren van haar kinderen.

'Blijven jullie?'

'Nee,' zei Lisa. 'We gaan zo weer.'

De dokter schonk vier glazen cognac in en ze zaten een kwartiertje bij elkaar, Victor zwijgend, Lisa kwebbelend, moeder knikkend, vader dromend. Toen Lisa zag dat het

Victor te veel werd, stond ze op, 'morgen vroeg naar school', en rende ze naar boven om haar brief te halen.

Hij reed het dorp uit alsof hij (voor de zoveelste keer) voorgoed afscheid had genomen, met woedende rukken aan het stuur en trillende kaken, zijn blik ijzig en turend, alsof hij iets zocht in de duisternis van de weg die door het licht van de koplampen verslonden werd.

'Zo,' zei Lisa en stak een sigaret op (haar tiende pas). Ze legde een hand in de nek van haar broer.

'Das kann man wohl sagen.'

Hij keerde terug op aarde. Ze stak haar sigaret tussen zijn lippen en nam een nieuwe.

'Blijf je vanavond thuis?'

'En dan?'

'En dan? Wat is dat voor een vraag, wat wil je, moet je de hort weer op?'

O jee, dacht ze, en ze zei met een zenuwachtige giechel in haar stem: 'Al goed, ik zal niet traditioneel doen.'

'Ga gerust je gang, het is nogal bevredigend.'

Ze keken elkaar aan. Lisa bloosde tot aan haar borsten, haar huid prikte van schaamte en opwinding. Wat ik nu ga zeggen, wat ik nú ga zeggen.

'Ik heb een voorstel.'

Victor keek opzij, nam de sigaret uit zijn mond, schakelde naar de vierde en leunde achteruit.

'Gaan we doen. Dansen?'

'Eh, neu, ik wil eh... kun je wat langzamer rijden, alsjeblieft?'

Victor zuchtte, maar minderde vaart.

Lisa drukte de radio aan, zocht een zender met herrie, draaide het lawaai toen weer uit.

'Ik wil dat je, ik bedoel, als je wilt...'

Ze slikte, dacht: schiet op!, en nam een diepe haal van haar sigaret.

'Ik wil graag dat je me ontmaagdt.'

Boven op de remmen. Typisch Victor: wel eerst in de spiegel kijken.

Hij keek haar aan met knipperende ogen.

'Ik wil dat jij het doet, ik wil het voor mezelf, en eh, ik wil het aan je geven... als je het wilt hebben.'

Hij stapte uit. Lisa stapte ook maar uit. In de berm, het land doods en donker. De geur van sloten. Ze keek hem aan over het dak van de wagen.

'Als je wilt.'

'Instappen...'

'Hè?'

'STAP IN!'

Victor had een kleur, zijn lippen waren opeengeperst. Lisa drukte de radio weer aan. O jee, echode het in haar hoofd, o jee.

Ze had de rest van de rit niets meer durven zeggen. Ze wilde niet geloven dat ze een enorme blunder had begaan, maar hoe ze erbij kwam zoiets te vragen was ook haar een raadsel.

Victor wachtte in de auto tot ze het huis was binnengaan. Ze ging naar de wc, dwaalde door het huis en trof hem op zijn kamer. Hij trok zijn jasje aan, smeet aftershave op zijn gezicht, dronk snel een borrel en deed alsof hij in gedachten was.

Ze weigerde te janken.

'Ga je weg?'

'Dacht het wel ja.'

Ze liep hem achterna.

'Hé... joh.'

De deur knalde dicht. Lisa maakte het klassieke gebaar van onmacht: ze balde haar vuisten en deed: grrr.

Op zijn kamer schonk ze zich een pure Jack Daniel's in.

Brand en de smaak van vroeger: limonadegazeuse. Old No.7 stond er op het label. Aha. De oude *trapper* uit de hippieserie *Grizzly Adams* had een ezel die hij Old Number Seven noemde. Victor deed die *trapper* graag na: 'Me and Old Number Seven...'

Tja. Hoe kwam ze erbij? Ze was eenentwintig en wilde geen maagd meer zijn. Waarom niet? Voelde ze zich gehandicapt, incompleet, of te compleet? Nu ze erover nadacht, besloot ze dat het eenvoudig een behoefte was, een behoefte aan het ritueel. Een behoefte de band te bezegelen. Ze wist dat het haar pijn zou doen, ze wist dat het hem pijn zou doen. En ze wilde zien hoe hij was na een orgasme. Ze wilde hem zien, al was het maar één keer. De gedachte aan zijn zaad in haar schoot vertederde haar, zoals vroeger de gedachte aan het vinden van een eenzaam, uit het nest gedonderd vogeltje. (Ze had er nooit één gevonden.) Het leek haar, kortom, boeiend en meeslepend, en op zijn minst een beetje griezelig. En had hij haar ooit gezegd dat hij van haar hield? Jongens zeiden zulke dingen na de ontlading, schoften als ze waren.

Hij bleef drie dagen weg. Toen ze de voordeur hoorde, vloog ze naar de gang. Hij zag eruit als een acteur die geschminkt was voor *Night of the living dead*. Overdreven, maar aangrijpend. Zijn ogen spatten uit zijn kop, zijn wangen waren stoppelig en ingevallen, er hing een walm van zweet, drank en ordinaire meisjesgeuren in zijn gekreukte kleren. Zijn broekspijpen waren half in zijn laarzen gepropt. Hij had de beverik.
 'Tagjen.'
 Hij wankelde op haar af, kuste haar in de hals, deed een stap achteruit en bekeek haar van top tot teen. 'Entzückend, Baby.'

Ze duwde hem weg, wilde hem veel liever even vasthouden, maar besloot hem een plezier te doen met traditioneel gedrag. Hij liep zijn kamer in, trok jas en laarzen uit, schonk zich een glas in, zette The Birthday Party op (cover van *I'm loose*, van The Stooges, een verschrikkelijke bak herrie) en grijnsde naar haar.

'Huiswerk gedaan?' riep hij, toostend.

Ze stampvoette zijn kamer binnen.

'Je demonstraties beginnen me behoorlijk te vervelen.'

'Ah, tell me about it, sweetheart.'

Ze stond daar maar.

De muziek viel stil.

'Neem me niet kwalijk, hoor,' begon ze, krampachtig een brok in haar keel brengend, 'dat ik je zo van je apropos heb gebracht met mijn eh gift.'

'Gave,' verbeterde hij.

'We kunnen erover ophouden en er nooit meer over beginnen... als je dat wilt.'

'Jij pakt een handgranaat, trekt de pen eruit, smijt dat ding naar mij toe en zegt dan, peinzend naar je nagels kijkend: je mag hem wel teruggeven hoor.'

'Gut meneertje, wat léuk bedacht.'

Ze pakte de fles, schonk zich een glas in en dronk het uit.

'En waar hebben jij en je ezel zoal gezeten, de afgelopen dagen? Er komt een dag dat ik de politie bel en zeg dat je vermist wordt.'

'Gemist wordt, juffie.'

'Och jong.'

Het lukte haar. Een dramatische traan drupte langs haar neus. Victor leek niet onder de indruk.

'Heb je je huiswerk gedaan?' vroeg hij weer.

'Waar héb je het over!'

'Over de paring an sich, het inbrengen en leegschudden, het knarsen en schuren, het bloed, Liebchen, het bloed, de kansen op zwangerschap en ziekten en...' Zijn grijns brak.

'De niet-geringe kans op gewenste herhaling van deze daad.'

'Dus dát zit je dwars.'

Ze haalde haar neus op, ging zitten, stak een sigaret op.

'Doe niet zo vreselijk stupide, zusje, jij wilt mij iets géven? Los van de vraag natuurlijk of ik het wel wil hebben?'

'Wil je het niet hebben?'

'Geklieder met jou?'

'Geklieder?'

Zijn houding brokkelde af.

'Wat is er gebeurd dat je met zo'n voorstel komt?'

Lisa produceerde weer een traan. Ze kon het hem niet zeggen. Hij zuchtte. Ze zag hoe in hem de behoefte rees haar aan te raken.

'Ken je deze?' vroeg hij. 'Twee jongetjes aan de deur, met Sint-Maarten, in Engeland. De man blijft even wachten terwijl zijn vrouw het snoepgoed haalt. De man, in lichte verlegenheid, vraagt: "So... do you boys like football, then?" De jongetjes knikken. De man vraagt hoopvol: "Do you fancy Arsenal?" Nee, schudt het ene ventje, waarop het andere ventje zegt: "I rather fancy my sister, though."'

Lisa proestte het uit.

'Hoe kom je erop.'

'Bij iemand op tv gezien.'

Ze begon te lachhuilen.

'Ho maar,' zei Victor, die eindelijk opstond, naar haar toeliep, haar overeind trok en haar vasthield. Als altijd zonder woorden.

Hij had zich gedoucht, een krat bier naast zich neergezet

en keek naar *Paris, Texas,* voor de honderdste keer. Lisa keek mee, maar was met haar gedachten elders.

Moest ze alleen gaan wonen? Moest ze een leven nemen, zoals Amerikanen zo cynisch zeiden? Het feit dat zij en Victor hun leed cultiveerden, beschaamde haar opeens. Ze verlangde, net als Victor, naar stijl, en stijl, besloot ze, was wel het laatste dat ze in de strijd wierpen. Hun allergie voor mensen die uit wanhoop verhoudingen zochten om niet alleen te hoeven zijn was een deel van die stijl, zo had ze altijd gemeend. Maar zij hadden gemakkelijk praten, zij hadden elkaar sinds hun peutertijd, en soms leek dezelfde wanhoop hun leven te bestieren.

Lisa wilde schoon zijn, vol van mededogen, met de mensheid – in de meeste van zijn gedaanten – aan de borst geklemd. Vraag haar niet waarom. Omdat ze voelde dat zuiverheid haar streven was, zuiverheid van inborst, was haar leven een eenzame worsteling, een eerzame worsteling, al verwachtte ze geen applaus, laat staan een standbeeld. In haar diepste sluimer, als ze haar lichaam door de wringer haalde om het spatje licht te worden dat ze was, waren er geen redenaties die zuiverheid predikten, was er juist in het geheel niets dan zuiverheid. Wellicht dat de echo van dat spatje Lisalicht haar, als ze haar sluimer had verlaten en weer zichzelf was geworden, dwong die zuiverheid te verbinden met menselijke beslommeringen, maar zeker weten deed ze dit niet. Ergens kwam het haar ongerijmd voor dat de schepping die ze was, en die ze door in zichzelf te verdwijnen had leren kennen, haar geloof bezorgde, eenvoudig geloof in God en Hiernamaals, en tegelijk gevoel voor waarden en normen die verdacht veel weg hadden van christelijke ezelsbruggetjes. Ze zocht naar een kloof tussen haar band met het Al en haar praktische zoektocht naar edele motieven. Ze wantrouwde een verbond tussen het een en het ander. Dat verbond zou getuigen van mens boven mens (nog tot daaraan toe), en in religieus opzicht van baas boven baas, zoals er schrijvers waren die hun religieuze denkbeelden goten in de stokoude en ronduit belachelijke opvattingen van een opperbaas (De Oude Sok, zou Victor zeggen) die er maar verdomd weinig van terechtbracht, alsof er een dementerende regisseur aan het werk was. En alles was slechts evolutie, al voldeed dat woord niet helemaal, want het sprak van ontwikkeling, bespeurbare ontwikkeling van massa. Het Al was in Lisa's ogen een schelp die zich langzaam, onbespeurbaar langzaam sloot, en het moment Ooit, dat binnen haar menselijk begrip te formuleren viel, het moment waarop alles in Al zou veranderen, bestond waarschijnlijk niet eens, maar vraag haar niet waarom niet.

Alles was ontwikkeling.

'Dwangmatige ontwikkeling,' zou Victor hieraan toevoegen. 'En wie heeft om dit alles gevraagd?!'

De vraag van de ontheemde, de vraag van hen die uit hun huis zijn verjaagd en niet willen en kunnen begrijpen dat men eerst weg moet gaan om terug te kunnen keren, en die door het weggejaagd-zijn hun thuis voorgoed veroordelen en het herinrichten in het licht van latere gebeurtenissen, waardoor Thuis vervormt en verontrust, en schuldig bevonden wordt, en de roep 'Kom Terug!' verloren gaat, bedolven onder de verwijten van de dolende mens die nergens op zijn plaats is en het leven hiervan de schuld geeft.

Het drong tot Lisa door dat Victor maar één vorm van thuis restte, en dat was zij. En met haar gebruikelijke gevoel voor hartverscheurende conclusies trok ze wit weg, vloeiden haar ogen vol en begon haar keel pijnlijk op te zetten.

Ze stond op en plofte voor de tweede keer die week neer

in de schoot van haar broer, die hierdoor een doffe pijnscheut voelde (zoals ze zich te laat herinnerde) maar niets liet blijken. Hij duwde haar hoofd tegen zijn borst en trok aan haar haren, zijn alleroudste liefkozing.

'Zullen we dan maar ringen gaan kopen?' vroeg ze. Een bijna onprettige jeuk, van schaamte, van overgave, kietelde haar navel.

'Zodat jij me op een nacht in de fik kunt steken en ik helemaal naar Mexico moet rennen om bij de indianen te gaan leven...' Hij zette zijn Albert Finney Consul-stem op. '... Like William Blackstone?'

Zijn twee favoriete lijfsprookjes van dat moment: *Paris, Texas* en *Under the volcano*.

'Jij met je kloterige rotfilms!'

Ze liet de avond verder op zijn beloop. Ze hing om Victors hals tot de film hem zijn brok in de keel had bezorgd, liet hem rustig bier drinken tot hij 'plaatjes draaien ging', wat betekende dat hij liedjes zocht met vergelijkbare thematiek, hield hem in de gaten als hij zich verontschuldigde en keek in zijn ogen als hij terugkwam, zodat hij tegen twaalven het Madurodampakketje uit zijn zak trok en met betrapte kop zei: 'Spoel maar weg,' wat ze zonder commentaar deed, en zonder blijk van hulde. Tegen enen, toen Victor naar de fles begon te loeren, speelde ze zelfs de rol van Mevrouw de Consul en zei, met Jacqueline Bisset-lach: 'Go on, Geoffrey, take your drink.'

Waarmee ze hem in die verlegenheid bracht die ze wenste. Na de borrel dansten ze, als vroeger. Ze kregen zowaar de slappe lach. Ze liet hem naar bed gaan, zonder een woord of gebaar, en dwaalde nog wat door het huis. Ze deed de lichten uit, nam een koude douche en liep in haar blootje zijn kamer binnen. Hij lag na te denken bij het licht van zijn nachtlampje. Of was het wachten? Hij was niet verbaasd haar te zien, maar wel zenuwachtig.

Ze schoof bij hem in bed, wurmde een arm onder zijn nek en legde haar hoofd op zijn borst.

'Wil je met me slapen? Wil je het doen?'

Hij reikte boven zijn hoofd en trok het nachtlampje uit de muur.

Na enkele gefluisterde woorden over bang voor dit en bang voor dat zei ze dat ze over drie dagen ongesteld zou worden en dat ze hem zou zeggen wat ze voelde. Ze hadden alle tijd. Ze liet zich strelen tot de dageraad, haar hoofd, haar rug, haar billen. Ze lag op haar buik en dacht aan vroeger. Ze zag het land, de zomer en de wolken aan de einder. Ze voelde zich gespannen en gelukkig. Toen Victor een moment zijn hoofd op haar rug legde, draaide ze zich voorzichtig om. Hij scheen niet bang meer, eerder zeer benieuwd. 'Kom,' zei ze en liet hem op haar liggen. Ze spreidde haar benen en haar glibberige geslacht (het was voor het eerst dat haar vingers dit voelden: wat een rare vorm van vocht) en liet hem zachtjes drukken. Hij wachtte weer minuten en ze voelde zijn bloed kloppen, zoals in boeken stond geschreven. Toen brak hij haar heel langzaam. De pijn was als een pijnscheut in haar hoofd en in haar rug, niet te vergelijken met dat wat ze verwacht had. Hij lag stil in haar, zocht haar ogen. Ze glimlachte.

'Doorgaan,' zei ze.

Ze hield hem losjes vast, haar handen op zijn schouderbladen. Hij bewoog en kuste haar in haar nek. Het was zacht en traag en teder (Bouquetreeks, schoot er door haar heen) en ze dacht aan jongetjes die indiaantje speelden en hoe ze veranderden in dit. Er groeide geen behagen in haar onderbuik, er groeide helemaal niets. Ze voelde meer zijn lichaam om haar heen, zijn gespannen spieren, zijn oplettendheid.

'Doorgaan hoor,' zei ze weer.

Er kwam een moment dat hij verstrakte en ze dacht: o jee, nu komt het, maar ze voelde enkel warmte ter hoogte van haar navel, en toen begreep ze dat dat het was en ze dacht: o god o god, het is gebeurd. Hij ontglipte haar en ze hield hem in haar greep gevangen en liet hem ademen in haar nek en ze wilde wel iets zeggen maar wachtte totdat hij – en toen voelde ze een traan. Van hem.

'Nee nee,' zei ze, 'niet doen, niet doen.'

Ze kneep hem tot hij kraakte. Hij kneep haar.

Dus dit was een omhelzing.

Ze streek hem door zijn haar en zei: 'Nu zijn we bloedbroeders, voor het leven, en ik, meneertje, hou van jou.'

Hij kreeg het niet over zijn lippen, maar dat hoefde ook niet meer. Ze wist het nu. Heel zeker.

Lisa was in dromenland, en wist dit. Ze kende deze droom op haar duimpje en dacht aan de gruwelen die haar te wachten stonden. Dit was het moeras, een decor uit een leven, niet uit haar verbeelding – ik ben nu niet Lisa. Het moeras huilde zacht. Als ze wakker worden zou, zo wist ze, zou ze denken: in dromen ruik je niets. Nu moest ze verder. De beslijmde bomen en lianen weken uiteen. Dit was het pad en daar was de plek. De witte vlekken spatten in haar beeld. Twee kinderen, rottend in het slijk. Het moeras was groen en bruin, de kinderen wit, maar besmeurd. Lisa was te laat, altijd veel te laat, en het huilen in haar gilde alles vol. Ze gilde zich wakker.

Wéér die droom. Ze opende haar ogen en herinnerde zich die andere droom waarin ze met twee kinderen in een bamboehok half onder water gevangen werd gehouden. Dat hok zat vol met ratten en Lisa, die iemand anders was, hield zolang ze kon de hoofdjes van die kinderen, die niet van haar waren, boven water en schopte naar de ratten. Beelden uit een vorig leven, zo wist ze al heel lang, en ze wist dit heel zeker. Ze ging rechtop zitten, maar het gehuil in haar borst wilde niet verstommen. Ze knarsetandde. O, die kinderen. Ze was zelf in dat hok gestorven, ze had hen niet kunnen redden.

Lisa greep een sigaret. De Stad kende geen stille nachten meer, nooit verstomde het gejoel. Het was alsof de wedstrijd Nederland-Duitsland, een jaar geleden, voor een eeuwigdurende euforie had gezorgd. Maar er was meer.

Volgens Veen lieten de junkies zich niet meer naar de buitenwijken jagen en kropen ze 's nachts door het centrum. En volgens een vriendin van hem, die bij de krant werkte, was de Peperstraat – het hart van het centrum – in handen van een bende die, als in een televisieserie, bescherming en portiers leverde, portiers die elke week slachtoffers maakten. Al dat rumoer leek nog aangelengd met zoetjes klinkende studentenleut. Maar, zei Hille, het wachten is op de dag dat de Grote Markt de status van OK *Corral* verdient en we niet meer staan te lachen bij een schietpartij.

Ze had zichzelf verplicht tegen zes uur wakker te worden. Het was zes uur. Ze kroop uit bed, in een vieze mist van hemeltergend onheil en uitputtende slaap, en kleedde zich aan. Even later stond ze buiten op straat en zag ze het bloed. Ze duizelde. Afgehakt Klein Duimpje, dacht ze delirisch, die zijn spoor naar huis heeft getrokken. Ze volgde het bloedspoor tot aan een portiek, vreesde er een lijk te vinden, maar er was niemand. Een straat verderop gooide ze de deur van de kroeg open, keek rond, en zag Victor niet. Ze weifelde, voelde paniek en besloot snel terug te gaan. Er stonden twee jongens op de brug voor haar huis. De één pieste in de gracht, de ander gaf over. 'Hé lekker ding,' riep de pissende jongen naar Lisa, zijn straal in haar richting sturend, 'wat drinken?'

Lisa stak haar middelvinger op. Ze ging het huis weer binnen, maakte overal licht en zette koffie. Na twee kommen en drie sigaretten liep ze naar haar slaapkamer, haalde een Madurodampakketje van Victor onder een stapel ondergoed vandaan, hakte twee lijnen en snoof ze door een lege balpenhuls op, woedend en zwetend, en zichzelf verachtend op een wijze die vertrouwd begon te voelen. Met een superieure helderheid bladerde ze een kwartiertje later aan de keukentafel in haar afstudeerscriptie

Samenloop der omstandigheden; het lot als plot in de literatuur.

Toen Lisa eindelijk de voordeur hoorde, was haar hele wezen in ijs verpakt. Victor kwam de keuken binnen, 'Tagjen,' trok een halve liter Alfa uit de koelkast en schoof bij haar aan de keukentafel.

'Alweer aan 't werk?'

Ze zweeg, keek niet op, verroerde zich niet – o ja, ze tikte met een pen op de tafel, óphouden daarmee! Dit was een doffe dreunende stilstand. Dit was een dag in een leven dat lang begon te duren. Als ze klaar was met haar studie – nog een week of een paar dagen –, zou ze een plan maken en dit uitvoeren. Stante pede. Hoepla! Welk plan? Geen flauw idee.

Victor trok de koelkast weer open en liep met drie halve liters onder zijn arm de keuken uit. Ze hoorde hem op zijn kamer rommelen. Vettig gevloek, een bons, daarna muziek. Schreeuwende negers, het geluid van machinegeweren, een gillende dreun. Hiphop. Ze zag de muziek zweten. Ze zag een honkbalknuppel een lichaam tot moes slaan. Is dit nog cowboytje spelen?

Ze schonk zich een glas in – van wat? O ja, Old Number Seven, liep Victors kamer binnen en liet zich in de stoel tegenover de zijne vallen.

'Ik heb je geïmiteerd,' zei ze toonloos. De muziek klonk als nachtelijk gehei.

Hij keek haar aan.

'Ik ben voor het eerst van mijn leven de straat opgegaan om te kijken waar je bleef.'

'En? Waar bleef ik?'

Ze voelde hoe wreedheid in haar mondhoeken kroop.

'Ik wilde toch eens kijken waar die behoefte uit voortkomt, ik bedoel, ik vroeg me af waarom je, telkens als ik ook maar een halfuurtje later ben, uit het raam gaat hangen met de telefoon tussen je benen, en dan de straat op, in paniek en zo. Ik dacht, is dít nou ongerust wezen?'

Hij zat daar maar. Loom. Dronken.

Ze was bij hem voor hij die tergende kop had kunnen veranderen. Ze sloeg op hem in met gebalde vuisten. Schoppen, dacht ze, en ze schopte. De hele kamer bonkte van schrik.

Ze stond uitgeput naar hem te kijken. Hij zat nog steeds in zijn stoel. Eén wenkbrauw was gescheurd. Zijn haar was besmeurd met bloed. Dat wat uit zijn neus kwam, droop in zijn mondhoeken.

Zijn blik was onveranderd.

'Heb ik je,' zei hij, 'weleens verteld waarom ik met mijn studie ben gestopt?'

Hij nam een slok bloedbier. Lisa ging zitten. Ze kwam op de rand van de tafel terecht. Ze zag haar bloederige knokkels, voelde pijn in haar vuisten, keek naar hem, naar zijn hoofd, zijn benen, zijn verkleurende broek. Ze zag hoe rustig hij was. Rustig en kapotgeslagen. Ze begon over te geven. Het gulpte over haar knieën en spatte op de tafel.

Verbaasd keek ze naar de plas.

Toen rende ze weg.

In T-shirt en sportbroekje gekleed stond hij aan haar bed. Het was dag. Zij staarde in het niets en wist niet of ze naar hem durfde te kijken. Hij trok de lakens van haar af, pakte haar hand en trok haar overeind. Een arm onder haar hoofd, een arm onder haar knieën. Hij kon haar helemaal niet tillen, ze was veel te zwaar voor hem. Maar ze werd opgetild, de deur doorgeloodst, de gang op, de trap af, zijn kamer in. Haar hoofd lag tegen zijn borst en als ze niet verwacht had dat hij elk moment zijn rug zou breken, had ze zich nooit in een stoel laten zakken. Hij veegde haar haren uit haar gezicht en glimlachte. Hij liep weg, kwam weer terug en schonk voor haar ogen een groot glas vol bier. Opdrinken. Bier had haar nog nooit zo goed gesmaakt. Ze wilde nog een glas maar durfde niet, of wist niet of ze het durfde te vragen. Ze kreeg nog een glas. Hij leek heel jong. Dat kwam door dat broekje. Het was tien jaar geleden dat ze hem voor het laatst in zo'n ding gezien had, op een voetbalveld, dravend, keihard schietend, moppen tappend, rood van een opwinding die ze sindsdien nooit meer bij hem gezien had. Tien jaar geleden. Toen was ze zestien en leuk om te zien.

'Nu dan...' zei Victor. Hij ging tegenover haar zitten en stak een sigaret op. 'Er is iets wat ik je moet vertellen. We zijn officieel uitgenodigd voor een diner met onze liefhebbende ouders, in een heel dure tent. Morgenavond om precies te zijn. Ik heb het je gisteren niet verteld omdat ik niet wist of ik zo'n inbreuk op ons privé-leven wel kon tolereren, maar ik heb Anna beloofd dat we zouden komen, om haar niet in de steek te laten.'

Lisa kreeg een sigaret toegeworpen. Victor, nogal verward, kwam op haar toe om haar vuur te geven. Ze pakte zijn hand en trok hem voor haar op zijn knieën. Met een vingertopje gleed ze over zijn wenkbrauw. Hij glimlachte alweer.

Ze durfde het niet, maar deed het toch: ze liet haar glas en sigaret eenvoudig vallen, drukte zijn hoofd in haar schoot, legde haar hoofd op het zijne en huilde voor het eerst in jaren.

In de keuken doodden ze de fles Old Number Seven. Lisa had geen maag meer, in plaats daarvan schroeide er een gat in haar binnenste. De radio spoog heimuziek. Fuck dit en fuck dat. En dan een Uzi: dakkedakkedak! Dit is, dacht Lisa, zelfs niet kinderachtig meer. Victors favoriete films:

Scarface, The Godfather; *Say hello to my little friend:* *dakkedakkedak!*

Ze durfde hem weer aan te kijken. Waar zat hij met zijn gedachten? Hij bleef maar glimlachen. Het leken haar geen binnenpretjes, eerder tere herinneringen. Lisa's kop zat vol lauwe modder. Ze voelde zich in haar hele gedaante bevuild.

'Hé joh, zit je soms aan een van je barmeisjes te denken?' Wat een vraag, dacht Lisa, en wat voor toon sla ik aan? Wat is dit? Geluid. Stemgeluid.

'God! Nee...'

Wat dan? Wat dan? Wat geeft het.

Zoals hij die glazen leegde. Hoepla!

De radio: 'Don't fuck with me!'

'Wat zíe je toch in deze herrie?'

Hij keek haar aan vanonder zijn anderhalve wenkbrauw, peilend, argwanend.

'Dit, liefje, is néuken, nietsontziend geneuk.'

Lisa schudde haar hoofd.

'Iets tegen de grond gekwakt, en met bruut geweld van achteren genaaid!'

'Hou maar op hoor.'

'In een poel van zweet!'

'Ná!'

'In de kont! Know what I'm saying? In de kont!'

De taal die hij uitkraamde, correspondeerde niet met zijn blik, maar ze kende de blik die erbij hoorde maar al te goed. Die blonk in zijn ogen als ze hem betrapte voor de televisie met een van zijn nieuwe lijfsprookjes in de video. Ze haalde haar schouders op: 'Ben je klaar?'

Ze hadden zeker een halfjaar niet meer met elkaar geslapen. Het leek Victor te bevallen. Alsof het hem de ruimte gaf haar het spoken in zijn wereld voor te schotelen. En Lisa? Het was haar nooit zo opgevallen. Er lag een leven achter hen.

'Er is ergens,' zei Victor plechtig, 'enórm veel geweld.'
'Ergens?'
'Ergens.'
'En?'
'Dat geweld suist door de lucht.' Zijn tong sloeg dubbel.
'Ja en?' Het was voor het eerst sinds lange tijd dat ze kon glimlachen om zijn dronkenschap.
'Tis afwachten waarret neerkomt.'
'En dan?'
'Lllékker!' Dit op zijn Oostgronings uitgesproken, het woord volledig verkrachtend.
'Lekker.'
'Jaaa, en alle jongetjes die Knórrel hebben gelezen, melden zich aan en mogen schieten zoveel ze willen.'
'Zou je niet 's naar bed gaan, opperhoofd?'
'Bom-bar-de-mén-ten Viet-nám!' Een deuntje uit hun jeugd. Lisa giechelde.
'We fuck 'em up!'
'Ja hoor lieverd, ik maak je wakker als het zover is.'
'We cut them in pieces and eh...' Daar was de Consul weer.
'Entzückend, schat,' zei Lisa, 'maar jij hebt s5, en dan mag je niet meedoen.'
'Juist,' zei Victor, een wijsvinger omhoog. 'Juist ik en de mijnen, de gek verklaarden mogen meedoen! We eh... fuck 'em up!'
'Dat zei je, ja.'
'Jaaa... ik zei tegen die spycholoog, ik zei: niet om t een of ander hoor, maar as zo'n sergeant boe tegen me zegt, dan ga 'k schieten... let wel: ik heb niks tegen het leger, niksnaks, maar gelul a me kop, dan ga 'k schíeten...'
'Hm.'
'Dat kon die vent wel begrijpen, je zag 'm denken: da's n goeie, die bewaren we voor later, voor as d'r echt stront komt!'

'Tuurlijk joh, dát was het.'

'Want God sliep, eh...' – Victor hief zijn vuist – '... God schiep de aarde en kwam kijken of het goed was en koos voor Zijn bezoek Oost-Groningen en Hij trof n boer op Z'n land en God vroeg aan de boer: "Is het goed?" En de boer richtte zijn geweer en brulde: "Goa van mien laand oaf!!"'

Lisa proestte het uit. Victor hief nu zijn glas en Lisa tikte er met het hare tegenaan.

'Skol!'

'Proost, dominee.'

Ze stond op, liep om de tafel heen en trok hem uit zijn stoel.

'Dansen?' vroeg hij.

'Nee, slapen.'

'Ahaaa, doen we, dóén we!'

Ze sleepte hem de trap op en zorgde ervoor dat hij in zijn val op het bed terechtkwam. Ze sloot de gordijnen en drukte het nachtlampje in het stopcontact. Hij sliep al. Lang bleef ze bij zijn bed zitten.

Kon het zijn dat ze zich schoner voelde, of was ze gewoon dronken? Ze wist dat ze door het leven werd geslepen, maar het was haar niet duidelijk of er nu aan een al gladde, of vlijmscherpe kant geschuurd werd. Morgen zou ze weer nadenken. Ze kleedde zich uit en kroop naast hem.

Het was avond of nacht toen ze wakker werd. Haar hele lichaam deed pijn en ze voelde een vreemde jeuk in haar onderbuik. Ze draaide zich op haar rug. Victor gromde en snurkte verder. Ze had een schreeuwende dorst. Voorzichtig kroop ze uit bed. Ze voelde hoe haar slipje in haar kruis kleefde. Jeetje, dacht ze. Ze snelde naar beneden en herinnerde zich een droom waarin een hoofd van iemand die ze net niet herkende tussen haar dijen verwijlde. Gatver, dacht ze, bepaald onsmakelijk, die jongens. Ze opende een ijskoude fles bier en dronk die leeg. Daarna stak ze een sigaret op. Het was tien uur. Morgen eten met pa en ma. Ze wilde er niet aan denken. Ze pakte nog twee flessen, ontkurkte ze en liep weer naar boven. In haar eigen slaapkamer opende ze de ramen. Ze dronk een tweede fles leeg. Heerlijk, heerlijk. Het bier verkoelde en verwarmde haar buik. De tweede sigaret maakte haar duizelig, alsof ze hasj rookte. Ze ging op haar bed liggen en trok een laken over zich heen. De sigaret liet ze in de asbak smeulen. Haar hand lag op haar buik. Mmm, 's even voelen. Ze liet haar vingers in haar schaamhaar glijden, en verder, en toen ze in het lauwe dikke vocht verdwenen, dacht ze: allemachtig! Een tijdje liet ze haar vingers glibberen. Nee, dat was niks. Ze trok haar hand weg en kneep haar dijen samen. Dat was beter. Ze kneep en ontspande en kneep en ontspande en de jeuk in haar buik verplaatste zich naar haar rug. Wat krijgen we nou, zijn wij soms geil? Ze schoot bijna in de lach. Ze bleef maar met haar dijen knijpen. We willen weten wat dit is. Na enkele verwaaiende gedachten schoof ze haar hand weer in haar broekje. Tja, en hoe doet men nu zoiets? Ze drukte een vingertop naar binnen, een heel klein eindje, en ze vond niet wat ze zocht. Het was daar ruim en nogal ongrijpbaar. Ze drukte twee hele vingers diep naar binnen. Ze woelde wat en dacht aan hoe Victor de liefde met haar bedreef. Ergens had ze bijna de slappe lach en ergens was ze dronken en ergens voelde ze iets naderen. Ze bewoog haar vingers zoals Victor in haar zou bewegen: langzaam, zwaar en drukkend. Ze trachtte zich te concentreren op die jeuk die in haar flanken en haar tepels kroop, en daarna in haar nek. Het was alsof ze kracht moest zetten, ergens in haar hoofd. Ze perste haar gedachten en, oeps, het sopte daar. Maar er was niemand die haar hoorde en zij trok nu iets naar zich toe. Ze voelde spieren in haar billen en klemde haar dijen om haar hand. Ze duwde haar lichaam om haar vingers. Er kwam een kramp van heel ver weg en de hitte schoot in haar nekharen. Ze verstrakte en hield haar adem in. Een golfje spoelde door haar lichaam. Een klein kriebelend golfje. Ze kneep haar hand tot moes. Haar billen moesten nu omhoog, zeer zeker, omhoog die kont. Het laken verdween, en met een ruk van de hand die in haar bil kneep, trok ze het slipje stuk en weg. Het sopte en ook dat was lekker, en langzaam kwam er weer zo'n golf. Ze hapte naar adem en voelde haar wangen branden. Toen ebde het weer weg.

Ze zag zichzelf liggen: haar heupen zwevend boven de matras, haar vingers in haar kut verdwenen, haar knieën hilarisch ver uiteen. Ze bewoog alweer haar hand. God allejezus, men moest haar zo eens zien. Ze liet zich zakken, kneep nog één keer met haar dijen en draaide zich met stokkende adem op haar buik. De branding rolde van haar tenen naar haar schouders en tot haar stuitje blozend wurmde ze zich rond haar hand. Buiten adem bleef ze liggen. Toen rolde ze zich weer op haar rug en trok ze haar vingers uit haar kloppende geslacht. Haar kleverige hand hield ze even boven haar borsten, als een trofee, die glinsterde in het nachtelijke licht dat door het raam naar binnen viel. Ze rook de geur van zwavel. Nou nou, dacht ze, nou nou. Toen voelde ze zich alleen. Op kleinekindertjeswijze.

Ze kroop heel stil naast Victor en legde haar klamme hand op zijn geslacht. Hij groeide in zijn slaap. Zonder wakker te worden draaide hij zich naar haar toe. Toen hij zijn ogen opende, trok ze hem boven op zich en hij gleed zo naar binnen. Misschien dacht hij dat hij droomde want zijn hoofd lag roerloos naast het hare. Met haar handen op zijn billen bracht ze hem tot zijn ontlading en hij sliep alweer toen hij uit haar gleed. Lisa glimlachte en legde haar handen onder haar hoofd. Ze was trots op zichzelf. Maar ze vermoedde dat dit weleens de eerste en de laatste keer zou kunnen zijn dat haar lichaam haar gelokt had. Ze wist nu dat wat zij wist te bereiken in haar lichaamloze sluimer niet te overtreffen viel.

Victor had de oude weg gekozen. Hij reed behoedzaam en zijn ogen glimlachten alweer. Wat was er toch met hem? Lisa voelde de behoefte zich te verontschuldigen voor haar gemep, maar dit leek wel het laatste waarop hij zat te wachten. Zijn kop zag er nog zeer geschonden uit. Ze vroeg zich af hoe hij dit de familie zou verklaren.

Ze had zich met opzet niet gewassen. Ze rook de scherpe geur van seks door haar jurkje heen. De gedachte zo aan tafel te schuiven wond haar op, niet seksueel, maar kwaadaardig. Wat was er toch met haar? En als ze dacht aan haar gevinger, gleed er een rilling langs haar ruggegraat. Niet van schaamte, van ongeloof. Het leek alsof ze dagenlang gedroomd had en langzaam begon te ontwaken.

Voor Victor de weg naar Oude Huizen opdraaide, zette hij de auto in de berm. Hij draaide de radio uit. Ze verwachtte een bespreking over de te volgen tactiek, mocht Victor het te kwaad krijgen en weg willen terwijl hun de soep werd voorgeschoteld.

'En alweer moet ik je iets vertellen. Herinner je je nog die Parijse meisjes in Griekenland, waar ik toen een beetje mee scharrelde?'

Lisa knikte.

'Ik heb sindsdien met een van die meisjes briefjes geschreven.'

Ze keek hem ongelovig aan.

'Adres Bank Oude Huizen.'

Lisa geloofde het niet. Vijftien jaar geleden.

'Het geval wil dat ik weer eens ben uitgenodigd.'
Ze schudde haar hoofd. Hij loog. Hij was malende.
'En ik ga. Ik kan d'r tenminste een maandje of wat blijven.'
Hij startte de auto en scheurde weg.
'Een maand?'
Lisa had het koud en rilde.
'Of langer.'
'En dan?'
'Vraag de held die op een oude knol richting horizon afslaat, sjekkie in de bek en zo, nooit naar zijn motieven...'
'Je zit me voor de gek te houden... toch?'
Ze reden met gierende banden de oprit naast de bank op. De wagen maakte een smak en ze stonden stil.
'En hoepla!' zei Victor.

Toen ze op de drempel van de keuken verscheen, hing Anna om de nek van haar broer en stond Fixbier uitzinnig te blaffen. Vader en moeder zaten aan de keukentafel. Opgelaten. Ongewoon opzichtig opgelaten.
'Dag dag,' zei de dokter. Lisa liet zich niet omhelzen. Ze greep Victor in zijn nek en sleepte hem voor de ogen van het gegeneerde publiek de keuken uit. Ze duwde hem – hij had verdomme de slappe lach! – de trap op, haar slaapkamer in.
'Déjà vu,' zei Victor, 'meppen maar weer.'
Hij giechelde!
Lisa gaf hem een schop. Slap van het lachen viel hij op haar bed.
'Zeg,' siste ze, 'doe normaal, idioot, als je me niet vertelt wat dit is, dan gil ik het hele dorp bij elkaar!'
Zijn trekken werden zacht. Hij klopte op het bed. Huiverend ging ze naast hem zitten.
'Er wordt je vandaag nog veel meer verteld,' zei hij.

'Bewaar je gegil maar voor later.'
'Wat ís dit?'
'Ik laat je alleen.'
De deur zwaaide open. Anna.
'We moeten weg.'
'We praten er straks nog over,' zei Lisa. 'Vanavond, kan dat?'
Victor glimlachte. 'Meisjestaal,' zei hij.

Ze zaten met zijn vijven in Victors auto. Er heerste een perplexe stilte die beschaamd trachtte weg te komen. Ze reden voorbij Woudbloem en volgden de bomen in de schemering. Aan de rand van een gehucht stond een beroemd restaurant.

Een serveerster leidde hen naar een brandende open haard. Aan twee tafeltjes zaten echtparen te eten. Muzak klonk uit verborgen luidsprekers. De eetzaal was blauw en geel ingericht, de kleurencombinatie der smakelozen. Er stonden massa's bloemen. De haard knetterde. Lisa dook in de hoek van een enorme bank en trok Victor naast zich. Anna liet zich naast hem vallen en hun ouders namen de bank die overbleef. Hun moeder bloosde weer bij het zien van de stukgeslagen kop van haar zoon en de ontreddering van haar oudste dochter. Zij zag het probleem praktisch en wist zich als gevolg daarvan geen raad. Lisa ging verder dan ooit tevoren, met die geur die opsteeg vanuit haar kruis en met haar hand om die van haar broer geklemd. Anna dacht: dit is het einde. De dokter vroeg wat er gedronken werd en Lisa wendde zich tot de serveerster met de vraag of men van Jack Daniel's had gehoord. Dat had men, en de glazen bleken goed gevuld. Anna en moeder dronken een sapje. Als amuse kwam een schaal met haring, maar Victor hield zijn mond stijf dicht. Hij kneep in de hand van Lisa. Er kwamen kaarten en nu grijnsde

Victor even. Hand in hand bekeken ze het menu. De dokter had zijn borrel op en het eerste familieprotest bestond uit zwaaien. Joehoe, tap 's effe bij! U daar, met die caissièrekop! Er werd keurig en ruim bijgeschonken. Anna pakte een haring van de schaal, hield hem omhoog, bekeek hem met afgrijzen en liet hem weer vallen. Klets! De serveerster begon te zweten. Ze zagen haar niet terug. Een dame op leeftijd verscheen. Ze boog naar de familie: 'Ik heb voor u een tafel bij het raam.' Victor zei niet: 'Me dunkt dat u er wel twintig voor ons hebt.' Hij kneep weer in Lisa's hand, en de dame, die haar buiging niet verlaten kon, knikte naar hem.

'Hebt u een voorkeur voor de tafelschikking? Ik kan u en uw vriendin naast elkaar zetten en u' – een knik naar pa en ma, die enkele scheuten van onwillige ledematen trachtten te verdoezelen – 'ook, dan zult u, jongedame, aan het hoofd van de tafel moeten zitten, wat denkt u ervan?'

'Wij vinden het prachtig,' zei Victor. Moeder snurkte zenuwachtig van de lach. Vader hapte in zijn tweede borrel.

'Gut,' zei de dame, die een rugblessure riskeerde, 'u zou toch werkelijk broer en zus kunnen zijn, zoals u op elkaar lijkt, maar dat hoort u zeker wel vaker.'

'Ik heb het hun geregeld verteld,' zei de dokter, 'maar ze geloven er niets van.'

'O, nou, de gelijkenis ís treffend, hebt u al een keuze gemaakt?'

'Meerdere,' zei Victor, 'wij gaan ze zo bespreken.'

'Uitstekend,' zei de dame, 'wenst u nog iets van de bar?'

'Ontrieven wij u ernstig,' Victor – op zijn allerzoetst – 'als wij om de fles zelve verzoeken?'

'Maar natuurlijk, een kan ijs erbij?'

De dame draaide zich om en verslikte zich in haar eerste ferme stap toen Victor zei: 'Overigens, mevrouw, zijn gelijkenissen altíjd treffend, vindt u niet?'

Ze draaide zich naar het gezelschap, zag hoe de dokter naast zijn glas hapte, hoe moeder opstond en weer ging zitten, en hoe de jongedame haar minnaar kuste, luidruchtig op de wang; het smakgeluid deed de eters opkijken.

'En nu,' zei Victor tegen zijn ouders, 'is de beurt aan u.'

'Tja,' zei de dokter, 'de paarden ruiken de stal, zoveel is zeker.'

'Dat dacht ik al,' zei Victor, 'hup, voor de draad ermee.'

'Liesje lieverd,' zei moeder, met een blos en groeven in haar poeder, 'kan het alsjeblieft wat minder?'

'Helemaal niet,' zei Lisa, 'er staat geschreven dat alles went.'

Ze sloeg een arm om de hals van haar broer, die hier niet op gerekend had en nu ook bloosde. Anna grijnsde. Ze dronken hun glazen leeg en bestudeerden de kaart. De fles arriveerde en de stilte, die zich weer van het gezelschap probeerde los te rukken, werd onder de voeten gekieteld door het getinkel van ijsblokjes.

'Nou,' vroeg Victor, 'wie gaat waarheen en waarom?'

Moeder schoof naar de hoek van de tweezitsbank en keek haar kinderen aan. 'Liesje,' zei ze, smekend met haar ogen om het verwijderen van die arm, 'hoe gaat dat volgende week precies?'

'Nou gewoon. Ik lever mijn manifest in en krijg dan over een maand mijn bul.'

'Dus je bent er al zeker van dat je slaagt?'

'Ja,' zei Lisa, 'en Victor gaat er dus vandoor.'

Ze had prompt zwarte wallen onder grote ongelovige ogen, als een kind dat uit een koortsdroom wakker wordt en zich helse hallucinaties herinnert voor het het daglicht ziet en durft te begroeten.

'Hoe bedoel je?' vroeg Anna, 'wat krijgen we nou weer?'

Men keek naar Victor.

'Ik ga gewoon een tijdje in Parijs logeren,' zei deze.

'O,' zei moeder, die haar woorden wilde wikken maar nu alles gewaagd vond klinken, 'nou, dat geeft toch niet.'

'Welnee, opoe,' zei Lisa, 'dat geeft helemaal niks. Zeg 's op, wat doen we hier eigenlijk? Hebben we wat te vieren?'

De dokter schonk nog eens bij en raakte zichtbaar in evenwicht met de planeet: 'Misschien kan jullie moeder meerijden, nu er één schaap over de dam is.'

'Is het weer zo laat?' vroeg Lisa. Victor grijnsde. Anna keek hem aan en werd voor het eerst in haar leven kwaad op hem. 'Hé, lul!' Ze stiet haar elleboog in zijn zij. 'Zetten we even een andere snuit op, ja?'

'Oef,' zei Victor, 'een leverstoot.'

'Hoor ik nog wat?' vroeg Lisa.

'Ik,' zei moeder, die naar haar landlopersjas verlangde, 'ga bij je vader weg.'

De dokter maakte een gebaar met zijn handen: hoepla. Moeder keek opzij. Anna liet haar tranen lopen.

De dame stak haar hoofd uit een blauw-gele bloemenhaag: 'Hebt u een keuze kunnen maken?'

'U slaat de spijker op zijn kop,' zei Victor, 'doet u ons allemaal de ossehaas, en wel als volgt: rauw van binnen en zwart van buiten.'

De dame knikte en keek naar Anna's tranen.

'Of wil de jongedame soms iets anders?'

'Petatmetappelmoes,' zei Anna, 'en ijs toe.'

Victor knikte: 'Als dat zou kunnen?'

De dame liep hoofdschuddend weg.

'Is dat zo?' beet Lisa haar moeder toe.

'Lieverd, we hebben er lang en breed over gepraat, en het is niet anders.'

De dokter leegde zijn vierde glas en knikte.

'Dit is wat je noemt een gevolg van overleg, en eh, wat ik nu ga zeggen is het meest weerzinwekkende dat ik ooit gezegd heb en zal zeggen...' Hij keek naar zijn vrouw, met liefde en afkeer. 'We gaan zonder ruzie uiteen.'

'Gaan jullie scheiden?' vroeg Lisa, die dacht aan slapen, straks lekker slapen.

'Neehee,' zei Victor.

Vader en moeder schudden het hoofd.

'Neuk jij soms met iemand anders?' vroeg Lisa aan haar moeder.

Die stond op en liep weg. Anna vloog erachteraan. Victor schonk de glazen bij.

'Nou?' vroeg Lisa.

'Nee,' zeiden vader en zoon gezamenlijk. En vader: 'Dat doet ze niet.'

Victor boog zich naar zijn vader en siste: 'Dat doe jij helemaal verkeerd, ouwe. Jij moet bij haar weggaan, en haar daar laten zitten.'

De dokter, voor het eerst van zijn leven verbluft door zijn zoon: 'Zeg, zo praten zoons niet tegen hun vader, we zijn hier niet in Amerika.'

Victor staarde hem aan.

'Ik ga helemaal nergens heen, voor geen goud.'

'Aha,' zei Victor, en dronk uit.

'Ik moet geloof ik overgeven,' mompelde Lisa.

'Jij moet rustig doordrinken,' zei Victor.

De dokter vergat zijn leed, zijn lot en zijn leven en zei tegen zijn dochter: 'Liefje, alsjeblieft, kalmeer een beetje en hou op met zuipen.' Hij keek naar zijn zoon. 'En jij... Wat flik je me nu?'

'U kunt aan tafel.'

Toen moeder hen na de maaltijd terugreed naar Oude Huizen, klonk er muziek op elke meter die hen ontvlood. Een orkest dat maar bleef stemmen. Aan de kont van deze familie hing kakofonie, waarheen ze ook stuurde, welke bocht ze ook nam. Ze besloot door te rijden naar de Stad om te voorkomen dat Victor zichzelf en zijn zusje dood zou rijden. Ze nam de oude weg en beet haar herinneringen stuk. Samen hadden ze vier ouders gehad. In vijf jaar tijd had kanker hen uitgeroeid. Alsof ze op het kerkhof woonden, zo vaak kwamen ze er in die tijd. Hun vaders hereboeren, hun moeders trots en dirigerend. God, wat een liefde was daar geweest, al had het dan op vechten geleken. Maar zij vochten niet voor liefde, zij vochten in liefde, voor het land en hun bestaan. Dat was van een jaloers makende eenvoud en overzichtelijkheid geweest, al wist ze best dat ze dat leven romantiseerde. Maar wat viel er meer met het leven te beginnen dan het te romantiseren?

In het huis aan de gracht gaf Anna te kennen dat ze wilde blijven logeren. Ze vond alles best. Toen ze naast haar echtgenoot in de auto schoof, lag deze in zijn stoel te snurken. Terwijl ze terugreed, nu over het Litteken, dacht ze: ik kan janken zoveel ik wil, maar ik gun niemand meer mijn tranen. Zeker niet dit land, dit braakland waarop nooit meer iets zal groeien.

Toen Anna die nacht om drie uur wakker schrok in het bed van Lisa, miste ze haar nachtlampje en werd ze bang van het gejoel achter de ramen. Ze woelde, staarde in het duister. Ze knipte een lamp aan en vond een kapot gescheurd slipje van zwart kant dat hard was in het kruis, wit van meisjesvocht. Ze bloosde voor het eerst in haar leven. Een pijnlijke duizeling trok door haar hoofd. Toen voelde ze de eenzaamheid van het huis. Ook meende ze een geest te horen. Ze schoot uit bed en rende met prikkende schouderbladen de kamer uit. Op de gang kalmeerde ze. Ze luisterde aan de deur van Victor en hoorde niets.

Ze opende hem en keek naar binnen. In het zachtgroene licht van het nachtlampje zag ze haar broer en zus, die lagen te slapen. Toen ze aan het voeteneind van het bed bleef staan en zag hoe Lisa met haar hoofd op de borst van Victor lag en op haar duim zoog, wilde ze dat ze nooit bestaan had. Nooit eerder had ze zoiets treurigs gezien, zoveel lawaai in zoveel rust, zoveel verbetenheid in zo'n diepe slaap.

'Hé,' zei ze.

Lisa sloeg haar oogleden op. Glimlachte. Richtte voorzichtig haar hoofd op. Trok toen pas haar duim uit haar mond.

'Wat is er?'

Anna haalde haar schouders op. Lisa ging rechtop zitten en Victor opende zijn ogen.

'Kun je niet slapen?'

Anna schudde haar hoofd.

Lisa sloeg de dekens op en wenkte haar. Lisa was naakt.

'Mag dat?' vroeg Anna.

'Kom op,' zei Victor. Hij greep een sigaret en stak die aan. In het licht van de aansteker zag ze zijn zachte ogen. Van vroeger. Anna, die vergat dat ze niet rook naar parfum en bronwater, trok haar hemd en slipje uit en kroop snel naast Lisa onder de dekens. Toen rolde ze over haar zus heen en wurmde zich tussen hen in. Ze kreeg een arm onder haar nek geschoven en Victor legde haar hoofd op zijn borst. Hij gaf de sigaret aan Lisa. Die nam een trek en drukte hem uit. Onder de dekens zocht zij Anna's hand.

'Een verhaaltje dan maar?' zei Victor.

Derde boek

Feierlich und gemessen, ohne zu schleppen

Gomorra januari 1990

Alter Knabe,
Zit je hier nog? Ik ben door Lisa opgespoord, en zij verzocht me jou op te sporen. Niet dat ze niet weet waar je zit, maar ze houdt er de absurde gedachte op na dat je weleens voor mijn Rede vatbaar zou kunnen zijn. En is het niet belachelijk, by the way, dat jongetjes die zich zoek proberen te maken, bij de eerste de beste gok gevonden worden? (Zo liep ik als klein ventje vaak weg van huis, in de wetenschap dat men precies wist waarheen ik lopen zou – zodat men mij ook nooit achternakwam, maar dat terzijde.) Nou, ouwe jongen, zet je schrap, al heb je ongetwijfeld, als je niet al te zat bent, als gevolg van de situationele aanduiding hierboven, reeds een vermoeden: ik ben Teruggegaan. Ga gerust over je nek of van je stokje.

Ik heb het voltooide meesterwerk onder de arm genomen, na alle krotten ter Stad dichtgetimmerd te hebben, en ben met een taxi, type Amerikaan, Op Mijn Schreden Teruggekeerd. Nee, ik heb Haar nog niet Teruggekregen, maar ze is hier. Nu zegt mijn moeder dat men niet mag stoken in een huwelijk, want we hebben de jaren negentig betreden, en echtbreuk is een modegril van vroeger, maar vooralsnog ben ik zulks ook helemaal niet van plan. Ben je trouwens nog in staat, zoals wij (je zus en ik) om gisteren als Vroeger te bestempelen? Gomorra is niet veranderd, begrijp je wat ik bedoel? Niet veranderd. Houd je nog van anekdoten? Of ben je definitief Joyce & Ko(rsakov) achterna? Hier volgt er eentje, for old times sake. Ik had dus mijn eerste verhaal gepubliceerd, vol verwijzingen naar mijn meesterwerk *Not Available*. Het blad lag in de winkels ter Stad, maar niet ter Gomorra. Dat spreekt. Het meesterwerk verborg ik op mijn hotelkamer, het blad stak ik onder mijn arm. Als men na een decennium zijn *Old Home Town* weer bezoekt en er waarschijnlijk zal blijven, moet men binnenvallen met een pose die de juiste toon zet. Mee eens? Na twee dagen als Scott Fitz rond te hebben gelopen, zonder ook maar iemand te ontmoeten (een wonder in een gat waaruit nooit iemand Weggaat), besluit ik mijn moedeloosheid tot grote hoogte op te jagen en de nieuwe bibliotheek (eerste teken van bederf) te bezoeken. Ik sla in het centrum de hoek van de Kerkstraat om en – bodje komt om zijn lotje – loop Yvonne pardoes tegen het lijf. Zij, alsof het niet acht jaren geleden is, glimlacht verlegen, een beetje geschokt (maar niet te veel, want als er iemand geen verbazing kent over de capriolen van het toeval, is zij het wel), geen dag ouder – ik zweer het je – en zegt, met die zingende stem van haar: 'Heee, hoi.'

En? Zij blijkt zwanger!

Ik zeg: 'Zo?'

Ik lees tenslotte weleens een boek en zweer bij Bomans. En ik voeg daar aan toe: 'Ach ja, zo is het lot.'

Waarop zij knikt, om zich heen kijkt (na tien jaar tobben nog altijd onopgehelderd, die neiging) en gelijk met mij vraagt: 'En hoe is het met jou?'

Vervolgens uitbundig in koor: 'Heeel erg goed!'

De rook trekt op en ik leg een hand op haar buik (achteraf kan ik wel janken om mijn reflexen) en vraag: 'Baby?'

Ik wil dit even benadrukken, old boy: ik heb haar acht jaar niet gezien en als ik haar eindelijk voor mijn neus heb, raak ik haar binnen twee tellen aan op een wijze die te filmisch is voor woorden.

En zij beaamt: 'Baby.'

Een stilte volgt. Dan brengt zij een hand naar haar linkerborst – die een zwaardere borst is dan ik me had durven voorstellen – en maakt er een vuist van en doet van: 'Bonkebonkebonk, o god joh, zeg 's wat!'

Ze draait zich om. Er blijkt trouwens een wicht naast haar te staan dat dit alles gadeslaat. Ze kijkt me weer aan: 'Ik weet niet wat ik zeggen moet, hoor.'

Hoor. Hoor. Hoor.

Maar ik wel, wil ik schreeuwen, maar ik zeg: 'Nou, rustig maar.'

Dat is pas decadent. Niet? Prins? Niet dan? De rest zal ik samenvatten. Tien tellen later dwalen haar gedachten af terwijl ik woorden spui.

Wel. Je haren te berge, je tenen krom. Wil je, vuile Versager, dan nu even naar me luisteren?

Wat is dit godverdomme voor semi-artistieke vlucht die je hebt ondernomen? (Ik heb Een Banaal Ballingschap in mijn meesterwerk tot in den treure behandeld!) Iedereen weet waar je zit. Iedereen weet wat je daar doet. En iedereen heeft wel wat beters te doen dan te gaan zitten Hoofdschudden Om Victor. Ook Lisa zit niet met haar hoofd te schudden. Schenk maar even bij en neem een slok. Ze is bij me geweest, hier in Gomorra, ze heeft op mijn kosten een kamer naast die van mij genomen, en ze heeft me verzocht je te schrijven. Verder slenterden we door de winterregen, bezochten we de oude schoolpleinen (dodelijk, pleinen zonder kinderen, de schoolgebouwen uitgestorven, Gomorra, als ik even uit eigen werk mag citeren, voorgoed van zijn leven beroofd; dit alles een tweede teken van bederf), en liepen we door het park van mijn boek. Ik wees haar Plekken aan. (Het leed van heimwee verschilt niet van het leed van melancholie, als je begrijpt wat ik wil zeggen met betrekking tot Tijden & Ruimten en, ach, laat ook maar.) Ik heb daarna met haar gedineerd in een sterrentent voorbij Woudbloem (zij leek die tent te kennen en leed aan een giechel in haar keel) – ik bezit nu ook een auto, derde teken van bederf. We hebben in Woudbloem zelf een wijle aan de vaart zitten schreien, in de regen, met een blik op de oude fabriek waarin onze voorvaderen etc. Na vier dagen bij mij te zijn geweest is ze weer teruggegaan naar haar eiland. Ze is, ik meld het je maar even, slechts vijftig kilo. We hebben elkaar keurig op de wang gekust ten afscheid en ze heeft een bericht voor je achtergelaten, hier, dat ik verdom door te geven, zodat we nog ruzie kregen ook. Ik zei haar: *he aint my brother and he is too heavy*, waarop zij, je raadt het al, in janken uitbarstte, met haar haren begon te smijten en een sigaret opstak. Mooi en aangrijpend, daar niet van, maar mijn muze heeft een hoger Fidleledee-gehalte.

Kortom, er is iets wat je moet weten, maar men is de mening toegedaan dat jij aan zet bent. Zo heb ik het tenminste begrepen.

Bijgesloten mijn publikatie. Ik zei Lisa dat als al iets je uit de tent kon lokken, het wel proza van mijn hand was. Dus roept u maar. Mazzel.

Cowboy Veen
Veenlust, Gomorra, de Veenkoloniën,
Holland

Parijs februari 1990
(Ansichtkaart met afbeelding van de Hoofdstraat van Oude Huizen. Titel: *Groeten uit Oude Huizen*)
Beste Getsy,
Het is hier heel mooi weer. We genieten erg van de omgeving. De stad is heel gezellig. De musea zijn prachtig.

Het eten niet best, het hotel belabberd, de mensen vies, en het is hier heel erg duur. De hartelijke groeten van
 Victor

 Gomorra februari 1990

 Old Boy,
Moet ik geweld gebruiken? Goed dan. Ik heb de afgelopen twee weken de vrijdagavonden, de zaterdagavonden en de zondagavonden besteed aan het Wachten in de tunnelkroeg (afgebrand en weer opgebouwd; bederf, bederf!), zoals ik deed van begin 1977 tot diep in 1980 (ik lieg: het waren slechts de laatste twee jaren, maar het geheugen etc.). Tot op heden kwam zij niet, zoals vroeger, diep in de nacht, als de geur van aardappelmeel het stadje in zijn droom doet hallucineren, de dansvloer opgefladderd, met in haar kielzog een nieuwe bink. Mijn kutzwagers van weleer; waar zijn zij gebleven?

Bij deze: vanaf nu zal het woord 'kut' niet meer in mijn geschriften opduiken; ik heb vijftien lange jaren geprobeerd aan dit woord te wennen: het is me niet gelukt.

Ik zit dus aan die bar en wacht af. Een kandidaat voor de rol van Carraway is nog niet opgedoken. Waar belegt men trouwens een theeparty in de Veenkoloniën? Mijn moeder heeft geen tuinhuisje en zij zou mij, indien ze wist waar ik mee bezig was, trouwens langzaam doodmaken. Nu dan. Zet je schrap. 's Avonds wankel ik jammerend terug naar het hotel. Ik heb acht jaar naar dit correcte, oprechte gejammer verlangd. Waarachtig Verdriet is een fenomeen dat uit de tent gelokt dient te worden, anno nu. (Mijn nieuwe band heet Cultivated Emotions, ons eerste optreden staat gepland voor de dag des arbeids, een hoogbejaarde viering, in concerthuis Bella, en ik zal, ik zweer het je, het eerste nummer (The Embryo van P. Floyd) aan je opdragen. *This one goes out to V.P., who's living in Paris, and who is a missing person!* Lisa heeft gisteren een repetitie bijgewoond. Ze kwam even over uit Oude Huizen, alwaar ze je vader en de kwestie die er ligt, heeft bezocht. Wij hebben elkaar iets minder keurig ten afscheid gekust.)

Tijdens die ontmoeting in de Kerkstraat heb ik Yvonne verteld van een boek.

Zij: 'O, ik weet niet of ik het wel zo leuk vind, hoor, dat je over mij schrijft.'

Waar is de ijdelheid van weleer? Of zei ze dit enkel omdat er een wicht stond mee te luisteren? Moet dit fenomeen – ijdelheid, that is – heropgewekt worden? Ik heb haar niet gezegd dat ik ben Teruggekomen om haar mijn boek in de maag te splitsen. Ze moet eerst opnieuw warm lopen!

Ik weet waar ze woont, wie haar man is... Haar man? Een jongen nog! Jongens zijn we en zullen we blijven! In dit verband heb ik de volgende voor je gescoord, in *Het Nieuwsblad*: 'Jongeman, licht geestelijk gehandicapt, 61 jaar, af en toe last van hoofdpijn, hobby's autorijden, zoekt vriendin van plusminus 77 jr.' Ongelogen!

Wie haar man is dus, en zelfs waarom. Zou hij haar toestaan alleen uit te gaan? Ik ken die vent enkel van snuit en ledematen en er is voorlopig niemand bij wie ik inlichtingen kan inwinnen. *I'm just a stranger in my old home town*. Belachelijk als je bedenkt dat ik hier ooit eens iedereen kende, en iedereen mij. Dat wil zeggen, Ons: haar & mij. Ik ben er niet op uit hem de zenuwen te bezorgen met mijn Terugkeer, maar haar wel. Wakker liggen en woelen en dromen en herinneren zal ze! Al moet ik haar bij de nek door het boek sleuren. Er zijn tenslotte maar weinig idioten die een heel dik boek schrijven voor een meisje, en het ook enkel haar willen laten lezen. Ik beroem me op het feit dat ik zo'n idioot ben. Nou jij weer.

Veen

Parijs februari 1990

Trapsby,
Genoeg! Genade! Heb meelij! Als je niet ophoudt, zeg ik het tegen je mammie! Ik kan het niet geloven. Is dit alles een verschrikkelijke, maar goede grap, of ben je werkelijk van plan dat wicht te belagen? Ik weiger dit te geloven. Echtbreuk, hoe dan ook, is passé. En als je dan met alle geweld met een kogel in je donder in een vijver wilt eindigen, pleeg dan godverdomme zelfmoord!

En wat is dat voor gelul over een kwestie? Wat gaat mijn familie jou aan? Bemoei je met je eigen bekrompen, gekrompen leventje!

Je publikatie vond ik niet onaardig. Godzijdank geen Bret Pek, al weet ik best dat je dweept met die lieden. Ben je nou schrijver? Vinden anderen dat ook?

Nou, kom op, schrijf me wat er aan de hand is en zwijg tegen de heks over mijn antwoord. Wat ik wil weten, is waar Anna zich bevindt. Woont zij al in Amsterdam? Wees vindingrijk, en wees in godsnaam eens een kerel!

V.

Gomorra maart 1990

Ouwe jongen,

We zitten hier in de lounge van Veenlust aan de Jesse James-bourbon, om jou een plezier te doen. Mijn tafelgenote peutert met haar lange nagels de garnalen uit haar shrimpcocktail en haalt ze vervolgens door de jajem. Ze meende dat dit je wel zou interesseren. Wat dacht je nou, jongen. Je bent weerloos tegen onze bekokstoverijen. Ik BEN trouwens een kerel: ik zie mijn ondergang handenwrijvend tegemoet. Ik geef je haar even:

VICTOR? ER IS IETS WAT JE

Hier Veen weer. Ze haalt nu haar traantjes door de slobber. We zijn nogal teut. We eten dadelijk zeeduivel, zal ik een muscadet bestellen, of een fruitwijntje? Jij hebt er kijk op. Hier komt ze weer:

ER IS IETS WAT JE WETEN MOET, AL VERDIEN JE NIET DAT IK HET JE VERTEL. DAAROM GEEF IK JE ALLEEN EEN HINT. JE ZULT HET JEZELF NOOIT VERGEVEN ALS JE GEEN CONTACT MET ONS OPNEEMT. IK SLUIT HET ADRES VAN ANNA BIJ. BEL ONS, BEL DESNOODS DE DOKTER. DAT IK JE NIET MEER GESCHREVEN HEB, HEB JE AAN JEZELF TE DANKEN. L.

Wat een handschrift, hoe verzin je het, en wat een heerlijke taal. Niet soms? Ja, ja, ik ben nu echt Schrijver! En die Bretpeckers vind ik inderdaad zeer boeiend, maar enkel een Damrakkertje laat zich door die lieden leiden. *This is not America.*

Victor, ik smeek je (eenmalig): kom terug! Er is oppositie nodig. Er moet een fikse noordooster opgewekt worden. Ik ga niet in mijn eentje een front vormen. Het is nog net niet te laat, maar over een halfjaar is die apekoppenkool uit Amsterdam vergeten en valt er niets meer te kankeren, laat staan belachelijk te maken. En aangezien je te ver weg zit om me een dreun te kunnen verkopen: wat dit land nodig heeft, zijn regionale rellen! Spreek me niet tegen. Het westelijk halfrondje heeft de spruiten in de ban gedaan. Ik laat ze aanbranden en jij behoort mij in dezen terzijde te staan.

Tot zover. Ik ga nu met je huilerige zus dineren, daarna gaan we naar Stad om een wah-wah-pedaal te kopen (*Cry baby*) en daarna zet ik haar op de boot. Ze heeft je niets meer te zeggen. Mazzel.

Veen

Parijs maart 1990
(Ansichtkaart van Het Spilzieke Meisje van Felix Labisse. Uit een galerieagenda gescheurd en op karton geplakt.)
Anna, liefje,
Mij spijt, ugh! Wat is er in godsnaam aan het handje?
V.

Amsterdam maart 1990

Lieve Victor,
Dat is Lisa hoor, die trut op die afbeelding. Ja ja, het spijt jou. Dat moet jij weten. Ik bemoei me er niet meer mee, en ik ga je helemaal niets aan je neus hangen. Het is net alsof mijn familie enkel nog in de bioscoop te bezichtigen is, en nu ik daaraan gewend ben, wil ik dat graag zo houden. Alles van jou en haar en pa en ma gaat langs me heen. Ik vind het wel best zo. Ik heb het druk. Kunstgeschiedenis is minder leuk dan ik verwacht had. Weet je nog dat ik naar de kunstacademie ging voor een toelatingsgesprek en dat er een stelletje van die baardapen en zo'n hennateef met Tandvlees en Petulie (in '88!) voor een zootje schilderijen zat en aan mij vroeg: 'Welke vind je mooi?'

En ik: 'Geen een.'

En zij: 'Waar houd je dan van? Impr. of Expr., wij bedoelen, wat is jouw richting?'

En ik: 'Een late Kandinsky, een vroege Monet, dat is het wel zo'n beetje.'

En zij: 'U bent ongeschikt.'

Nou, hetzelfde gelazer hier. Was het niet jouw Franny die verzuchtte: 'Jullie hebben van mij een freak gemaakt'? Same here. Geeft niet hoor. Ik mis je heel erg. We kunnen niet kleppen (goed, ik zal geen kleppen meer zeggen). Ik wil met je praten en naar de bioscoop en naar bands, zoals vroeger. Zal ik vertellen hoe ik erbij loop? Goed. Mijn haren weer los en tot op mijn kont. Zwarte spijkerbroeken met paarse en perziklapjes erop (ik weet dat ik achterloop). Sixties T-shirts, glitterhesjes, schoentjes met hoge vierkante hakken. Maar met de tieten zal het nooit meer wat worden. Dank aan zus, die alles ingepikt heeft. Schrijf haar. Je kunt het best. Stel je niet zo aan. Ik hou van je.

Anna

Parijs april 1990

Peatsby,

Stuur mij eens een paar kilo bijlagen met relmateriaal. Ik ontvang van Lisa al sinds een halfjaar geen post. In ruil bij deze een anekdote: Op het gare du nord, waar ik de flappen wissel voor francskes, hangen altijd twee meisjes rond, een jaar of vijftien, typisch veeniaanse schoonheden. Me dunkt dat ze het voor de centen doen, en ze schijnen me, gezien gezonde blos, vrij van de pest. Op dit station koop ik geregeld het betere vieze boekje. Vorige week volgden de wichtjes me naar het 'opengetrokkenkuttenrek' en bleven mij gadeslaan terwijl ik afrekende. Ik was dronken, en dus geil en moedig. Ik wenkte ze, vroeg ze in het Engels what they were doing, en ze antwoordden dat ze nothing deden, just hanging 'round. Op de man af vroeg ik ze: 'What do you do for money?' Ze waren waarachtig nog in staat tot giechelen: 'Rien de trop, rien de manque.' Ik bladerde door de aangeschafte boekjes, vond een plaatje dat een mijner preoccupaties verbeeldde en hield de kindertjes het tafereeltje voor. Nog wel in staat tot giechelen maar niet meer in staat zich te verbazen werd door de meisjes overlegd: à titre gracieux. Ik begreep het niet. Gratis! Hoor je, Veen, gratis! Geen wonder dat God hier woont. Ze namen me mee naar een open plek achter een vervallen, leegstaand pand, forceerden een deur, namen me mee naar binnen, vroegen sigaretten, rookten wat, keken uitdagend naar mijn kop (op die Oostgroningse kermismanier), stroopten hun spijkerbroeken af en trokken deze, en slipjes uit, en piesten gezamenlijk op de stenen vloer. Rechtop staand. Gratis! Sinds die vreugdevolle middag neem ik ze weleens mee naar een restaurant om met twee diertjes aan tafel gezien te worden. We verstaan elkaar nauwelijks, en ik weet nog altijd niet zeker of ze het voor de centen doen. En jij denkt dat ik terugkom? In ruil voor dit verhaaltje wil ik informatie. Je weet wel. Vertel mij zoveel je weet, ik krijg de zenuwen van dit gedoe. Dit alles bericht ik je in het diepste geheim.

V.

Gomorra april 1990

Alter Knabe,
Ik ben jaloers op die dikke duim van jou. Als je wilt dat ik kom, kun je het ook gewoon vragen. Ik stap vrijdagochtend in de auto. Als je niet thuis bent als ik verschijn, blijf

ik wachten tot je opduikt. Ik neem – men is te goed voor jou – een brief van Lisa voor je mee. Zodat je je zenuwen tot dan nog meer geweld kunt aandoen. Moet je behalve bijlagen nog meer hebben? Bel me dan, geef een lijstje op aan de receptie. Waag het niet mijn ouders te bellen. Ondertussen zit ik nog altijd tevergeefs te wachten in de tunnelkroeg (waar blijft ze godverdomme? Begrijpt ze dan niets meer van de gang van onze zaken?). Ik moet er dus sowieso even tussenuit.

Veen

Ameland april 1990

Klootzak,
Ik hoor van Hille dat-ie naar je toe gaat, en hij wil dat ik meega, maar ik kijk dus wel link uit. Je hebt Anna tenminste nog een kaart gestuurd. Mij niets. Je bent een lafaard! Traditioneel: ik haat je. Ik schrijf je dit briefje om je te verplichten mij te schrijven. Pas dan praten we verder. Wat heb je trouwens aan Hille geschreven dat-ie voortdurend de slappe lach krijgt? Toch niks over mij, mag ik hopen? Onthoud goed, vuilak, dat hij meer mijn vriend is dan de jouwe! Je krijgt dit briefje dus van hem, en ik raad je aan er fatsoenlijk uit te zien, want ik krijg nu dus wel te horen hoe je erbij loopt en hoe je eraan toe bent. Schrijf mij gefälligst, Dreckskerl! Vous nous manquez.

Elisabeth van Ameland

Gomorra april 1990

Lieve Lita,

Ik ben net terug en schrijf je snel de wederwaardigheden. (Schaf eens een telefoon aan!) Maak je geen zorgen. Om Victor. Hij woont echt bij een stelletje intellectuelen. Mooie meisjes zonder enige kennis van hygiëne (nou ben ik een liefhebber van jonge meisjes met toefjes, maar wat Parijse dames zich aan wildgroei veroorloven, is zelfs mij te veel), twee jongens die dan wel boeken schijnen te lezen maar die eruitzien als kerels die kleding showen voor foldertjes: schaduwbaarden (gecultiveerd onverteerbaar) en keurig in de kleding. Die meisjes behandelen hem alsof hij een hondje is dat kunstjes kent. Hij schrijft een boek over Kerouac; ik heb erin mogen lezen, het is zo wispelturig dat je er swiemslagen van krijgt. Hij ziet er goed uit. (Ik ook trouwens.) Ik heb dus mijn bek gehouden over de toestand in Oude Huizen, maar niet omdat jij dat nu weer ineens wil, maar omdat ik me niet voor jullie karretje laat spannen. Verder kreeg ik geen hoogte van hem. Hij heeft dus niet naar je gevraagd. Geen één keer. Hij nam me mee de stad door, we zijn in het Louvre geweest. Bij het portret van Johannes de Doper heeft hij me gedoopt met een druppel meegesmokkeld Seinewater. Wat een aansteller. We waren beiden nogal geroerd. We hebben oude tijden doen herleven, zoals dat heet. (Al valt er geen dope te scoren, daar in die stad.) Ik heb hem suf gezeurd om mee terug te gaan, om in ieder geval mijn optreden volgende week bij te wonen en desnoods dan direct weer te vertrekken, maar zonder succes. Stuur maar een bandje, zei de zak. Wat moet ik verder zeggen? Nogmaals: ik begrijp er niets van. Hij heeft mij gelokt met vieze verhaaltjes en vunzige beloften en heeft daarbij ingespeeld op mijn ziekelijke neiging tot roddelen, en toen ik er was, hoefde hij niets te weten. Snap u em, snap ik em. Hij zei dat hij je zou schrijven, maar daar geloven we dus geen fuck van. Je merkt het wel. Ik haal je donderdag van de boot, die van zes uur. Ik heb een kamer voor je gereserveerd zodat je na het optreden met me in de Stad kunt blijven slapen (apart, ja hoor). Hou je taai, ouwetje.

Hille

Parijs aan de Seine, bevrijdingsdag 1990

Nu dan,
Wat zie je d'ruit! Wat is dit? Anoreksia Karenina? Doe godverdomme wat aan je gewicht! Hang niet het Brontë Schwesterchen uit, daar op de woeste hoogten van Ameland. Ja ja, rustig maar. Ik heb naar je staan loeren als een verlegen scholiertje. Incognito in Groningen, een goeie titel voor een slecht verhaal (om met Veen te spreken). Tja, die Veen, op dat podium. Het was niet slecht. Ik kwam binnen (had mijn baard laten staan, en mijn poederpruik op, ahum), schoof aan de bar (de meisjes erachter kennen mij niet meer) en speurde in het rond, en je stond vooraan, en ik kon het niet. Wat voor drama hadden we beleefd als ik het wel had gekund? Antwoord graag! Wat gaat er gebeuren als je me ziet? Ga je traditioneel, en vrij naar het wicht van Veen, naar me staan schoppen? Vlieg je me in slow motion om de nek? (Het verzamelde volk splijt open als de Rode Zee, jij komt het ontstane pad afgerend, ik laat pardoes mijn glas uit mijn poten flikkeren? Men applaudisseert en bevalt spontaan van manifesten?) Na een uurtje ben ik opgestapt en teruggereden in mijn geleende Snoek. Vertel mij dan nu maar wat er loos is.

Ludwig

Ameland mei 1990

Feigling, ewiges Schwein!
Als men op papier kon stampvoeten van woede, dan bij deze. Het is dat ik je ken (ahum to you too), anders had ik dit niet geloofd. Een antwoord? Nu dan: ik was je eerst om de hals gevlogen en was daarna pas gaan schoppen. Zo goed? Mag ik weten welk type breekijzer jij hanteert? Mag ik weten waar je de gore moed vandaan haalt om mij te beloeren en vervolgens te vertrekken? Traditioneel: is dat voor jou zo gemakkelijk? Waar is je gevoel voor drama, voor demonstraties? Waar is je voorkeur voor filmische scènes gebleven? Ja ho maar. In jouw ogen was dit de perfecte demonstratie. Tell me about it, sweetheart! Er is veel dat ik je nooit zal vergeven, maar dit slaat alles! Het volgende is er, meneertje: de Directeur is op sterven na dood. Als je hem nog wilt zien, moet je opschieten. Ik weet niet wat ik nu nog meer moet zeggen. Val dood!
Lisa

Parijs mei 1990

Bret Peksby,
Een aardige show. Ik heb even om het hoekje gekeken. Postmodern, of *Revival*? Van Floyd naar Genesis naar Young naar Sonneveld? Ach & wee: te jong voor de eerste *summer of love*, te oud voor de tweede: de eeuwige herhaling der dingen. Als dat in dit tempo moet, is de werkelijkheid een bromtol. Je hebt zowaar echt een nummer aan me opgedragen. Ik dank je voor zo'n blijk van liefde. Ik dank je sowieso. Dan nu een gunst. Ik moet binnenkort (zo spoedig mogelijk) naar Oude Huizen, ja ja, ik weet nu waarom. Kan ik ervan uitgaan dat jij me met je kar daar-

heen wilt rijden? Een busrit overleef ik niet. Jij mag dan
Neal zijn en aan het stuur rukken, dan ben ik Jack de
Gek. Ik bel naar je hotel met datum en tijdstip. Blijf bij dat
wicht vandaan. Niet doen. Begraaf dat boek!
V.

Parijs mei 1990

Liefje,
Ik kom via Amsterdam naar Oost-Groningen. Wil je me
nog ontvangen? Als je moet studeren, of weet ik veel, dan
reis ik direct door. Je zegt het maar. We zouden samen naar
de film kunnen, en we zouden kunnen kleppen. Als het je
schikt, ben ik er zaterdag.
V.

Amsterdam mei 1990
Telegram
Kom hier! A.

Parijs Printemps 1990

Dierbare Keizerin,
Het zit zo: mijn gevoel voor drama ligt in een kluis op
het cs te Amsterdam, mijn gevoel voor demonstraties
raakt uitgeput. Ik heb je nadat ik Parijs binnenviel geschreven. Je schold terug. Je hebt het huis door de dokter
laten verkopen. Je bent met onbekende bestemming vertrokken. Dit alles stante pede. Zoiets noemt men sporen
uitwissen. Je hebt mij jarenlang met opgeheven vingertje
gewezen op mijn status: homeless & injured (*I had a won-*

derful diehood thanks to my fa fa family, weet je nog?) en toen ik even niet keek, heb je prompt mijn schepen achter mij verbrand. Heb je je ooit afgevraagd of ik Terug zou komen (hoofdletter verplicht, volgens Veen). Dus niet. Zoals zovele gedachten ons gezamenlijk hebben besprongen en hebben gewurgd, zo nam ook deze gedachte ons beiden te grazen: es gibt keine Rückkehr. En in jouw wereld, verzeihe mir, jouw heelal is alles nu juist eeuwig terugkeren. Mutti Mutti, er ist wieder da! Jij dus, opoe, hebt het mij, los van eventuele inkeer en ommezwaai van mijn kant, onmogelijk gemaakt thuis te komen. Heb je hier soms spijt van? Wat zeik je nou, kleine heks! Zelfs in boeken lukt het broer en zus niet om op Ardis te blijven en zoek te raken.

Weggaan, zo hebben de kerels in het dorp mij tot in den treure voorgehouden, is een kunst. En een noodzakelijk kwaad. Vraag hun niet waarom. Vraag het mij. Alle handelingen van helden zijn hoogbejaard. Luister je? Geen toeschouwer die vanaf de zijlijn roept: hoe origineel!

Het broertje had een heilige kwaal/ hij ging op zoek naar een heilige graal/ hopen, zei die, da'k niet verdwaal/ zus bleef achter en zei: ik baal/ ik wil ook mee in dat verhaal/ ze maakte stennis met veel kabaal/ en vroeg zich af: kan 't zijn da'k maal?/ ik, zei de heks, ken perk noch paal/ ik wijs 'm waar ik de mosterd haal!

En wil je, liefje, even de werkwoordsvorm 'kweestte' in je woordenboek opzoeken?

Genoeg gegiecheld? Dan nu de kern van de kwestie: wat moet een oude sater met snode plannen met een meisje dat niet enkel zijn zusje is maar ook nog eens zijn viriele Waterloo? Antwoord graag!

V.

Amsterdam mei 1990

Zus,
V. is hier geweest. Twee dagen. En is daarnet richting Oude Huizen vertrokken. Dit is de laatste keer dat ik je een kans geef, en hem ook. Ik bedoel, dit is de laatste keer dat ik me ook maar iets aantrek van het spel dat jullie spelen. Ik heb wel wat beters te doen. Straks komt Opoe In De Bocht op bezoek. Ook daar ben ik mooi klaar mee. Wat ben ik, een kruispunt? Mocht je het op kunnen brengen naar huis te gaan om hem te ontmoeten, doe dan maar niet geheimzinnig. Hij weet ook wel dat ik je nu schrijf. Wat zeg ik, hij weet beter dan geen ander dat ik je nu schrijf. Als jullie opgedonderd zijn, ga ik met mamma naar onze oude heer. Ik houd haar hier vast tot ik zeker weet dat jullie opgerot zijn. En dit is mijn allerlaatste gebaar!
Anna

Ameland mei 1990
(Ansichtkaart *Groeten uit Nes*)
Lieve Anna,
Ik durf niet meer. Laat ons maar. In een later leven, als we allemaal weer bij elkaar gesmeten worden om deze smeerboel nog eens dunnetjes over te doen, zullen wij je driemaal daags na het eten spijt betuigen.
Kus, Lisa

Rotterdam mei 1990

Lieve Victor,
Ik heb begrepen dat je nu al twee keer in Nederland bent geweest zonder ook maar iets van je te laten horen, of je te

laten zien. Ik vind het heel moeilijk om op deze manier met je over alles te praten, maar als je erop staat verstoppertje te spelen, dan moet het maar zo. Ik wil dat je begrijpt waarom ik niet bij jullie vader kon blijven wonen, zoals ik ook van je verlang (al ben ik jullie moeder!) dat je begrijpt waarom jij niet meer bij Lisa kon blijven wonen. Jullie drinken, namelijk. Hoor je? Jullie drinken! Je vader en jij. Ik onderstreep dit. Alles wat er verder mis kan zijn gegaan, goed, waar twee kijven, hebben twee schuld. Maar als er niet over gepraat kan worden, is alles verloren. Met mensen die drinken, valt niet te praten. Ik ken vrouwen die bij hun man blijven en die doen dat omdat ze bang zijn. Ik ben niet bang. Vroeger niet, nu niet. Ik heb me in mijn lot geschikt. Dat hield ook in dat het genoeg was toen het genoeg was. Ik houd van je vader, maar hij is niet degene van wie ik houd, als je begrijpt wat ik bedoel. Ergens in hem zit zijn oude ik. Als jij zo wordt als hij, zal er nooit iemand bij je kunnen blijven. Dit bezweer ik je. Dat gezuip, zoon, is aanstellerij. Ik haat aanstellerij en ik heb jullie proberen op te voeden met de wijsheid dat aanstellerij de zaken vertroebelt. Jij hebt oog voor aanstellerij, maar je bent zelf, en nu niet boos worden, je bent een enorme aansteller. Ik weet dit, ik zag het vroeger aan je kop, en ik hoef maar aan je te denken en ik weet het weer. Nuchtere Groningers. Er is geen groter misverstand. Maar zo gaat het vaak. Mensen die zich beroepen op een eigenschap, eentje die hun wordt aangepraat, maken er een gegeven van. Begrijp je wat ik bedoel? Er wordt nergens zoveel gezopen en zielig gedaan als onder Oostgroningse kerels. Neem dat maar van je moeder aan. Jij hoeft niet zo te zijn. Dat jij en Lisa, nou, weet ik ook veel. Ik weet dat je om haar geeft, en zij om jou, op een manier die niet gezond is. Maar zulke dingen, dat weet ik ook heel goed hoor, zulke dingen kun je niet zomaar even veranderen. Dat jullie niet meer bij elkaar wonen, vind ik heel verstandig. Maar dat het zo moet als het nu gaat, is niet nodig. Jullie zijn volwassen. Jullie moeten, zo is het leven, ja lach maar, jullie moeten een plek in het leven vinden. Meer is er niet. Als je kinderen hebt, is alles nog veel ingewikkelder. Ik weet dat jullie hebben geleden onder de toestand thuis. God! Iedereen lijdt onder welke toestand thuis dan ook. Toen je vader en ik trouwden, kregen we kinderen en dat was dat (nou ja, het liep wat anders, maar je weet wat ik bedoel). Ik heb sindsdien geprobeerd te begrijpen wat er met je vader aan de hand was. Ik heb het niet begrepen. En nu hoef ik het niet meer te begrijpen. Hij wil niet anders. En ik hoef niet meer. Bekijk goed wat je doet, jongen. Als je nu aan je zwakheid toegeeft, zul je nooit meer in staat zijn om sterk te worden. Dit wilde ik je zeggen. Anna heeft me verteld dat je er heel goed uitzag. Ik hoop het maar. Ik ga je niet smeken mij eens te bellen. Je moet het zelf weten. Maar je bent mijn zoon, en ik denk elke dag aan je.

Liefs, je moeder

Parijs juni 1990
Telegram
Ma, ik heb geen grieven, spijt etc. V.

Parijs juni 1990
Telegram
Lisa. Wat nu.

Oude Huizen juli 1990

Victor,
Wat nu? Ben je je leidradenboekje kwijt? Ik ben hierheen gegaan toen jij weer weg was en toen kwamen Anna en mamma. De dokter zuipt zich langzaam maar met verve het graf in. Drie huilende vrouwen aan de keukentafel. Waar was jij, met je grijns? Misschien overdrijf ik.

Nu ben ik hier alleen met hem, en we wachten tot de Directeur sterft. Hij heeft overigens een huishoudster die hem verzorgt. De man sterft zwijgend.

Onze moeder heeft trouwens voor het eerst van haar leven een poging gedaan mij te troosten. Ik heb de vlag uitgestoken; halfstok. Men moet – haar credo – niet overdrijven.

Op de vraag waarmee je je brief beëindigt, heb ik geen antwoord. Ik wil er ook helemaal niet aan denken een te verzinnen. Dat het bedrijven van de liefde voor jou zo belangrijk is, wil ik best geloven, maar me dunkt dat er daarbuiten nogal een terrein braak ligt dat bemest zou kunnen worden. Niet zo geschokt kijken!

Sorry.

Dat dat bedrijven voor mij niet belangrijk is geworden, dat is toch uiteindelijk wat je dwarszit, is het niet? Jij kunt niet tweeslachtig zijn, en dan bedoel ik niet halfslachtig, laat staan hermafrodiet (of wat je het meest lijkt te verafschuwen: androgyn). Doet Victor aan bloedschande, dan moet dit een gevolg zijn van passie en lust, en niet bijvoorbeeld van passie en overleg. Doet Victor aan verdwijnen, dan moet dit een gevolg zijn van weggaan en alles verloren, en niet van weggaan en bezinning, of afstand en adempauze. Doet Victor aan kunst, dan moet dit een gevolg zijn van Weltschmerz en lotsbestemming, en niet van voorkeur en overtuiging. Ontken dit niet, ijdeltuit!

Doet Victor aan drinken, dan moet dit een gevolg zijn van afkomst en protest, en niet van proberen en mislukken, van moed en angst. Victor wil onherroepelijk leven. Victor lijkt wel een symbool, een jongetje zonder houvast en met demonstratiedrift. (Steek dat maar in je zak!) Victor hangt aan oude riten en weet zich, als een nieuw, origineel verbond zich aandient, geen raad, want er is geen boek waarin hij na kan slaan hoe dit verbond te duiden, hoe het in te kleuren en uit te spelen. Victor is kortom doodsbenauwd voor dat wat zich aandient. (En het leven, sukkel, is dat wat zich aandient.) Zelfs je moeder – hoor je me? – je moeder zou zich erbij neer kunnen leggen. Waarbij? Bij onuitroeibare banden. Bij – hou je vast – symbolische liefde in tederheid. Dat symbolische mag weg van mij, en van jou ook, neem ik aan. Ik heb alle tijd om na te denken, om me te herinneren, om beslissingen te nemen. Maar waarover moet ik nadenken? Zoals ik me je nu voorstel: Je staat vanaf de kansel te Parijs, in die vergenoegde traditie van vaderlandse schrijvers met een allergie voor hun eigen cultuur, met een zure grimas te loeien over alles wat je hebt achtergelaten. Juist die figuren die vertrekken, schijnen nooit hun bek te kunnen houden over wat er gebeurt in het vaderland. Zielig, pathetisch, sneu. Nu ik 'op stoot' ben, geef ik je er ook maar gelijk goed van langs. Er is een voordeel aan een verenigd Europa: straks moeten al die verongelijkte zuurpruimen helemaal naar Afrika om afstand te kunnen nemen. Dat wordt lachen, opa. En ik wil je nog wel even dieper raken: jij met je pretenties hebt verantwoordelijkheden. Jij hebt me altijd voorgehouden dat het van gemakzucht getuigt om je cultuur te verloochenen. Maar jij doet niet anders. Jij hebt me altijd voorgehouden dat het – oude rite – van lafheid getuigt om je afkomst te verloochenen. Jij hebt me aan mijn haren door trotse boeken gesleept. Jij hebt me voorgehouden dat men zijn nest moet haten en liefhebben: de enige kans op ontwikkeling, op zuivering, op evolutie. Ja ja, op papier. Goed hoor. Stel je voor zeg. Wij zouden hoop ontwikkelen, wij zouden ergens naar toe gaan. Naar verlossing. Hoepla. Verlossing, meneertje, is 's ochtends eens lekker schijten. Dat je dat nog eens uit mijn mond mag vernemen, hè? Voor de zoveelste keer: verlossing, zoals dat in jouw boeken staat geschreven, is een sprookje. Dit leven is voetje voor voetje. En als jij mij bij de hand neemt, dan neem ik jou bij de hand (ik weet het, dit klinkt als een liedje); doen we dit niet dan wankelen we gewoon wat meer. Niemand die daar wakker van ligt, behalve jij en ik. Ik weet zeker dat jij er wakker van ligt. Ik weet dit zeker. Als ik kijk naar de dokter en zijn opoe in de bocht, dan zie ik hoe dat wankelen zich ontwikkelt, ik bedoel, in welke richting men wankelt. Men wankelt in kringetjes, tot men gewend is geraakt aan het alleen-zijn. En wat levert dat op? Gaat men 'de dingen doen die men altijd al heeft willen doen'? Mooi niet. Men ontwikkelt trots omdat men niet eenzaam is. Is men niet eenzaam? Niet zolang men dat niet zijn wil, dat is nu juist de prestatie. Maar eenzaamheid is onbelangrijk. Liefde is belangrijk. (Het is allang niet hip meer om hierom te smalen, jongetje!) Liefde, hoor je me? Ik smijt je dit woord naar je kop, en ik deel je tegelijkertijd mee dat ik je zo goed ken dat ik weet dat jij denkt dat je maar één keer in staat bent echt lief te hebben. (Over anderen hebben we het nu niet en nooit niet.) En wie heb jij liefgehad? Dat ben ik dus reeds. Wat moet jij zonder mij? Antwoord graag.

En wat moet ik nu zonder jou? Ik heb zo mijn mogelijkheden (zei ze, naar haar nagels turend). Jij kent die mogelijkheden. Mogen we aannemen. Maar. Ik ben tweeslachtig. Ik wil je hebben. In liedjestaal: ik wil je naast me, als ik je roep. Ik vraag me af of er in deze eeuw iemand anders dan jij is geweest die jaloers was op De Ouwe Sok. Nu ben je ook niet echt jaloers. Du bist verdattert. Jij zult nog beteuterd onder de zoden gestopt worden. En dat is waarom ik van je houd. En waag het niet dit feit op het conto van mijn uit-het-nest-gedonderde-vogeltjescomplex te schrijven!

We hebben, broertje, altijd gebruik gemaakt van gekunstelde dialogen zodra onze liefde ter sprake kwam. Dat is voorstelbaar, maar onvergeeflijk. Er rest ons nu enkel nog naakte taal. Spielerei ist nicht verboten, maar mag nog slechts als ornament dienen, niet als zoenoffer. Ik presenteer je hier een voldongen feit.

Goed, heer. Hier doe je het maar mee. Ik schrijf dit op mijn kamertje. De ramen staan open. Het miezert. De tuin ruikt niet meer zoals vroeger. Mijn hempie is vergaan en mijn tieten gaan hangen. Dat wij hier eens allemaal gewoond hebben, wil niet tot mij doordringen. Zo zie je maar: je bent niet de enige ontredderde.

Ugh! Bloedbroeder,
Lisa

O ja: schrijf mamma. Doe dit!
O ja 2: schrijf Hille, die gaat eraan.

Parijs juli 1990

Moeder,
Gij vraagt erom, en Lisa dringt erop aan. Jij zegt dat je aanstellerij haat. Van wie denk je godverdegodver dat ik die kapsones heb? Juist het feit dat men iemand bezig ziet voortdurend zijn ware aard te onthoofden, maakt dat men zichzelf niet op zo'n wijze wenst te gedragen. Begrepen? Jij zegt dat je niet bang bent. Men moet – dat weet ik beter

dan geen ander – op de vlucht slaan niet verwarren met een moedig optreden. Dat jij niet bij die ouwe wenste te blijven, valt te begrijpen, maar maak er geen eervol vertoon van. Begrepen? Als alles een sprookje was, zou jij hem wel hebben doorzien en hem zijn dorst ontnomen hebben. Als alles een sprookje was, waren jij en ik waarachtige Groningers, volgens de overlevering: nuchter en smalend, nog nooit van het fenomeen 'ijdelheid' gehoord hebbend, laat staan er chronisch aan lijdend. Begrepen? Als je stelt dat er enkel 'een plek in het leven' te bereiken valt, heb je ongetwijfeld gelijk, maar dat is een uitspraak van de mens op leeftijd. Ik ben straks dertig, en wie zegt dat ik er al uit ben of ik überhaupt een plek wil? Ik heb de leeftijd om eindeloos over die kwestie te tobben (men wordt in deze eeuw op steeds latere leeftijd groot) en een jongeling moet doen wat hij doen moet. Waag het niet zoiets een identiteitscrisis te noemen. Een identiteitscrisis overvalt je als je in de zandbak zit op je vierde of vijfde en je je afvraagt waarom het zo echoot in je buik, in het oneindig lege in je binnenste. In de zandbak. Begrepen? Ja goed, ik ben een aansteller. Ik zuip. En daarbij kan ik je melden dat ik in de beste traditie van de kapsoneslijder dweep met de dood. Waarom zeg ik dit? Het maakt die 'plek in het leven' van minder belang, en lacht om de urgentie van de zoektocht. Een leven lang aanklooien is nog een hele kunst. Kijk maar naar je echtgenoot. Die verbruikt liters brandstof, die rijdt één op één tijdens het vegeteren. Jij (en ook Lisa) verdenkt mij van fatalisme. Het is alles slechts een bittere slappe lach. En verder: weet je wat ik doe sinds ik zetel in deze stad? Hou je vast. Ik mis mijn ouderlijk huis, mijn thuis, mijn land van herkomst, mijn familie. Dit is mij allemaal voorspeld door de hoge heren van het dorp. Op een dag sodemietert alles op z'n plaats en dan word je pas echt woedend. Begrepen?

    Liefs, je zoon

Parijs juli 1990

Beste Beam Me Backsby,
Zit je nog in dit lustoord? Ik verneem niks meer van je. Wat gebeurt er allemaal? En vertel me niet dat ik me zorgen moet maken. I hate to be the one who has to say I told you so. Als je niet snel reageert, kom ik je halen.
V.

Parijs juli 1990

My sister, do you still recall
our only youth, we had a ball

Sissi,
Ik buig mijn hoofd. Ik zit in mijn geliefde Bois de Boulogne en weet niets te zeggen. Ik krijg jeuk op onbereikbare plekken van de toon die je aanslaat. (En ik heb dit gevoel nooit kunnen duiden!) Jammer van je hempie, zonde van je tieten. Hoe staat het met je kont? Ahum. De kwestie is dat alles wat men mij voor de voeten zou kunnen werpen, door mij allang tot bobbel is geboetseerd. En die bobbel is kwaadaardig. Uitzaaien maar. Je vraag. Ik leef nu sinds een klein jaar zonder jou, en zie de gezonde blos op mijn wangen, aanschouw mijn huppelpas, luister naar het zachte grommen van mijn talent!

Jij werpt vragen op maar geeft geen antwoorden.

Waarom heb je het huis in de Stad opgegeven? Waarom heb je de Stad verlaten? Waarom heb je me laten gaan zonder veel misbaar? Wat wil je zeggen met je liedjestaal? Heb je spijt? Heb je me verleid? Heb je spijt van het feit dat je me ooit hebt verleid?

Jij smijt mij het woord liefde naar de kop. Toegegeven,

dat komt hard aan. Ik zal proberen een toon aan te slaan die me vreemd is. Ik moet je nu een luguber geheim verklappen. Er is mij een grote vorm van veiligheid ten deel gevallen; er is in mij een onuitroeibare huislijkheid gegroeid. En deze huislijke brandhaard, die ik vanaf nu met mij mee wens te zeulen, is gemis. Puur, pathetisch gemis. Er zal geen plek op aarde bestaan waar ik me niet kan overgeven, en warmen, aan mijn gemis. Begrijp je me? Jij lijdt aan hoop en vertrouwen, je dwaalt over de moddervelden en door de duinen en opeens mis je mij en thuis en vroeger. Je wilt je even aan me warmen, want ik ben het laatste restje vroeger, en ik groei mee met je leven, dus wat let je. Als je warm bent, kun je verder. Mij rest niets dan mijn gemis. Ik zie – het is een versleten vorm van lijden – niets in dit leven. Goed dan: je hebt gelijk, het zuipen is een spel van angst en moed. In een delirium zie je wat sterven is of zijn kan. En sterven is een vorm van geweld die vreugde en gruwel mengt in de meest hysterische vorm die de mens zich voor kan stellen. Doodsangst ken ik niet. Maar een bitter wantrouwen jegens een hiernamaals wel! Als om het hoekje de schoonheid ook geforceerd moet worden, kom ik met een spandoek uit het vagevuur waarop staat te lezen: A Me Hoela! Geloof, liefste, is in mijn ogen angst. Liefste. Angst. En angst kweekt intuïtie. Wij zijn geen dieren (al is het leven dierlijk). Wij delen geen groeiend instinct, al denk jij daar anders over: je hebt me nooit, al ben ik jouw en jij mijn bloed, ook maar een kiem van dit instinct dat jij intuïtie noemt kunnen bezorgen. Enkel jouw bestaan doet me soms geloven in schoonheid die niet in elkaar geknutseld is. Maar stel dat jij je vergist, dat je leeft van een misverstand, een verdwaald, uit zijn baan geschoten spatje licht dat helemaal niet voor mensen bedoeld is, dan zijn we 'er mooi klaar mee'. Probeer me niet meer van jouw waarheid te overtuigen, dan zal ik je nooit meer vragen dat te doen.

Ik weet wat me te doen staat. Ik zal je dit berichten. Ik wil je ook graag zien. Maar dan wil ik ook weer Weggaan. Ik ga mijn kinderdromen vervullen (of door mijn nachtmerries waden), met op mijn rug mijn knapzak, en daarin mijn verlangen naar jou, en het jouwe.

Ich liebe dich,
Ludwig

Gomorra juli 1990

Mienjong,
Wat ik altijd heb gewild: via bokkeblad en *grapevine* ruchtbaarheid geven aan een te Gomorra te verwachten concert van een band waarin een vroegere inwoner van dit gat de dienst uitmaakt. De naam Veen valt. Het wicht leest of hoort dit. De dag is daar. Veen staat op het podium, als *Gonzo the leadguitar player*, en speelt de sterren van de hemel. Men mag massaal een wens doen, dus. De rest is televisie.

Je lot bestieren is nog een hele klus. Dit optreden staat gepland voor augustus en zal plaatsvinden in de open lucht, aan de rand van mijn koloniën, in het park waarin wij etc. Ik ben mijn eigen Carraway geworden, al heb ik mijn oude kameraad en strijdmakker Cobus in de tunnelkroeg ontmoet. Hij heeft getracht mij, als vanouds, weg te jagen naar vruchtbaarder gronden; hij weigert iedere ingreep in de gang van zaken.

Als ik vanaf dat podium bemerk dat zij niet is komen opdagen, smijt ik mijn boek in het publiek.

Bid voor mij.
Veen

Parijs juli 1990
Telegram
Collapsby. Nee! Ik kom je halen. V.

Ameland juli 1990

And who will render in our tongue
The tender things he loved and sung!

Mijn lief,
Kom! Kom kweesten! Ik zal aan duigen liggen maar niet snikken. Ik zweer je dat ik je zal laten gaan. Ik heb de Stad toen verlaten om haar aan jou te laten. Het is jouw Stad. Heb je dit dan werkelijk nooit begrepen? Ik kan dat niet geloven. Ja, ik heb je verleid en ik zal je weer verleiden. Ook dat beloof ik je. (Ik ben nog altijd aan het pil. En jij? Ben jij nog schoon? Laat je je bloed onderzoeken? Ik blijf een praktisch meisje.) God, wat moet ik zeggen. Mijn kont kan er nog best mee door. Hoor. Wat moet ik zeggen? Als jij denkt dat dit alles is: ieder een eigen leven, dan kan ik niet anders dan mij hierbij neerleggen. Neervlijen. Neergooien. (Al heb je natuurlijk afschuwelijk groot gelijk.) Maar je hebt het gezegd. Je hebt voor het eerst in dat leven van jou gezegd dat je van me houdt en ik heb het zwart op wit! En ik beloof je nog iets. Ik zal altijd hier blijven.
Als je schip ons land aandoet, zal ik er zijn. (Liedjes!) De oude heks van Ameland, in haar hutje op de hei. En waag het niet te zeggen dat ik te jong ben voor dergelijke besluiten! Pappa heeft ons de rest van het kapitaal van onze grootouders toegezegd. Iets met belastingen. We krijgen het cash en kunnen het niet op een bank zetten, geloof ik, en straks is de Directeur er ook niet meer om ons te hel-

pen. Straks is onze enige opa dood. Ik ga griemen maar je ziet me toch niet. Beloof me dat je komt! Ik ga over twee weken naar Hille, die heeft een optreden in zijn verloren paradijs. Ik smeek je. Kom daarna naar mijn eiland.
Elisabeth van Ameland

Gomorra juli 1990

Ouwe lul,
Stay away, fat motherfucker!
Waag het niet mijn ondergang te verstoren! Bemoei je met je eigen lange leegte. 'Sta je ervoor, dan moet je erdoor.' In plaats van mij terzijde te staan meen je het beter te weten. Wat weet jij van Teruggaan? Wat weet jij van Voltooien? Je hebt in je armzalige carrière een half boek over een oude beatnik geschreven. Waar slaat dat op? Het leven is een kunstwerk of een prutswerk. Het mijne wordt een drama met een slotzin. Ik beroem mij hierop. En dat is de kunst, vuile Versager: je ergens op kunnen beroemen! Dromen is bedenkelijk, als ik de bijlagen goed heb gevolgd; nachtmerriën niet. En dromen (nachtmerries), old boy, *worden beïnvloed zowel door ervaringen en indrukken uit het verleden als door herinneringen uit de vroege jeugd*, en daarbij, *de meest typerende eigenschap van alle dromen zou moeten worden opgevat als een lamentabele verzwakking van de intellectuele capaciteiten van de dromer, die niet echt geschokt is als hij een allang gestorven* Love-affair *tegen het lijf loopt. Op zijn best draagt de dromer halfdoorschijnende oogkleppen; op zijn slechtst is hij zwakzinnig.* Een dromende Oostgroninger Bink heeft een vermolmd bord voor zijn kop, waarop in afbrokkelende letters geschreven staat: '*Verboden Toegang (art. 1, wetboek van Veen)*', en: '*wie dit leest*

is gek'. Als ik ooit wakker word, dan is dat dood, drijvend in een vijver, met een kogel in mijn donder. Geef toch toe dat je me benijdt! Als mijn leven nu in Het Grote Boek zou worden bijgeschreven, heeft het veel meer verhaal dan dat van jou. Op je neus, ouwe reus.

Ik heb, by the way, de zaak in de Stad voor je geregeld. Contract stuur ik mee.

Ik houd me schuil op mijn hotelkamer tot de dag des oordeels. Af en toe komt Cobus me een tijdje voor mijn bek slaan. Je hebt ook dat type bink dat ondanks vergane glorie geen heimwee heeft naar de pleinen van onze vermoorde school. Maar dat me dat imponeert, nou nee; het bedroeft me. Jij hebt geen weet van de romantiek van schoolpleinen (hoe weerzinwekkend de school ook is waartoe deze pleinen behoren), en daarom, alleen al daarom, begrijp jij er niets van. So fuck you! Vertel mij maar eens hoe gaat het tussen jou en je liefje. Ik verneem nauwelijks nog iets van haar. Zo is het altijd gegaan: ze had enkel tijd voor mij als ze geen tijd wilde hebben voor jou. Ik begrijp dat er iets gaande is. Mooi zo. Straks, ouwe, moet jij hier de zaken van mij overnemen. Of je nou wilt of niet. Adel verplicht.

See you in hell,
Veen

Parijs augustus 1990

Zusje,
Ik ga deze stad verlaten. Cowboy Veen heeft voor mij een huisje aan een spoor gehuurd.

Ja, ik ben nog schoon. Ik ben niet enkel kuis, maar sinds ik weg ben gegaan, ben ik celibatair. Ook de pest dwingt ware liefde af.

Jij zult helemaal niet aan duigen liggen! Jij bent niet stuk te krijgen, dat is het ergerlijke, soms. En om de Directeur moet je niet treuren. De man is rijp voor de dood. Veen heeft mij indertijd naar Oude Huizen gereden. Hij is in Stik gaan zitten, en ik ben de Bank binnengegaan. Dat gedrocht van een huishoudster vroeg me wie ik was. Ik ben zijn opvolger, zei ik, zijn geesteskind. Het mens wilde de politie bellen. Ik ben, als in een slechte film, langs haar gelopen, de gang op, de kamer in en heb de deur achter me op slot gedaan. De dood kleineert: het enorme van de man was verdwenen en hij was klein en broos en dit, heksje, vind ik blasfemie. Grote mannen zouden op hun sterfbed moeten groeien. Sprookjes. Ik zat aan het bed en hield zijn hand vast. De man huilde. Was het verdriet, woede, of uitputting? Hij had geen pijn, er was niemand die hij achter zou laten. Huilde hij van vreugde? Ik durfde het hem niet te vragen. Was hij bang? Ik durfde het hem niet te vragen. Zwijgend hebben we een halfuur laten verstrijken. Toen ik opstond, durfde ik niet te vragen of ik iets kon doen, moest doen. De afstand tussen een oude man en een kleine jongen is, als men samen op de aardappelen staat te pissen, te klein voor woorden. De afstand tussen een oude man en een jongeman in een kamer waarin op de dood wordt gewacht, is te groot voor woorden. Ik haat het leven. Hij hield ervan. Ik had hem willen vragen waarom, maar ik wist het al en heb het altijd geweten. Hij koesterde het en smaalde erom, zoals hij smalend de nukken van zijn vrouw koesterde. Verbeten koesteren, teder smalen. Dat is een mengeling die me duizelig maakt van bewondering. Dat is, als je me dit toestaat, een mannelijke houding. De mannelijke houding. Zijn blik ten afscheid was, hoe zal ik het zeggen, drukkend. Niet schreeuwend, niet dwingend, niet smekend, vooral niet smekend. Drukkend. Ik meende te lezen (maar waar kan ik dit naslaan?):

zorg voor hen, of zorg voor het. Het. Zorg ervoor. Ik weet het niet. Zorg. In mijn eeuwige theater was hij de Godfather, ik de verloren zoon. En ik beloofde in onhoorbare woorden dat ik zou Zorgen. Iedereen heeft een aanleiding nodig, of een zet in de rug. Er is maar één mens van wie ik altijd in alle eenvoud heb gehouden, en dat was hij. Ik zou kunnen zeggen omdat hij mij serieus nam en meer van die nonsens, maar dat was het niet. De man nam 'het' serieus in mijn nabijheid, al toen ik als peuter rondkroop in de Bank. Hij slaakte diepe zuchten in mijn nabijheid en maalde niet om het feit dat hij wist dat ik die zuchten lezen kon. Hij wist dat zijn zuchten voor mij minstens zo leesbaar waren als zijn woorden, of leesbaarder. Begrijp je me? Hij liet mij het leven van de man op aarde zien. Naakt, zonder kostuum, zonder rolverdeling, zonder mij als publiek te beschouwen. Dit is van een onuitspreekbare eenvoud. Dit kan niet binnen een familie. Wij hadden geen band. Wij hadden een pact. Wij zijn mannen. En zoiets schept geen band, maar een verplichting; een beter woord schiet me niet te binnen. In zijn nabijheid ben ik altijd man geweest. Begrijp je me? Hij vroeg me niet op mijn benen te staan. Ik ging op mijn benen staan en hij knikte: ach ja, zo gaat dat. Ik kan het niet uitleggen. Ik zal hem niet missen. Ik zal hem gedenken in mijn stappen. Ieder zoekt een leermeester. De mijne heeft altijd naast me gewoond. Ik heb hem niet gezocht en hij heeft mij niet verkozen. We deelden de schaduw van dezelfde haag van kastanjes. Ik 's middags, hij 's avonds. En tegen zessen viel die schaduw achter ons tweeën en piesten wij op het aardappelveld. Meer kan ik er niet over zeggen. Enkel het toeval bedeelt ons met rijkdom. En het toeval is een gedaante van het lot. Men kan het lot vervloeken. Men hoeft het lot maar één keer te kunnen danken om door te kunnen gaan. Een zet in de rug en dan het leven kneden. Ik heb mijn zet aan zijn sterfbed gekregen. Ik ga mijn leven kneden, al haat ik het en zie ik dat wat ik scheppen zal met louter angst tegemoet. De enige echte vorm van protest, van godslastering, zo zie ik het nu, is eenvoudig een kerel te zijn. Een kerel zijn is kunst. Enkel talent verplicht tot verantwoordelijkheden; het is een gegeven. En een gegeven mag men niet verdoezelen, want dat leidt tot het afblazen van de jacht. En er moet gejaagd worden. De jacht is de wraak, of het doel, van de hopelozen: het bindt hen aan de aarde. Ik zal nooit meer vergeving vragen voor mijn pathos. Mijn geest beschilder ik in oorlogskleuren.

Jij bent mijn enige liefde, en ik zal je weerzien. Some day, somewhere, in een of ander lied.

Ludwig van Groningen

Vierde boek

Stürmisch bewegt

... en daar, waar ik was, en het is zomer en de zon schijnt maar ik voel geen warmte, en het land is daar, achter de huizen, en vanaf hier zie je het moeras, en de modder, en de meeuwen krijsen vanaf de kerktoren. Meeuwen kunnen niet stilzitten, maar vandaag... en het was een lange sliert, herinner ik me nu, en de klokken van het kerkje luidden zwaar zodat alle muren van Oude Huizen trilden. En het was prachtig, die sliert die door het dorp stapte, en toen ze de Hoofdweg overstaken sloot ouwe Bu zich aan, onder afkeurend gemompel, die NSB'er – het was oorlog, en ik zei tegen hem: 'Niet om t een of t ander, mienjong, mor waisttoe wel da'st het hailemoal verkeerd zugst, dat mit die Duutsers, ik beduil, kis't nou nait begriepn dat hou laang et ook duren goat, zukke minsen goan d'raan, dat kin ekke sukkel toch zo zain,' maar hij was nou politieagent en dat beviel em, en och, hij kneep wel 's een oogje dicht, maar discussiëren kon hij niet, en hij ging niet weg, later, en nou sloot hij achteraan in de rij, en dat is prachtig, maar ook verdrietig. Ik ben nog nooit in een kerk geweest, maar dat kloklawaai vind ik mooi. Da's voor mij. En voor mijn graf staan de zusjes Prins, grienen, grienen, nou nou, wat zijn het mooie wichies, net als hun moe, god wat een wichje was dat, en, ik herinner me: er waren geen kinders, geen kinders meer, en als Prins ook weg was gegaan, hadden we nooit geen kindertjes meer gezien in Oude Huizen, maar hij kwam terug, en kocht het huis op de hoek en ik was blij want het was een hele beste vent, en van de tuin begreep hij niks, en dus gaf ik em eerappels en zo en dat wichje, zijn vrouw, dochter van Zonnebloem, boer tegen wie ik u moest zeggen, in t begin, want t was n dikke boer, dat wichje kwam zwanger weerom, van Amsterdam, en elk ander was weggegaan, maar hij niet, en zo kwamen er kindertjes in Oude Huizen, en we hadden al sinds '60 geen school meer, en het was azzof het hele dorp bevallen ging, en Victor had na een week al twintig opa's en oma's – Prins is direct somber geworden, na de geboorte van Victor. Victor is in de plee van een trein gemaakt. Waar is Victor? Wij hadden feest, en Prins zat te zuipen in Stik, en ik zeg tegen em: 'Wat is d'r nou, mienjong, het kereltje is toch wel van die, of nait.' En hij knikken, ja ja. En ik: 'Nou dan! De tied om aan de Solex te knutselen ligt achter die, mienjong, kop d'rveur!' Mor hij was dokter, en zijn pa ging dood en zijn moe ging dood, ook boeren, en hij kreeg al dat geld, en ik zet dat voor em op de bank, weg met dat geld, en ik zeg: 'Of wost'oe nait trouwen?' En hij: 'Jewel.' En ik: 'Nou den!' En hij – en hij is alweer zat. Weer zat. Het lijkt wel of ik in de boom hang. Ze laten nu muziek horen. Tja, dat hoort d'rbij. Toen Anthia stierf, had Victor ook muziek uitgezocht, heel treurig en langzaam. En ik dacht, dag dag, eindelijk weg, want ze was zo ziek en als het leven op is, is het op, en da's dat. Meer is d'r niet. En Victor zei: 'Nou is ze thuis.' En ik zeg: 'Wat?!' 'Nou is ze thuis,' zegt hij. Ik zeg: 'Hoe kom je d'rbij!' Ik zeg: 'Ze is dood, mienjong,' en hij kleurt rood en zegt: 'O ja, tuurlijk.' Ah! Ze gooien zand over de kist en ik voel niks, en Prins en zijn zonnebloempje staan vooraan, want, ach, 't bennen eigenlijk kinders van ons geworden, want Zonnebloem en zijn vrouw gingen ook vroeg dood. En zij was kapot, dat mooie mooie wicht was kapot – vroeger, zo'n flink stuk na de oorlog, Prins en zijn zonnebloempje, zestien en vijftien, aan 't vrijen in 't veld, en wij: 'Die gaan trouwen.' Dat kon je zien, bij sommigen kun je dat zien. Zo mooi, zoiets, zo mooi is dat. Toen waren d'r veel meer kinders. En tijdens dorpsfeest, vlaggetjes, vlaggetjes, was zij de prinses, op de mooiste wagen, tussen de bloemen, en hij d'rachter aan, en die vlaggetjes leken elk jaar minder op vlaggetjes, meer als stukkies papier, en, ach het land...

... hé, ho 's even. Ze gaan weg, en ik, waar moet ik naar toe. Ik wil niet weg, ik wil niet weg, ik wil niet weg. Land. Het kerkhof ligt aan het moeras en alles is zwart, daar, en alles is straks weer zwart en modder, maar nu is er nog land en groen en de sloten en de – en toen was er altijd dat land tot aan de einder, en als de jongens hooien gingen – ik was geen boer, en toen pa doodging, was ik alleen, met moe, en ik zat met de varkens en de tuin en ik ging naar kantoor, op Woudbloem, en ik kon altijd wel grienen om de zomer. God, kerel, ik hang in n boom!

... alleen en het kerkhof is stil en dit is mijn land en ik heb ook een dorp, een eigen dorp, Oude Huizen, en er is nooit meer aangebouwd zoals overal in de omgeving, waar alles verknoeid is, in dorpen waar ik kwam, want ik ging bij ze langs, om een koe te schatten op kapitaal en zo, en ik zeg u tegen ze, maar toen alles anders werd en al die boeren arm werden, kwamen ze bij mij met de hoed in de hand, en ik heb nooit, maar ook nooit geglimlacht, want Anthia zei: 'Dat dust nait. Dat dúst gewoon nait.' Want alles goat kapot hierzo. Nou, kapot... minder. En ik wil hier niet weg. God, kerel, wat kan ik ja janken. In een boom hang ik... en de doodgravers kijken wat naar mijn graf en roken sigaretten en daar, kijk daar komt hij aangesukkeld, Victor, jongen, ik dacht al, en hij kijkt naar de meeuwen op de kerktoren, ja mienjong, die zitten stil, en hij kijkt naar mijn graf en hij maakt een gebaar, zo'n gebaar, met een vinger vanuit de heup: moi hè. Ik dacht al. Ik heb je toch gezegd – heb ik je gezegd? – ik heb je toch gezegd:

'Overnemen die handel, want je pa, die is zo dood.' En god, kerel, wat klinkt daar toch in je kop, en hij is onrustig en hij wou zeker niet bij zijn zusjes staan, met dat gejank en zo, en hij keert zich om en slentert weg en in zijn kop klinkt lawaai en op de Hoofdweg is het stil en leeg en in zijn kop klinkt: and I wondered how the same moon outside, over this Chinatown fair, could look down on Illinois, and find you there... wat nou, mienjong, China?

... ze zitten aan de keukentafel en ik kleef aan t plafond. En Liesje, mien laifke... zoiets moois had ik nog nooit eerder gezien, zoiets moois, als een kind dat was komen aanlopen uit een wereld die nog niet ontdekt was, als een eerste van een hele ploeg die komen zou... je verwachtte ze elke dag, en ik stond met de jongens op het land, en daar kwam ze aan, oud hemd, kapotte knieën, niet bruin maar wit en toch zwart op de schouders, en een blauw oog en ik zeg: 'Hestoe vochten?' En zij: 'Neu.' En zij keek mij aan, en ik geef de jongens sigaretten en zeg voor de grap: 'Ook aine?' En zij knikken. En met zo'n dikke sigaret in de mond, hè, zes jaar oud, en maar kijken naar de jongens. Uren. Ik zeg: 'Mooi hè, hierzo.' Weet niet waarom ik dat zei. En zij: 'Jaaa.' Ik zeg: 'Wat is d'r nou zo mooi aan.' En zij, zes jaar: ''t Is niet om te wonen maar om op te lopen.' Zes jaar! Ik zeg: 'Zo is dat.' En zij klimt op de combine en kijkt naar de jongens, met die sigaret in de mond, als een oude kerel, met de ellebogen op de knieën. En nou zit ze aan de keukentafel en de hond blaft en springt en ze ziet Victor op de drempel, en ze wil opstaan maar blijft zitten en de familie kijkt naar hem en hij durft gewoon niet binnen te komen en Prins zegt dan: 'Zo?' En Liesje wil opstaan maar het lukt haar niet. Het waren vreemde kinders. Zo alleen. Als je dat kunt zien, als een kleur, dat allene, dan moet je vaak slikken. Ik moest vaak slikken als ze bij me waren. Kleine Fikkie, op de knieën in de bank, urenlang, nooit een woord zeggen. Zukke ogen in de kop. Ik zeg: 'Wat zie je allemaal, kereltje?' En hij: 'Pozzegels.' Ik zeg: 'Pozzegels?' Hij knikt. Ik leeg een oude postzak op de grond, en de wichter maar lachen, maar dat leutje jong uren in de weer met die pozzegels op al die ouwe brieven. Ik zeg: 'Wat zie je allemaal, mienjong?' Hij klimt in het raam en wijst naar buiten en zegt: 'Wat is daar?' Ik zeg: 'Zomer.' Hij knikt, ook al als n oude kerel. Hij zegt: 'En wat daarachter?' Ik zeg: 'Herfst, maar die moet nog een heel eind lopen.' En hij: 'Wanneer komt die dan?' Ik zeg: 'Over tien weken.' En hij: 'Stom hoor.' Ik zeg: 'Mag die niet komen?' En hij schudt nee, nooit niet. En kwaad kijken, net zijn pa, geef hun een geweer en je weet niet wat d'r gebeurt. En nou klinkt in Victors kop rare taal, nog steeds over China. En Lisa rent naar boven, en hij d'rachter aan, en Anna begint weer te huilen, en ik lig op de grond van Liesjes slaapkamertje, en dan slaat Liesje hem voor zijn kop. Wat is dat? En die kleur van dat allene maakt allemaal mist in dat kamertje. Ik moet slikken. 'Waarom kom je nu pas?' zegt Liesje, 'waar ben je geweest, vuile vuile klootzak!' En hij zegt, nee denkt: heel dicht bij. En zegt: 'Meppen maar weer,' en ze slaat hem nog een keer, nou nou, en zij kan verschrikkelijk huilen. Verschrikkelijk. Ze is als haar moeder: altijd heel ver weg. Zonnebloempje was vroeger altijd met haar gedachten weg. Ik kwam bij haar pa, en daar stond dat zestienjarige ding met haar kop tien kilometer in de wolken. Bang werd je ervan. Van Liesje word je niet bang, maar verdrietig. En nu giert ze van het janken en Victor staat daar maar, bleek, met herrie in de kop, en dan omhelst hij, en zij ook, en dan kussen ze. En dan laten ze los en hij strijkt over zijn haren en zij kijkt hem aan alsof ze zo weer gaat slaan en dan lacht ze heel triest door haar tranen en dat vind ik prachtig om te zien. Want zo is ze. En dan sist ze door haar tanden: 'Lafaard!' En hij knikt en beneden aan de keukentafel zitten Prins en zonnebloempje en Anna stil te luisteren naar wat er boven gebeurt. En dan pakt Victor Liesjes hand en zegt: 'Kom.' En ze gaan weer naar beneden, en ik sodemieter weer door het plafond. Ik wil niet weg. Ik blijf hier. In dit huis is heel veel ruimte. Prins, die in zijn lijf een smak maakt als hij Liesje ziet, zegt: 'Liesje lieverd, schenk 's wat in.' En zijn zonnebloem houdt zijn hand vast en dat is heel lang geleden, want hij is er verlegen van, en hij is al bijna dood, die Prins, jonge, kerel, wat doe je jezelf aan. Ik weet het. Als je zo in mekaar zit, zo van: ik wil dit niet. Wat niet? Dit. Wat? Ik wil geen kind hebben. Ik weet het. Ik wou het zelf ook niet. Heel lang dachten we dat na de oorlog de oorlog weer zou komen. Niet van de moffen, maar van de rooien, de gekke rooien, niet een oorlog hier, maar zo dat iedereen het zien kon, met vliegende bommen, zoals de V's van Hitler, ik zei tegen Anthia in de oorlog: 'We wachten,' en na de oorlog zei ik weer: 'We wachten.' En dat heb ik altijd gezegd. We wachten. Het deed haar veel verdriet. Tot Fikkie kwam. Toen was het over, maar dat was pas in '61...

... 'Hij woont weer in de Stad,' zegt Liesje tegen haar ouders, 'en jullie wisten dat, of niet soms!' Maar zij wisten dat niet. En zij kijken naar hun zoon... het is een beste jongen. Maar in zijn kop zit het niet goed. Nooit gezeten ook. Je wordt er naar van. Dat is alsof het op knappen staat. In zijn kop: alsof het bad overstroomt en het water door het plafond langs de muren druipt. Dat gulpt en gulpt. Prins zegt: 'Nou, chef, zeg 's wat.' Victor zegt: 'Nou eh, ik heb een reis gepland, ik ga eh, naar waar het front is.' En ze kijken hem aan, en Liesje en Anna huilen weer, en Victor glimlacht, denkt: oorlog, oorlog, oorlog. Maar ik zie dat hij denkt dat als hij het front zou vinden – is er oorlog? –, dat hij zich door zijn kop zou schieten. Uit moed. Ik wil nu mijn hoofd schudden. 'Ik lul maar wat,' zegt Victor, 'hoe is het Veen vergaan?' Niemand zegt wat. Ze drinken, en zonnebloempje houdt Prins zijn hand vast. Ik laat mijn land niet los. Nee, toch niet, door zijn kop schieten. Waarom zou hij dat doen? Hij denkt: liefste, mijn liefste, en hij wordt warm, strijkt Liesje door haar haren, en niemand zegt wat. En wat is dit? En die kleur van hem en Liesje. Als de nevel 's ochtends op het land, na een koude nacht in een hete zomer...

... 'Denk je dat hij in de hemel is?' vraagt Anna aan Liesje, en die zegt, ineens heel kalm: 'Ja, wat dacht jij dan, idioot?' In de hemel? Ik ben al dagen bezig dood te gaan en het wil maar niet lukken. Ze drinken. Ze hebben verdriet om mij. Het zijn heel lieve kinderen, alle vijf. Altijd geweest. En zo mooi, je hebt mooi en mooi. Liesje is nuver, en komt ergens vandaan. Alsof ze na een wandeling van jaren kwam aangelopen, in haar oude hemd, met een blauw oog. Victor strijkt over zijn haar. Hij krijgt een tik van Liesje. Ze glimlachen en worden warm, en heel gelukkig. Hun kleur vervaagt. Ze drinken. Liesje zegt, na een laatste snik: 'En opoe, wat doe jij zoal?' Zonnebloempje kleurt. 'Zeg,' zegt Prins verlegen, 'gedraag je een beetje, wil je?' Als Prins mijn zoon was geweest, wat had ik dan kunnen doen? Ik hoor de smurrie in zijn kop. Ik hoor het, als een laars in vette modder. Het is heel simpel: er zijn er die willen leven, ze worden door de toekomst opgevreten, en er zijn er die zich uit de bek proberen los te rukken. Die het kauwen voelen. Dit is heel erg. Victor voelt het kauwen, wil niet ontsnappen, wil niet opgevreten worden, wil dat kauwen blijven voelen, doodsbenauwd om doorgeslikt te worden, doodsbenauwd om uitgespuwd te worden. Wat nu, mijn jongen. Prins is uitgespuugd...

... Prins en zijn zonnebloem gaan in de tuin zitten. Liesje gaat telefoneren. Anna en Victor gaan naar boven.

Ik laat het plafond gaan en vloei over de trap achter hen aan naar boven, ben opeens op de zolder, blijf hangen in het luchtledig. Ze zitten aan een barretje. 'Hoe is het nou met jou?' vraagt Victor. 'Stel je niet zo aan, joh,' zegt Anna. Onbegrijpelijk kind. Altijd al geweest. Victor heeft een fles meegenomen. Hij drinkt als zijn vader, maar in zijn kop zit het anders; hij lacht nu in zijn hoofd. Anna huilt weer, heel zacht. 'Mag ik bij je komen logeren?' vraagt ze. Victor staat op, tilt haar van haar kruk, ze slaat haar benen om zijn middel, hoofd op zijn schouder, en laat zich wiegen. Zo was ze vroeger nooit. Zo klein. 'Liefje, je moet niet zo verdrietig zijn om de Directeur.' 'Ben ik ook niet,' zegt Anna, 'niet alleen, jullie zijn hier, en als ik niet oplet, zijn jullie zo allemaal weer verdwenen en ik had altijd gedacht dat het me niks kon verrotten en nou zie je maar weer.' Victor zet haar weer op de kruk, giet zijn glas leeg in zijn keelgat – ik zou d'r ook wel een paar lusten; die smaak van jenever in je keel – en zegt: 'Men wordt oud, en sentimenteel, geeft niet hoor, morgen heb je d'r wel weer genoeg van.' 'Is dat zo?' zegt Anna met een snik die uit haar maag lijkt te komen. 'Ik hoop het voor je,' zegt Victor en haalt zijn schouders op, en het is niet zijn stem die in zijn kop gilt: shore leave, shooore leave! En dat is wat in zijn kop zit: onbegrijpelijke herrie waarin af en toe onbegrijpelijke woorden opduiken. 'Ga je echt op reis?' vraagt Anna. Victor knikt, strijkt over zijn haar en steekt een sigaret op; ik probeer die rook op te snuiven, maar het lukt niet. 'Waarheen?' 'De Weimar.' 'Hè?' 'Berlijn.' 'O.' Dat wat in Victors hoofd klinkt, zwelt weer aan. Het klotst langs de muren naar beneden. De Weimar? Lisa steekt haar hoofd door de vloer, ik krul me om een balk. Wat een lawaai! Ik denk dat ik hier blijf. Het huis durf ik niet in. Wat gebeurt er in míjn huis? 'Ik zal zeker maar opdonderen,' zegt Anna met een snik die uit haar maag komt. 'Doe dat,' zegt Lisa.

Dat is Liesje: als een mes door een varkensstrot. We smokkelden de varkens van Slochteren naar Oude Huizen, in de schemering, achter op de fiets, Zonnebloem had de slappe lach en viel met zwijn en al in de sloot; in de biljartkamer slachtten we het beest, op oude kranten; iedereen kreeg wat, nooit iemand honger geleden in Oude Huizen, op kantoor vervalsten we de boel. Geen zenuwen maar ijs in de kop. Moffen waren de domste mensen die we ooit hadden gezien, smerig, gemeen, stinkend en dom. Die Hitler, dachten we, moet wel een heel raar kereltje wezen. Het kleine jodinnetje ging na de oorlog weer weg. Anthia heeft een jaar gehuild. Ik zeg: 'We wachten, we wachten nog.' 'Zo, meneertje,' zegt Liesje, warm, heel warm, 'en nu voor de draad ermee.' Anna is weg. 'Kinderdromen,' zegt Liesje. 'Tja,' zegt Victor. Ze zijn heel verlegen. Wat is dit toch? Ze zitten aan een barretje en kijken elkaar aan als, als... alsof ze net uit het veld komen waar ze hebben liggen vrijen! Ik zie het in hun koppen: ze zijn verliefd! God, kerel, ik zie het aan die kleur die nu verandert. Dat allene waait weg. Ze glimlachen. Hou me vast, lees ik in die koppen. Maar ze zitten stil en ik ga in een hoek op de vloer liggen. Ik heb de liefde altijd mooi gevonden, om naar te kijken. Het is zo... eh, zo van... de wereld zit er stikvol mee, vooral op televisie. t Is een warme wind die overal waait en geen hond die em stil krijgt. Waar ik nu ben, is het warm en waaierig, en toch ben ik alleen. t Is hier erg prettig, dat doodgaan is niet slecht. Het duurt alleen zo lang. Sterven, da's wat anders: da's eh... azzof je in lauwe modder wordt gezogen. Maar dan, heel vreemd, hoor je een zuigend geluid en plop je uit die modder en, da's nog gekker, ligt je leven boven op je leven en zie je van alles uitsteken, zo van eh... dat en dat en dat had ook gekund. Wat ik zag, was dat we kinderen hadden kunnen hebben en of moeten hebben, ik weet het niet, en dat die kinderen, twee geloof ik, dat een zoon nu in de bank zou wonen, en nog een kind die zou... ik weet het niet meer. En dat ik, nee, wij weg hadden kunnen gaan, naar een ander dorp, waar aangebouwd werd, maar dat zag ik zo, dat had niet gemoeten, want dit is mijn dorp, mijn dorp, en mijn land, en ik wil niet weg, want de zomer is nog bezig, en hooien – en Liesje zegt: 'Nou?' En Victor leegt zijn glas en zegt: 'Ik woon aan het spoor.' 'Ja, eikel,' zegt Liesje, 'schijtlaars, en wat was je van plan, hè?' Victor haalt zijn schouders op en strijkt door zijn haar. 'Laat dat,' zegt Liesje zacht, en tranen lopen uit haar ogen en ze huilt niet eens. 'Niet doen,' zegt Victor. Ik moet slikken. Net televisie. 'Zeg dan wat,' zegt Liesje. 'Hoe is het met je tieten?' vraagt Victor. Nou nou. Ze lachen, en ze omhelzen en kussen, en het is vreemd maar prachtig mooi. 'Hou nou op met dat gejammer,' zegt Victor en drukt Liesje met zijn handen op haar schouders op haar kruk. Liesje zegt niks maar laat tranen lopen, en in Victors kop wordt de herrie anders, rustiger, en ineens weet ik het: het is muziek. Kampioen van het jengelding. Het is muziek wat daar steeds uit die kop wil lopen. Liesje drinkt nu ook. Uit zijn glas. 'Hoe is het Veen vergaan?' vraagt Victor. Liesje haalt, heel mooi, haar neus op, gooit met haar haren, en steekt een sigaret op. Ik ruik niks. 'Ze is komen opdagen,' zegt Liesje, 'ik heb haar gezien, ze is vijfentwintig, zwanger, en ziet eruit alsof ze zestien is, oneerlijk gewoon, Hille speelde goed, maar bij Cortez the Killer ging het mis, weg stem, je weet wel: d'r zit zo'n zinnetje in dat nummer, 'k weet het niet, en jongen, ik ben dat park uitgerend en heb de eerste de beste bus genomen, ik kan veel hebben, maar dit was te ziek voor woorden, die arme jongen, het was wal-ge-lijk!' Victor knikt. 'Daarna heb ik honderd keer naar het hotel gebeld.' Liesje haalt haar schouders op en schudt haar hoofd. 'Moeten we hem gaan zoeken?' vraagt Victor. Lisa knikt.

'Zal ik z'n ouders bellen?' Lisa knikt weer. 'Vertel nou,' zegt ze dan. Victor denkt: daar gaan we dan. 'Ik ga naar Berlijn.' 'Wanneer?' 'Over een week of twee.' 'Alleen?' Victor knikt. 'Mag ik niet mee?' Victor zwijgt. Liesje zucht, kijkt naar hem, zegt: 'Maar wat ga je daar dan doen?' 'Inspiratie opdoen,' zegt Victor. 'Wat?' 'Ik ga het nachtleven in,' zegt Victor, 'er is daar cabaret, echt cabaret, en de musici trekken naar die stad.' Liesje laat haar tranen lopen. Veel tranen in dit huis, heel veel tranen. Voordat Prins het kocht, woonde er heel lang niemand. Omdat het zo'n donker huis was, dacht ik. En vochtig. Daarvoor woonde er een andere dokter. Dokter Oudenaarde. Stierf in '54. Ze houden elkaar bij de hand. Verlegen, nee, onrustig. In zijn hoofd: and I know she's living there and loves me 'till this day. Hij vraagt: 'Wanneer ga je weg?' 'Morgen,' zegt Liesje, 'ik wil bij pappa en mamma blijven tot morgen.' 'Aha,' zegt Victor, 'en eh... hoe is het nu?' 'Hoe bedoel je?' Ze klinkt alweer kwaad. Haar mond een lange dikke streep. Victor zwijgt. 'Vraag het dan!' zegt Liesje. Victor zwijgt. 'Of je welkom bent!' zegt Liesje. 'Ben ik welkom?' 'Welzeker, onbeholpen mietje!' 'Pardon?' 'Aansteller, halfzachte idioot, gebrekkig zwijn!' Nou nou. Ze lacht alweer. Hij ook. 'Waarom ben je niet gekomen, na je brief?' 'Moest dingen regelen.' 'Ja ja, opa, en God is dood, weet je dat ik in de Stad gezocht heb? Als die gekke cowboy van ons, over de markt turen en zo?' 'Mmm.' 'Mmm, zegt-ie!' Victor staat op, loopt door mijn bungelende benen heen, gaat muziek opzetten en pakt dan Liesjes hand. Ze dansen. Ze lachen. Ze gaan trouwen, zoveel is zeker...

...en ik vloei door het dakraam en hang boven de tuin en bungel in een berk en voel de zon niet. Er is een echo in mijn buik. Voor het eerst een naar gevoel. Ga ik dood? Ik laat niet los. Nooit niet. Mijn buik huilt, nee, jankt als een hond in de verte. Ik ken dat geluid in mijn buik, maar weet niet meer... Prins en zijn zonnebloempje en Anna en hun hond zijn onder mij. De stilte hier is goed en mooi en zonnebloempje zit er ook rustig bij, maar in haar hoofd zegt iets, zijzelf dus: ik ga weg, ga weg, ga weg. Ik moet weg. Dat zegt ze. Maar waarom wil ze weg? Ik ga onder een boom liggen en hoor door alles heen het lawaai in Victors hoofd, alsof het door het huis spoelt. Ik zie hem dwars door muren heen in de voorkamer staan, waar hij van die begrafenismuziek opzet en de telefoon pakt. Ik kijk dwars door het huis heen en zie Café Stik lonken. 'U spreekt met Victor, is Hille bij u?' Stem in zijn kop: 'Hille? Nee. Hoezo? Die is hier niet, hoor. Die zit dacht ik in de Stad.' 'Weet u ook waar precies? Ik bedoel, waar hij woont in de Stad?' 'Tja, gewoon, in de Ooststraat in de Indische buurt, daar woont hij al jaren.' 'Hij heeft toch opgetreden, met zijn band, in het park?' 'Ja, dat was een paar weken terug. Sindsdien hebben we hem niet meer gezien.' 'U hebt echt geen idee?' 'Nou, nee, maar als we hem zien, moeten we iets doorgeven, of zo?' 'Zeg hem maar dat hij contact op moet nemen, met Ameland.' 'Ameland?' 'Hm.' 'Nou, da's best, Victor, zei je niet?' 'Ja.' Victor gaat in de voorkamer zitten en ik hoor hoe de muziek botst met de herrie in zijn kop, als kruiend ijs bij het waterwerk. Het lawaai maakt dat zijn vader opstaat en gaat kijken waar het vandaan komt. Prins loert om de hoek van zijn eigen voorkamer. 'Gaat het, jong?' 'Best.' Prins gaat zitten. En in de tuin zegt Anna tegen haar moeder: 'Blijf je nu een tijdje?' En zonnebloempje zucht. En Prins zucht. En Victor zucht. 'Zullen we maar 's aan 't bier?' vraagt Victor. Prins knikt. Victor haalt flessen uit de keuken. Ze drinken. De muziek botst. En Liesje is op bed gaan liggen en balt haar vuisten en komt heel dicht bij. Alsof ze me nadert, alsof ze me bespeurt en zoekt. 'Hoe was het nou, daar in Parijs?' 'Mooi, eh, laten we zeggen: verhelderend.' Prins knikt. Victor zucht en zegt: 'Hoe ging dat nou, met het huis in de Stad?' 'Je zus kwam hiernaar toe, en zei: verkopen die handel, ik zeg: waarom dat? Zij zegt: Victor wil het zo, en ik ook.' 'Aha.' 'Dus niet?' Victor haalt de schouders op. 'Vertel me 's wat,' zegt Prins. 'Vertel jij 's wat,' zegt Victor, 'ik bedoel: wat vind jij er nu eigenlijk van?' Victor is van ijs. Zijn kop staat weer op knappen. Wat is dit? Het lijkt schaamte, maar dat is het niet. Er spat licht uit zijn hoofd, en Liesje ligt op de loer, nee, komt aangegleden. Prins zegt: 'Om heel eerlijk te zijn, chef, ik meen te begrijpen dat het allemaal niet meer uitmaakt wie wat met wie doet, technisch gesproken ligt er op elke liefde wel een vorm van doem, en wat maakt het dan nog in godsnaam uit wat iemand met zijn naaste familie uitspookt.' 'Gut, zeg, zijn wij even bij de tijd.' Ze glimlachen. 'De natuur degenereert,' zegt Prins. 'Tell me about it.' 'Dat schijnt het ras te verbeteren, met de tijd.' 'Is dat zo?' 'Al wroetend kweekt de mens misschien een immuniteit.' 'Overdrachtelijk?' Ze glimlachen. 'Ik wil,' zegt Prins, 'dat jullie niet ongelukkig zijn, en dat is een loodzware wens.' 'Ich weiß.' 'Toen je wegging, was ik –' 'Weet ik, niet zeggen.' 'Nemen we d'r een borreltje bij?' 'Zekers.' Een fles op tafel. 'En nu?' vraagt Prins. 'Ik heb nogal een smak geld nodig.' 'O?' 'Zes ruggen.' 'Zo.' Ik zie Liesje uit de nok van het dak glijden, haar lichaam tolt en ze glimlacht en ze is weer zes, als een oude kerel. Wat heeft ze allejezus uitgespookt? Ik kijk in haar lichaam, maar haar lichaam ligt nog op haar bed. Wat is dit? Liesje ziet mij, geloof ik. Haar hand probeert me aan te raken, maar ze is nog ver van me. Kindje, kindje toch. Ik ga in de boom hangen en raak haar hand aan met mijn vingertoppen. Liefje liefje, rustig maar. Maar ze is rustig, rustiger dan ik ben. De aanraking kalmeert míj! Het janken in mijn buik verstomt. Ze duikelt weer weg. 'Ik moet iets kopen.' 'Een auto? Waar is die kar van jou eigenlijk gebleven?' 'Verkocht, poen in Parijs opgemaakt.' 'Maar ik stuurde je toch geld?' 'Wil je 't echt weten?' 'Dacht het niet nee.' 'Ik heb daar een spoedcursus gehad.' 'Waarin?' Victor zwijgt. 'Maar wat moet je dan kopen?' Victor maakt een gebaar. Ik zie hoe Liesje het huis weer binnenglijdt en ik volg haar en ga aan haar bed zitten en leg een hand op haar voorhoofd terwijl zij in haar lichaam glipt. En glimlachend opent ze haar ogen en kijkt mij aan. Kindje, kindje toch. Maar nee, ze ziet me niet. Ze hoort dat wat in de voorkamer klinkt, springt op en holt de trap af. Ze laat zich daar bij Prins op schoot vallen. Prins trekt wit weg. 'Heb je Hille gebeld?' 'Z'n ouders, en die hadden geen idee.' 'Wa's dat?' vraagt Prins. 'Een vriend van ons, is in zijn verloren en teruggevonden paradijs verdwenen.' 'O, nou, mooier kan het niet, toch?' 'Dat vragen we ons af,' zegt Liesje. Ik dwaal door hun huis, verlaat het weer, ga naar buiten, kijk naar mijn huis, voel de rust in mijn buik, voel dat iets me roept, hoor dat iemand aan me trekt, maar ik kijk uit over de velden, en de zon schijnt, en ik wilde maar dat de zomer net begonnen was of dat ik het maaien zien kon en de jongens op het land. Vroeger, toen het land nog goed was, en de boeren rijk, strekte het zich uit tot aan de Stad, tot aan het Winschoterdiep, tot aan Duitsland, en Oude Huizen lag aan de voet van al dat land, alsof het land uit onze tuinen groeide: Schaapshok boven ons, de kanaalstreek beneden ons, en het oosten, heel Europa, achter ons, voor ons. Voor ons, denkt Victor. Achter ons, denk ik. Victor gaat weg, gaat daarheen, daar waar de moffen vandaan kwamen. De Weimar? Anna zegt: 'Mamma, wat ga je nou doen?' 'Lieverd, ik ga snel weer weg.' 'Waarom?' 'Ik kan het hier niet meer uithouden.' 'Maar waarom dan niet? Om pappa?' 'Nee, dat is het niet, niet meer, denk ik, ik weet het niet, liefje, ik eh, ik vind het hier zo eh, gestorven, begrijp je?' Anna knikt. 'En jij? Hoe gaat het met je studie?' 'Och, wel goed, ik begrijp niet wat Victor tegen Amsterdam heeft, het is er vrij heerlijk, moet ik zeggen.' 'Victor stelt zich aan.' 'Dat denk ik niet, mamma.' 'O? Nou ja, weet ik veel, weet je, hij heeft me een brief geschreven waar ik erg verdrietig om geweest ben.' Ik lees stukken brief in zonnebloempjes hoofd. 'Wat dan?' 'Hij is geloof ik heel erg kwaad op me.' 'Hij is kwaad geboren.' 'Hij stelt zich aan.' 'Je kunt niet alles wat je tegenkomt als aanstellerij afdoen.' 'Doe niet zo eigenwijs, wil je? Ik bedoel, hij werpt mij van alles voor de voeten.' 'Zoals?' Ik lees stukken brief in haar hoofd. 'Tja, nou, dat ik eh, ik weet het niet precies.' 'Zit niet zo slap te lullen, wil je.' 'Nou, dat ik ben weggegaan, of nee, dat ik daar geen goed aan heb gedaan.' 'O, en jij dacht van wel soms?' Anna lacht, niet kwaad, niet verdrietig. Onbegrijpelijk kind. 'Ik wil het er niet over hebben.' 'Ook goed. Heel erg volwassen, een tien voor dit gebrekkig optreden.' 'Ik bedoel, ik heb nu mijn eigen leven...' 'Tuurlijk joh, geeft toch niet, ieder z'n meug.' 'Anna, doe niet zo kíl.' Ik lees stukken brief in zonnebloempjes hoofd, en zie niets dat kwaad klinkt. Zonnebloempje is niet echt snugger, dat was ze vroeger wel, maar na haar eerste kind trok ze haar hoofd uit de wolken en dacht niet meer na. Ze was moe. Ze is moe. 'Als je 't mij vraagt,' zegt Anna, 'ben jij er zo een die nog applaus verwacht ook. De vraag is wel van wie eigenlijk.' 'Anna.' 'Is het soms zo dat omdat jij geen kwaaie, verontwaardigde ouwelui achter je hebt, die je toejuichen omdat je eindelijk bij die zuiplap weg bent, dat je je afvraagt of je er wel goed aan gedaan hebt? Is dát het soms?' 'Anna, jezus, stel je niet zo verschrikkelijk aan.' 'En hoepla, zoals zus zou zeggen, daar gaan we weer.' 'Hou je een beetje je fatsoen?' 'A me hele dikke hoela, troela, fatsoen lijkt me niet gepast, hier in dit huis.' Ze kijken elkaar aan.

Anna met haar poppesnuitje, zonnebloempje met haar oude gezicht. Maar in zonnebloempjes hoofd klinken trotse gedachten, zelf hoort ze ze nauwelijks. Ze zegt: 'Weet je wat ik nou weerzinwekkend vind?' 'Doe me een lol en gooi het in de groep.' 'Gatver, nou ja, weet je wat ik echt weerzinwekkend vind? Ouders die aan hun kinderen vragen of ze soms iets fout hebben gedaan, met zo'n schuldige jezuskop, dat vind ik wel het toppunt, hoor.' 'Tuurlijk joh, ik zou de GGD bellen als je zoiets normaal vond.' 'En weet je waarom?' Anna glimlacht uitnodigend. Vreemd, hard kind. 'Omdat –' 'Omdat,' zegt Anna, 'iedereen altijd wel iets verkeerd doet, ja hoor, ik ben blij dat Victor dit niet hoort, er is namelijk wel iets wat je over het hoofd ziet, als ik even namens mijn broer en zus mag lullen, en dat is dat als je kinderen maakt, je maar beter je best kunt doen, WANT ANDERS!' 'O, ja, en dat heb ik zeker niet gedaan.' 'Wat lul je nou, waar is je emmertje wurmen, je zit godverdomme te vissen!' 'Anna!' Zonnebloempje schudt met haar hoofd. Zegt zacht: 'Wat bedoel je.' 'You figure it out.' 'Hè?' 'Waarom blijf je niet hier,' zegt Anna. 'Ik wil niet –' 'Lul niet, je wilt wel, maar je bent bang dat je dan niet weer weg durft te gaan, je wilt eigenlijk dat we je vandaag allemaal even vertellen dat we opgeruimd en vrolijk verder gaan, zodat jij weer in je eentje in Rotjeknor kunt gaan zitten kniezen.' 'Ik zit niet te –' 'Kníezen! Je zit daar te kníezen!' 'Ik zít niet te kniezen.' 'Luister goed, opoe, jullie zitten alle vier te kniezen, alle vier, en als je het mij vraagt, is dat op zijn minst nogal belachelijk, uitvliegen, alla, dat moet, dat hoort zo, met dank aan de Libelle, maar dan gaan zitten kniezen, waar sláát dat op? God, ik geloof dat ik zelfs een borrel nodig heb.' 'Niet doen hoor.' 'Nee, ik moet weer 's stevig bolderkarren, dat is het.' 'Anna!' 'Wil jij ook wat?' 'Hè?' 'Een borrel, bedoel ik, rustig maar.' 'Een kleintje.'

... 'Zullen we een eind gaan lopen?' vraagt Prins. En Liesje springt op van zijn schoot en zegt: 'Momentje.' En ze komt de tuin ingelopen en knijpt Anna in de nek, die zegt: 'Die liefkozingen van jou, bij wijze van verontschuldiging, ouwe dibbes, zijn behoorlijk invalide.' 'Zijn we teut?' zegt Liesje, 'mamma, pa wil een eind gaan lopen, ga jij nou met 'm mee, dan gaan Victor en ik eten maken.' Anna schiet in de lach: 'Dít is werkelijk een dieptepunt, ben ik hier de enige die nog wel 's een boek leest, of hoe zit dat?' 'Let maar even niet op haar, let even op mij,' zegt Liesje, 'doe de dokter een plezier, wil je, ga met 'm sjouwen.' Zonnebloempje denkt: mijn landlopersjas. Dan staat ze op. Anna schatert. Liesje geeft haar een zachte tik. Zonnebloempje is verlegen. Liesje roept: 'Pappaaa!' Zo hard dat het hele dorp haar hoort. De hond staat op en kijkt vragend naar zonnebloempje...

... ze zijn mij vergeten. Het is alsof ik word geroepen. Alsof ik ergens heen kan gaan. Maar de zon draait en de schaduw valt uit de kastanjes, aan hun kant, en ik wil niet naar mijn tuin kijken. En Victor komt de tuin ingelopen en kijkt naar de schaduw in zijn tuin en denkt weer aan mij en hij loopt langs de haag en over het grind naar mijn huis en mijn tuin en ik kijk niet en kijk dan weer wel en zie dat hij op mijn aardappels pist hoewel het nog te vroeg is en ik heb hem het huis nagelaten – hij is nu rijk als hij het huis verkoopt, maar ik weet dat hij dat nooit zal doen want hij denkt aan huizen overal ter wereld en nu heeft hij er al een dat helemaal van hem is en een huis dat groot genoeg is voor hem en vrouw en kinderen, want hij is het die kinderen in Oude Huizen moet zetten om te voorkomen dat het dorp sterft. En ik zie in zijn hoofd kinderen op mijn erf en aardappelveld, en ik hoor het scheuren in zijn binnenste en hij zegt tegen het land: 'Niet doen om te kijken of uit het rotte zaad een gezonde knol kan groeien.' En hij kijkt naar de horizon met mijn huis, zijn huis, in zijn rug en hij huilt geruisloos en zonder tranen. Dan steekt hij een sigaret op en zegt: 'Inteelt om het ras te verbeteren, ook daar kunnen we niet aan beginnen.' En hij tuurt en tuurt maar, zoals we altijd deden, en zegt: 'Adopteren is ook een optie, eh, het is zwart en hangt rond op de boerderij: een scharrelneger.' Hij giechelt. En ik schreeuw: je moet gewoon tróuwen, maar dat kan helemaal niet, bedenk ik me, nu pas, want zij is zijn zus. Zijn zus. En ik wend mijn blik af.

Zijn zus. Dus. Maar daar waar ik ben, is het anders en als ik naar hen kijk zoals ze dansten, dan is het anders, dan is het niet zijn zus maar zijn – zoals Prins en zijn zonnebloempje, zo dat je denkt: die gaan trouwen, en dat is prachtig. En zijn leven op zijn leven gelegd zie ik dat alles wat uitsteekt, naar haar zal leiden, allemaal doodlopende wegen; omkeren moet hij, telkens weer. Kijk dan, jongen. Maar toen ik leefde, zag ik ook niks. En dat is het gemene. Dat blinde. Ik wil naar hem schreeuwen maar weet niets te zeggen. En Victor kijkt naar zijn gestrekte handen, beweegt zijn vingers en neuriet. En dat wat in zijn kop aanzwelt, spoelt nu over mijn veld.

... ik wil geloof ik weg hier. Ik voel heimwee maar weet niet waarnaar. Ik wilde maar dat ik met Anthia praten kon. Ik duikel door de lucht en weet niet waar ik heen moet. In de keuken staat Liesje, ze heeft haar ouwe hempie aan. Anna ligt met haar hoofd op de keukentafel en slaapt. Ze droomt van een jongen, en ze... nou ja. Ik hoef dat niet te zien. Liesje wast sla en snijdt tomaten. Paradijsappeltjes, denkt ze. Ik ga aan de keukentafel zitten. Ooit schoten we in het moeras een kwenebok dood en Liesje heeft ons dat nooit vergeven, en als ik een fazant had doodgereden en Anthia die klaarmaakte en Liesje hoorde dat van zonnebloempje die haar kop nooit kon houden, dan sprak ze weer een week niet tegen mij. Een fazant doodrijden is nog een hele kunst. Je moet het beest eigenlijk voor de kop raken, zodat het bewusteloos het veld in rent en daar voor pampus gaat. Als je over het beest heen rijdt, ligt de hele pens open en is het een troep waarmee je niks meer kunt beginnen. Een haas is nog weer moeilijker. Een haas in roomboter. Iets lekkerders bestaat er niet. Ik heb geen honger. Ik heb heimwee. Ik zie Victor bij Stik naar binnen gaan. Anna schiet wakker, schuift op haar stoel heen en weer, kijkt naar Liesje en zegt: 'Mmm, ik ga eerst maar even douchen.' 'Ga Victor even halen.' 'Eerst douchen, ik drijf godverdomme uit mijn broek.' 'Anna, jezus!' Anna staat op en gaat naar boven. Liesje loopt de tuin in, kijkt naar mijn tuin, denkt: o jee, die is pleite. Maar ik roep vanuit de keuken: Stik! En Liesje denkt: ach nee, hij zit in Stik. En ze kijkt naar mij. Maar ziet me niet. Dan schudt ze haar hoofd en loopt het tuinpad af; ik ga achter haar aan, we steken de Hoofdweg over en gaan Stik binnen en ik begin weer te janken als een hond bij het zien van de propeller aan het plafond, en ik ruik niets en dat is het ergste. Victor zit aan de bar en de zoon van Stik zit erachter en ze praten over mij en ouwe Stik en hoe ik vroeger de dronken kerels uit de kroeg haalde en naar huis bracht, want de vrouwen uit het dorp belden altijd naar mij: 'Dierkteur, wil 'n 'ie ee'm noar mien man kiekn en as e nog in Stik zit, den mot e thuuskomn.' Zodat ik ze uit de kroeg haalde en in de Cortina naar huis bracht. Liesje staat op de drempel naar Victor te kijken, in haar hempie, en Victor ziet haar, nee, ruikt haar en kijkt op en lacht en is gelukkiger dan ik hem ooit eerder heb gezien. 'Déjà vu,' zegt hij. En zij: 'Wat, jong?' En ze gaat naast hem aan de bar zitten en hij zegt tegen jonge Stik: 'Geef haar een ijsco, een frambozenlolly.' En jonge Stik zegt: 'Die bestaan niet meer.' En Liesje zegt: 'Wat lul je nou.' En Victor is gelukkiger dan ooit tevoren en denkt: gelijkenissen. En muziek stroomt uit zijn hoofd en spoelt over de bar en over de vloer. En Liesje krijgt een kleintje pils. En ik dwaal door de kroeg en duikel door de ruimte en voel zelfs de lauwe lucht van de propeller niet meer. Dit duurt allemaal heel erg lang en ik ben heel erg moe en ik dacht dat dood dood was. 'En,' zegt jonge Stik, 'wat gaan jullie doen, logeren in Oude Huizen?' Liesje en Victor kijken elkaar aan. 'Twee heldertjes, eerst maar 's,' zegt Victor, en hij en Stik proosten en drinken en ik voel me buitengesloten. Ik wil weer terug. 'Hij gaat op reis,' zegt Liesje met haar mond als een streep. 'Op zo'n fietse,' zegt Stik, 'en waarnaar toe?' Victor mompelt en kijkt naar Liesje. 'Ze hangen niet,' zegt hij. 'Hè?' Liesje kleurt. 'Idioot!' 'Wa's dat?' zegt Stik, en dan: 'hoe is het met de gitaar?' 'Afgezworen,' zegt Victor. 'Zonde,' zegt Liesje, 'gewoon zonde.' En Victor grijnst en zegt: 'Geen gejengel meer.' 'Maar,' zegt Stik, 'Liesje kindje, wat ga jij doen, weer naar je eiland?' Liesje knikt. Kijkt naar Victor. 'Je hebt natuurlijk een minnaar, daar,' zegt Stik, met een grijns, 'ja die eilanders, die lusten d'r wel pap van.' Liesje glimlacht en kijkt naar Victor. 'Is dat zo?' vraagt hij aan Liesje, 'hebben wij er eentje? Zoals ooit eens eerder?' 'Stel je niet aan,' zegt zij. En Victor kijkt haar aan en houdt woorden tegen. Dan zegt hij: 'Twee heldertjes.' Ik ga weg.

... en Prins en zonnebloempje staan bij een sloot en het is alsof ik over ze heen vlieg, word meegesleurd door iets, maar ik klamp me vast aan hen, ik grijp ze bij hun... en zonnebloempje zegt: 'Als ik nou een weekje blijf.' 'Mmm,' zegt Prins. Ze zijn moe. En zij zegt: 'En wat moet Victor nou met dat huis?' 'Laten we hem het eerst maar 's vertellen, hij moet het zelf weten.' 'Maar ze hebben al zoveel geld, dat is niet goed voor ze.' 'Stel je niet aan,' zegt Prins, 'bemoei je met je eigen zaken, wat is geld nou nog.' 'Het zijn ook mijn zaken,' zegt zonnebloempje zacht.

'Zoals je wilt,' zegt Prins, 'wil je dat?' Zonnebloempje kleurt. Prins kijkt naar haar, met liefde en afschuw. 'Ik wil... ik bedoel,' zegt hij, niet kwaad maar moe, 'ik heb liever dat je opsodemietert.' 'Dat weet ik,' zegt ze zacht, 'dat is het nu juist.' 'Wat.' 'Wat ben je van plan?' 'Van plan? Ik ben helemaal niks van plan, nooit geweest ook.' 'Zweer je dat?' 'Krijgen we nu? Wat heb jij in je kop?' Zonnebloempje snikt. Ze wijst: 'Weet je nog?' Prins draait zich om en loopt weg. Ze volgt hem schoorvoetend. Er wordt aan mij getrokken maar ik wil dit zien, ik wil, ik wil schreeuwen maar ik weet niet wat ik zeggen moet. Als hij mijn zoon was, zou ik hem slaan tot hij bloedde. Dat doe je niet, zoals hij doet, dat doe je niet. Zij wil aanwijzen en hij loopt weg. Anthia zou zeggen: 'Dat dúst gewoon nait.' Ze pakt hem bij zijn mouw, steekt haar hand bij de zijne in de zak van zijn jasje en ze lopen verder. De hond duikt op uit een droge sloot. Ik zie hoe hun handen knijpen in die jaszak. Ik moet me aan hen vastklampen, anders waai ik weg. Ze zegt: 'Wat ga je doen?' Hij blijft staan, haalt de handen uit zijn jas, kijkt haar aan, strijkt haar eindelijk, eindelijk, door haar haren en zegt verbaasd: 'Niets, wat heb jij in je kop?' Ze snikt. Ze kijken naar de boerderij van Zonnebloem. Leeg, in puin. 'Nou,' zegt Prins, 'kom op, dit is niet gezond.' Hij pakt haar hand. Ze lopen verder en zij snikt. 'Kom op,' zegt Prins, 'met je weet je nog.' Ze lacht door haar tranen. 'Daar,' zegt ze, wijzend naar het begin van de vaart die naar het ven loopt, 'hebben we Anna gemaakt.' Prins knikt. 'Wat een aanstellers waren we hè, in die tijd.' Prins knikt weer. 'Nog altijd in het gras.' Ze lacht weer door haar tranen. 'Er was niets mooiers dan in het gras,' zegt hij. Ze knikt. Ze kijken elkaar aan, en glimlachen, en lopen verder. 'Och, en weet je nog, ja sorry hoor, maar weet je nog dat je vader ons betrapte en net deed alsof hij ons niet zag, en dat je moeder een week met een vuurrooie kop heeft rondgelopen en steeds de giebels kreeg onder het eten?' Prins knikt en ziet zijn vader die hem een schop onder zijn kont verkoopt en hem de schuur in duwt en zegt: 'In kerke wordt nait zongen, wel?' En hij: 'Neu.' En de ouwe Prins: 'Man, man, wat mot er van die worden.' En hij haalt zijn schouders op en zijn pa zegt tegen hem: 'In dien moekes lief huilst doe dien scholders al op, zij luip d'r gewoon van te schokken, doar komst nait ver mit, mienjong, met scholders ophoalen.' Ze staan aan de voet van de vaart en zonnebloempje kijkt naar Prins en de hond gaat aan hun voeten liggen en alles is leeg en het land is er tot aan de horizon. Ze trekt hem op de grond. Ze trekt hem hard naar de grond en hij valt op zijn kont en lacht, voor het eerst in jaren. En zij snikt en trekt haar oude jas uit en omhelst hem en hij worstelt maar laat het gebeuren en half zonder kleren doen ze het in het gras aan de rand van de vaart en de hond ligt ernaast en kijkt een andere kant op en zij snikt maar en snikt maar en ze doen het heel langzaam en dan rolt hij van haar af en zij zegt: 'Morgen ga ik.' En hij knikt. En ik wil iets schreeuwen maar weet niet wat...

... en ik moet maar aan Victor en mijn huis denken en weer schiet ik weg van de plek waar ik was en ga weer aan de keukentafel zitten en ik zie Liesje en Victor de Hoofdweg oversteken, en als ze de keuken binnenkomen, zegt Victor: 'Wat moeten we nou met Veen?' 'Ik heb erover nagedacht, en we moeten het maar zo laten, hij zal ons haten als we hem vinden, en eerlijk gezegd denk ik dat hij gewoon een kamertje in Gomorra heeft gehuurd, en het is zijn sop, laat hem gaarkoken.' Victor knikt, houdt woorden tegen, wrijft in zijn handen, zegt: 'Wat gaan we eens koken, zou de ouwe nog een halve stier in z'n vriezer hebben bewaard?' 'Pa heeft nu halve koeien in de vriezer.' 'Is dat zo?' Victor opent de vriezer en vist een hele rosbief op en gooit de klomp op het aanrecht en klapt als een kind in zijn handen: 'Dat wordt laat maar goed eten.' 'Fikkie?' 'Mmm?' 'Doe vooral alsof je thuis bent.' Het stort langs de muren in zijn kop naar beneden, golven herrie, het vloeit in een plas en het klinkt mooi en Liesje omhelst hem en hij steekt zijn hand in haar hemd en legt een hand op een van haar borsten en zegt: 'Mijn Waterloo.' 'Zeg dat nou niet,' zegt Liesje, hem omklemmend, 'ik kan je toch ontvangen.' Victor schiet in de lach, maakt zich los en gaat naast mij aan de keukentafel zitten: 'Vertel 's over Ameland.' Liesje gaat weer tomaten snijden, slikt de vreugdepijn uit haar keel en zegt: 'Toen pa het huis verkocht, moest hij de centen weer beleggen en ik was, nou ja, ik was nogal van streek en zo, en hij zegt: ga op vakantie, net als die zeikerd... dat was jij dus, god weet je dat-ie KWAAD op je was, die lieverd...' Victor schudt zijn hoofd, denkt: niet zeggen. '... en ik wilde naar Ameland omdat, nou ja, omdat ik daar goeie herinneringen aan had, je, eh, je weet wel...' 'Tell me a –' 'Ja, ho maar, en ik zat daar in een appartementje en d'r stonden daar huisjes te koop en ik bel naar pa en zeg: als je toch met je poen omhoogzit, koop zo'n ding, als belegging niet zo'n gek idee, en goed, zo gedacht zo gedaan, en toen ben ik er een tijdje in gaan zitten, en op een dag kwam hij langs en zag mij zitten in dat kneuterhuisje en hij zei: lieverd, wil jij eigenlijk wel voor de klas? En ik zeg: ik weet het niet, en we praten, we praatten over ons, echt waar, en hij zegt: als je die zak terug wil, moet je hier blijven zitten, hij zegt: ik weet niet wat de voorzieningheid ervan vindt, maar mijn zegen heb je, hij zegt: zoveel te verder jij van huis bent, zoveel te meer heimwee hij krijgt. Dat zei-die.' 'Zei-die dat.' Liesje draait zich om, kijkt ons aan en grijnst. 'God, jonge, hij houdt van ons, dat hou je niet voor mogelijk.' 'O, jawel.' 'O? Nou ja, zo ging dat dus.' 'En jij gaat morgen terug.' 'Yep.' Victor houdt woorden tegen, maar ze glippen uit zijn mond: 'Is het, eh, goed als ik meega?' Liesje gooit een tomaat naar ons, die op de tafel uiteenspat. Dan komt ze naar ons toe en gaat bij Victor op schoot zitten. Ze legt haar hoofd op zijn schouder en hun haren mengen zich. 'Hoe gaat dit verder?' vraagt ze. En Victor wil nu woorden zeggen, maar iets houdt ze tegen; hij perst. Op de drempel staan zonnebloempje en Prins. Ze kijken en glimlachen en kleuren. Liesje springt op, kleurt ook. En ook Victor kleurt. En Prins maakt een gebaar, zo van: kijk aan. En ik ben moe, en het is alsof ik mijn vriend Zonnebloem hoor zeggen: 'Heldertje, Dierkteur?' Ik wil naar huis...

... ik heb zitten slapen en de schemering, de augustusschemering, zacht en geurend en lauw – ik ruik wat, eindelijk ruik ik het land, de geur hangt in de keuken, ik kan de avond ruiken – de schemerende avonden van augustus, als de sloten anders gaan ruiken, als de zon gaat geuren naar water, als de geur van loofbrandjes de avond naar verte laat ruiken, naar eindeloos land, als de geur van coniferen over het dorp valt, als de katten van Oude Huizen janken in de tuinen, als de honden van de boerderijen huilen omdat de avond valt, als de jongens op hun brommers langskomen, van andere dorpen, op weg naar andere dorpen, als je weet dat je een heel jaar moet wachten op weer een zomer, als je weet dat het land in modder zal veranderen, zwart, nat, kil en oud, als het geruis van de snelwegen het geluid van de avond wordt, als de meeuwen terugkomen van het wad en zich op de vuilnisbelten storten, de hele streek wordt verhoogd met afval en ooit zal dat voorgoed gaan stinken, maar nu ruik je nog avond, een avond in augustus... en ik wil naar huis en ze zitten aan tafel en eten en drinken wijn en ze zijn stil en denken aan mij en ik heb hen lief, ik kijk naar de kinderen, de familie die ik nooit gehad heb, en ze zijn allemaal te vaak ongelukkig, behalve Anna met haar poppesnuitje, maar nu zijn ze kalm en niet heel erg treurig en ze denken aan mij, met liefde die me warm maakt en me doet slikken en ik hoor Zonnebloem tegen me praten: 'Kom op, Dierkteur, kom, kom,' en ik zie hoe Liesje heel even de hand van Victor knijpt onder de tafel waarop Anna zegt: 'Dat zagen we wel.' En ze glimlachen verlegen, behalve Anna, en Prins zegt: 'Victor jonge, je hebt nu een huis in je bezit.' En de kinderen kijken naar hem en Victor zegt: 'God bewaar me.' En Liesje zegt: 'Nou, omdat je zo aandringt.' En de muziek vloeit uit Victor over de keukentafel en hij kijkt door de muren naar de bank en denkt: ik ben te ijdel voor woorden, want ik wist dit. En Prins zegt: 'En wat doen we ermee?' 'Zo laten,' zegt Victor, 'niet aankomen, zo laten.' En ik heb dit altijd geweten, want het is voor zijn vrouw en zijn kinderen, en voor Oude Huizen. Of voor hem, en haar, en kinderen. Later. Liesje. 'En,' zegt Prins, 'deze heer vertelt me dat hij zes ruggen nodig heeft.' Men kijkt naar Victor. Victor zegt: 'Voor een piano.' Men kijkt hem aan. 'Ik ga eh, componeren.' Hij kleurt. 'Ik heb in Parijs een ding geschreven, in clavescribo, in eh, braille, als het ware.' Men kijkt hem aan. 'Eh, Ugly Notes, zo heet het.' Het klinkt in zijn hoofd, als een meute die door elkaar roept. Zijn herrie. 'Aha,' zegt Anna. 'Is dat zo?' vraagt Liesje. Victor kijkt haar aan. Zijn hoofd en nek dieprood. 'Pathos,' zegt hij, 'in muziek volledig acceptabel.' Men kijkt hem aan. 'That's all.' Het klinkt in zijn hoofd en het is schril en lelijk, als een gevecht. Maar dan opeens heel even zacht en als een begrafenis. En dan weer schril, en lelijk. Mijn lied, denkt hij, und ich bin der Welt nicht abhanden gekommen... En Liesje zegt weer: 'Is dat zo?' En hij knikt en Prins heft zijn glas en zegt: 'Op de kapsones.' En ze toosten. En zonnebloempje kijkt naar Victor en hij kijkt naar haar en ze glimlachen verlegen. En ik hoor haar vader tegen me praten: 'Dierkteur, kerel, kom op.' En ik ben moe en voel de wind aan me plukken. Ik wilde maar dat ik naar huis kon gaan. 'Nou dat is goed nieuws,' zegt zonnebloempje, 'maar jongen, zoveel geld?' 'Mamma!' zegt Anna, 'zeur nou 's één keer in je leven heel even NIET!' En Liesje zegt: 'Zeg, blijf jij hier nog een tijdje?' En zonnebloempje schudt van nee. En Prins zegt: 'Men moet niet overdrijven.' En de kinderen zeggen in koor: 'Is dat zo?' En ze lachen met z'n vijven, ongemakkelijk en verlegen. En Liesje zegt: 'Victor en ik gaan morgen naar Ameland.' Alles went, denkt ze hierna. 'O,' zegt zonnebloempje, 'nou, ja, eh, dat is goed om te horen.' En de kinderen zeggen weer in koor: 'Is dat zo?' En zonnebloempje verslikt zich in haar wijn en Prins klopt haar grijnzend op de rug, en denkt: god zij geprezen, of wie dan ook, morgen ben ik weer alleen, en hij denkt aan een fles, en het barretje op zolder, en het uitzicht uit het dakraam. En ik hang voor dat dakraam en zie de avond over de velden en de zon die achter de einder dooft en er spoelt iets warms door dat wat van mij over is en dood zal ik wel niet meer gaan en als ik door het dakraam vloei en de avonden van altijd ruik, zie ik in mijn hoofd mijn oude vriend Zonnebloem die mij bij een elleboog pakt en zegt: 'Mien beste kerel, waist nog wel...'

Inhoud

Eerste boek 9
Langsam, schleppend, wie ein Naturlaut

Tweede boek 109
Kräftig bewegt, doch nicht zu schnell

Derde boek 197
Feierlich und gemessen, ohne zu schleppen

Vierde boek 233
Stürmisch bewegt

Verantwoording

Voor de vertaling van de citaten uit Nabokovs *Ada* heb ik gebruik gemaakt van de versie van René Kurpershoek (De Bezige Bij 1992). Een grap in het Tweede boek is afkomstig uit een aflevering van *Fry & Laurie*. Een grap in het Vierde boek heb ik losgepeuterd van een oude vriend, die helaas niet meer wist of hij haar zelf verzonnen had.

Alle overeenkomsten van scènes en sores in deze roman met die in andere levende en dode kunstwerken berusten op louter toeval, behalve daar waar de schrijver een verwijzing ambieert.

Nanne Tepper — Groningen, 1 april 1995